U0839455

小巨人传奇

——从农民工到技能大师

◎冷 梦 著

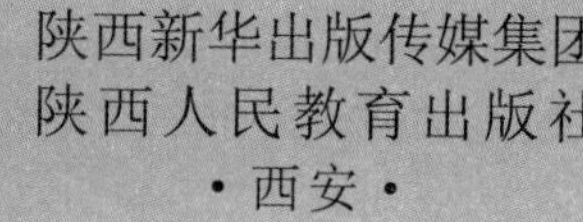

陕西新华出版传媒集团
陕西人民教育出版社
·西安·

图书在版编目（CIP）数据

小巨人传奇：从农民工到技能大师 / 冷梦著. --
西安：陕西人民教育出版社, 2016.12
ISBN 978-7-5450-4271-9

Ⅰ. ①小… Ⅱ. ①冷… Ⅲ. ①纪实文学-中国-当代
Ⅳ. ①I25

中国版本图书馆 CIP 数据核字(2016)第 045687 号

小巨人传奇

——从农民工到技能大师

冷 梦 著

出　版	陕西新华出版传媒集团 陕西人民教育出版社
发　行	陕西人民教育出版社
地　址	西安市丈八五路58号
经　销	各地新华书店
印　刷	陕西思维印务有限公司
开　本	787毫米×1092毫米　1/16
印　张	19
字　数	200千字
版　次	2016年12月第1版
印　次	2016年12月第1次印刷
书　号	ISBN 978-7-5450-4271-9
定　价	58.00元

目录

Contents

第一章 母亲和儿子

一

夜里三点钟我就起了床，说要去一个很远的地方。走进厨房，在昏暗的灯光下，父亲和母亲正在给我做着我爱吃的臊子面。我见母亲才和面，还早呢，一想又要长时间地离开家乡，很是留恋，便走出了院门，想再看看美丽的家乡。村里静静的，很是温馨，没有月光，满天的星星好像商量好了似的，一整夜也不睡觉，在天上眨着亮闪闪的眼睛瞅着、等待着为我送别。我微笑着一边向星星们挥着手一边出村口向北走在通往岐山的土路上，两旁金色的玉米没有了白天欢快的模样，它们直直地站立在一起，好像在和我打着招呼。我心里有点酸酸的……惊醒过来，我确认自己好好地躺在热被窝里，才知道原来又是一个梦。

前边的一段文字是巨晓林记述的自己的一个梦境。他爱做梦，还爱把梦记下来，并且有时候还喜欢“释梦”，有点弗洛伊德的味道。比如记述完上面那个梦，想起刚才在梦中曾听到过婴儿的哭声，最后被妻子证实说是他家隔壁刚出生不到五个月的孩子的真实哭声，他就想：那这婴儿的哭声怎么会天衣无缝地衔接在我的梦中呢？他还说：

“类似的梦我曾经做过好几次，一次是我家猫半夜从楼上跳下来的声音，一次是清晨我的小伙伴喊我上学的声音，一次是电视晚会里的笑声，这些声音都曾经顺顺当当地衔接在我的睡梦里……这外界的声音是怎样和人的梦恰巧联结在一起的呢？真是神奇的梦！”巨晓林很纳闷，为这个无解的梦与现实声音的“无缝衔接问题”感到很纳闷。不错，无数的人都做过无数的梦，无数的人也可能有过类似的经历，然而，一般来说不大可能会有人提出巨晓林那样萦萦于怀的这样一个问题。其实，伟大的创造发明和创造性成果更多地依赖于发现问题与提出问题，或者说，问题是成功之母。此话题我们先不往深处探讨。此时，我感兴趣的就是巨晓林的那个“梦”：他将远行，父母摸黑起床为他们的三儿做着一顿香喷喷的臊子面……是啊，出现在巨晓林梦境中的这个场景，一定无数次地发生在现实生活中：从他1987年那次离开家成了中国中铁电气化局的一名农民工开始，每次他都要去一个很远的地方，每次他都要辞别父母妻儿和故乡，每次一别就是半年甚至一载；而每次，父母、妻子都会早早地起来为儿、为夫做一碗可口的、他爱吃的臊子面……

家乡的路上总有母亲送儿远行、望儿回家的身影：

“三儿，你要走大路，千万千万别走小路哟……”

三儿走出村子大约有半里路了，母亲还在村口喊着。三儿也转身回应了好几次，小跑着离家越来越远。

等我回家

晚霞映红了天，
晚霞映红了山，
晚霞映红了我农家院。
门外靠站着我妈妈，

两眼凝望着回家的路，

等我回家来，

才下擀好的面，

白开水也凉在厨房的窗台上。

如今我已长大，

也在外工作，

她还靠在院门外，

凝望着回家的路，

等着我回家！

“三儿——三儿——”是母亲的声音？是母亲还在叮咛他走大路不要走小路？那是什么时候？往事一幕幕浮现在眼前。

小学在村子附近上，不用背馍。初中在杜城中学上，虽说离家五里，每天上学放学来回一趟得走十里泥土路，遇上刮风或下雨下雪，风里来雨里去也挺不容易，可每顿饭还能在家里吃。等高中到范家营去上，离家的路可就越来越远，只能选择住校，而每个星期都要回家背馍了。记忆中最清晰的一次，是高二那年初冬的一个下午，母亲病了，家里的馍筐也早见了底。没有了馍，对他来说可是一件很恐怖的事情。还有什么比饥饿更加让人恐怖呢？没有了馍，那就意味着他这一周没有了可以抵抗饥饿的干粮。正长身体的年龄，正是吃钢化铁的半大男孩儿，在范家营上高中的三年，除了琅琅的读书声，巨晓林最深刻的记忆就是饥饿。每天早上喝一碗清汤稀饭，中午一碗面片汤，晚上一碗汤面条。他的胃就是让这汤面给撑着的。当时吃完还饱饱的，可是每次晚自习以后，最难过的就是一个字：饿！饥饿像一个青面獠牙的怪兽，整个地扑向他、抓住他，让他无法看书，也难以入睡。每当这时，就得靠从家里带来的干粮度过这难熬的饥饿时光了。

巨晓林老家的乡间小路

而这天，快要离家的时候，巨晓林真不敢想象一周没有干粮的日子。没有干粮的日子，那可真的是天塌地陷的日子，世界上最悲惨、人生最黑暗的日子。他眼巴巴地望着母亲。母亲病着，病得不轻。他轻轻碰碰母亲的额头，烫得吓人。可母亲还是挣扎着爬起身，给三儿和面蒸馍。等他背着还热乎乎的馍走出院门时，一同回家背馍的小伙伴们都已经走了，村道上只剩下他孤零零一个人。天，下着毛毛细雨，阴沉沉的有点儿黑，母亲不放心。范家营中学离家二十里，儿子要在荒山僻壤的野路上独自一人走两个多小时的夜路，而更让母亲放心不下的是，母亲说的那条小路要经过一大片坟地。当然小路要近多了。母亲执意要送儿子，儿子坚持不让。母子两个推搡了半天，最后，儿子抱住还在生病的母亲，硬是将她推进院门里就撒腿跑上了路。走了都大约有半里路了，只听见身后母亲还在喊着："三儿，你要走大路，千万千万别走小路哟……"

"三儿，你要走大路，千万千万别走小路哟……"

母亲的声音犹在耳边。父亲和母亲在厨房昏暗的灯光下为他做着他爱吃的臊子面，这情景也犹在眼前。而这次他真的是要远行，走很远很远的路，出很远很远的门。

这是1987年的3月。

农历春节刚刚过去不久，天下着大雪。父母家人，尤其还有他最疼爱的小妹，一家人冒着大雪，踩着屋院和村道上的皑皑白雪，把他送出家门，送到村口，然后目送着他一路远去。在凌晨朦胧的夜色里，在风雪中，那个不大的身影渐渐地变成了一个小点儿，渐渐地看不见了……这次，不用母亲叮咛，他走的是大路。

出村口向北走在通往岐山县城的那条土路上。

和从前上学不同，从前上学，他背馍；这一天，他背的是行李。一床棉被是家里的旧被子，一床里外簇新的褥子和一条崭新的黄背带，那是别人送的。而送他新褥子的这个人，也就是把他送上了这条未来人生路的人。没有这个人，巨晓林就没有这个机会。而这个机会，很可能就是巨晓林一生中唯一的一次机会。这次唯一的机会，巨晓林把握住了。这是当初给了巨晓林这次机会的人，甚至包括巨晓林自己以及他周围所有的人都没有想到的。其实，说它是机会，这机会也实实在在太普通，普通到了和巨晓林有着差不多经历的农村青年，他们中的许多人也都曾拥有过这样的机会。说穿了，巨晓林的这次机会，就是到一家国有中央企业——中国中铁电气化局当一名不在编制的合同工，俗称“农民工”。

二

也许，很多年以后——不，也许要不了多少年以后，我们孩子的孩子会睁着一双亮晶晶的眼睛问我们：什么叫“农民工”啊？

农民工，按字面解释就是“农民工人”。

他们是农业户口，却从事着工人的职业，即从事着非农业的工作。他们生活在城市，工作在城市，为城市的发展做出巨大的贡献，但他们的社会身份却不是城里人。不是工人，不是市民，仍旧是农民。我们所说的“农民工”，确切地说，就是指那些身在城市从事非农业工作，却是农业户口的工人。或者说，是指那些具有农村户籍却在城市工作和生活的打工者。

改革开放前的中国，农村人要进入城市大概只有三种途径：上大学、当兵或招工。先不说前边两种，那也曾经是巨晓林的梦想，我们只说招工。从前非常非常多的农民，就是通过招工而跳出了“农门”。因为招工的同时，你的户口也迁进了工厂，而工厂的所在地也就是你的户籍所在地。

但改革开放改变了这一切。

中国的改革开放首先从广大农村发轫，家庭联产承包责任制的实行，使得农民从土地上解放出来，开始大量涌入城市。而此时，刚刚开始的中国城市化进程，许多行业也急迫地需要大量劳动力。于是，从农村土地上释放出来的这些农村劳动力，以不迁移户籍为前提，迅速进入城市，迅速地成长为一支中国经济崛起和城市发展的生力军与建设大军。这无疑打破了从前因分工而形成的“工人”或“农民”的职业壁垒。毫无疑问，一个新的并且是庞大的社会阶层诞生了。理论家胡孝汉先生在探讨巨晓林成才环境的研讨会上曾经提出过一个很值得人注意的论断，他说：“改革开放三十多年，新生了三个阶层。一是新生了农民工阶层，二是壮大了知识分子阶层，三是恢复了私营企业，出现了私营主阶层。”

新生的农民工阶层是一个历史现象，也是一个具有中国特色的历史现象。

我相信，它一定是存在于某个特殊历史时期的社会现象，就如同我们曾经有过人民公社，人民公社如今已经成为历史；就如同我们曾经有过粮票、布票、油票，这些曾经关乎我们生存大计的票证，如今早已经消失在历史的烟尘中。问问现在的年轻人，有谁还能明白人民公社是什么或那些票证对我们生存的意义？“农民工”，或许就属于这样一种一定历史范畴的概念。我不知道这个概念最初是由谁提出的和怎么提出的，而后来，还有人就此提出过异议，说虽然“农民工”已经成了人们对农村进城务工人员的习惯性称呼，但这样的称谓本身就带有歧视色彩，甚至呼吁取消“农民工”这一称谓。

其实，这大可不必。

客观存在的现实需要有一个集合性的概念或名词去概括。既然农民工是一个客观存在，它就是一定历史时期的产物，具有鲜明的时代特色。2008年实施的《劳动法》，对农民工的确切称谓是“劳务派遣工”或“派遣工”。这没错。但是，合同工也罢，派遣工也罢，从字面的意义上却都抹去了农民工所具有的鲜明时代特征，反倒使人不容易看清楚这样一个庞大的特殊社会群体存在的意义和他们对我们这个时代和社会所做出的贡献与牺牲。在我刚刚接触巨晓林所在的这个优秀的集体——中国中铁电气化局集团的时候，一位领导说过的一句话令我印象深刻。他说："巨晓林从一个农民工成长为全国技能大师、中华全国总工会副主席、一个十八大代表和全国劳模，他的跨度是一个传奇！"

传奇？

传奇的意思就是超乎寻常，就是把一件不可能的事情变成了可能。

那么，巨晓林是怎么成为"传奇"的？

后来在接触巨晓林的过程中，我发现了巨晓林之所以成为"一个传奇"的秘密。当他身上已经笼罩了无数光环，尤其是当他已经成为一个高级技师和一个全国技能大师后，我曾猜想，他恐怕会忌讳"农民工"这样的字眼。可是，我错了。我发现，他对于一般人都会敏感的"身份"问题却毫不在意。他不在意自己是个农民工，他也同样不在意自己是个伟大而光荣的中国共产党的十八大代表，既而，他又被授予全国劳动模范的光荣称号，他仍旧不在意自己的身份价值。他在意的是自己作为一个"人"的价值，在意的是自己对于职业和国家的价值。从巨晓林的身上我终于明白了，身份问题不过是一个画地为牢的问题：你太在意自己的身份，你就会被自己的身份所束缚，正如你太在意自己是一个农民工，你就会被农民工的身份束缚住；你太在意自己是一个官员或商人的身份，你也同样会被这样的身份束缚住，而忘记除了这个身份以外你还是一个社会人，对社会承担着神圣的责任和义务。一个人，难得的就是，心有多大世界就有多大。只有当你完全没有了身份的束缚时，你才会进入一个自由王国的境界，至于别人歧视不歧视并不重要，只要你自己不歧视自己就行！

巨晓林就是这样一个人。

三

巨晓林很激动，对自己即将开始的新生活很满意。其实，何止是激动和满意呢？在他看来，这简直就是做梦也不会梦到的天上掉馅饼的好事！这么好的事情，他真的没有想到，怎么就落到了自己的头上呢？

那个时候，村子里的许多年轻人都出去打工了，而他，算是还基本上固守在家乡。不是不想出去，而是没有机会。因为农村人就是想出去打工，也还得有机会。在此之前，他只有一次光荣打工的机会。那就是他高中毕业刚回村的时候，1979年的夏天到次年年初，他大哥的同学在他家所在的祝家庄镇上开了家不大的建筑公司，成了“包工头”，大哥给自己的老同学说情，让自己的弟弟在这家建筑公司当了名小工。所谓小工，就是在建筑工地干一些没有技术含量的杂活儿，当然一般都是些苦活累活。一开始给他的任务是筛沙子，两汽车沙子，别人要筛上一天才能干完的活儿，实心眼的巨晓林半天就干完了。一起干活儿的其他小工就不愿意了，对他生气地抱怨说：“你这么个干法，让我们以后不好干！”不好干的意思就是，以后一天就要干两天的活儿了。巨晓林觉得这是个问题，是自己“害”了别人，别人也不愿意自己再干这活儿，那就换个活儿干吧。那年巨晓林只有17岁。17岁的巨晓林又矮又瘦，可是干活儿不惜力气。师傅看他因为干活儿太快而遭到同伴的排斥，就有些同情他，让他给自己打下手，从此以后他就专门给师傅供砖头、供水泥。建筑工地上的活儿又苦又累又脏，然而，这样的活儿如果能一直干下去的话，巨晓林也非常愿意。那个时候，他最可观的一次收获或者说辉煌成绩就是，45天挣到了80块钱。要知道，20世纪80年代初一个大学毕业生的月工资才不过

50多块钱。这是巨晓林那时候挣过的最大一笔钱，至今还记忆犹新。当他把这笔钱交到父亲手中的时候，父亲颤抖的手让他心中的那份骄傲里掺杂了几丝苦涩和辛酸……

1979年，他中学毕业的那年是个大旱年。

这一年对巨晓林来说命运也特别苦涩。记忆中最深刻的除了饥饿，就是前途渺茫。地里歉收，全村人只能吃返销粮，国家救助的返销粮主要是杂粮：玉米和高粱。这两种粮食再配上一点麦面蒸的馍叫“花面馍”，就这种馍也还不能吃饱。而比吃不饱更加让他难过的就是，他破碎了的上大学的梦想。说起来，他觉得自己也非常“不走运”。小学毕业上初中，从前都是由学校推荐，可是到了他小学毕业的那年，学校不推荐了，而是要自己考。从前只上两年高中的学制，到了他就变成高中三年了。这是因为，也就在他考上高中的这一年全国实行了九年义务教育。这“多”上的一年高中，对于其他家庭也许不算个事情，但对于巨家却是个不小的负担。后来，巨晓林也曾经想过，假如高二就毕业考大学呢？省下的这一年学费会不会给他带来一些命运的转机呢？也就是说，会不会让他再复读上一年？当然，这不可能。

巨晓林出生的时候已经有了两个哥哥和两个姐姐，只是农村人的习惯，女孩子不进族谱，当然也不在家族子嗣的排序系列里，他是男孩子里的老三，所以父母叫他的昵称就是“三儿”。以后，这个破败的农家小院里又增添了一个男孩儿和一个女孩儿，也就是巨晓林的弟弟和妹妹。七个兄弟姐妹中他排行老五。那个时候在农村男孩儿多是好事，说明家里的壮劳力多，可以多挣工分。可是，巨晓林家的情况却比较特殊，他家其实很缺劳力。原因就是，他的两个哥哥，大哥在乡政府里当电话员，二哥在兰州当兵；母亲早在他还上学的时候得了一场大病，脖子上长了个肿瘤，手术以后再不能干重体力活儿。于是，家里的劳动力就只剩下父亲一人。

巨晓林的家乡岐山县，在行政区划上属于陕西省宝鸡市。岐山地处陕西关中西部，南接秦岭，北枕千山，中部为平原，境内山、川、塬皆有，渭河和韦水河穿境而过，形成了“两山夹一川，两水分三塬”的地形地貌特征。祝家庄镇位于岐山县城东北方向，它的东边是京当镇。京当镇已经是岐山县最东边的一个乡镇，紧邻着的是扶风县。巨晓林家所在的杜城村是祝家庄镇最北边的一个村子，也是镇政府所在地。

这个村子就在箭括岭的山脚下。

箭括岭，当地人形象地把它叫作“箭豁岭”。根据《岐山县志》记载：“岐山，俗称箭括岭。唐代学者颜师古在《汉书注》中说：‘岐山在美阳，即今之岐山县箭括岭也。’位于县城东北约30公里，祝家庄乡（后改乡为镇）岐阳村北，有东西二峰，中为缺口，形似箭括而得名。”

这就是说，箭括岭其实就是著名的“凤鸣岐山”的岐山。

既然杜城村就在岐山的山脚下，地理位置上北靠岐山南麓，它的地形地貌就更多具有山区的特点，山塬相连，沟壑纵横，村里的土地也以山坡地为主，在整个岐山县以及祝家庄镇自然条件相对较差。贫瘠的土地，再加上家里缺少劳力，仅靠父亲一个人在队上干活，每年分的口粮基本填不饱肚子，而他和弟妹三个的学费以及家里日常的花销，主要靠母亲养鸡、养猪、养羊、纺线织布所得。当然，还有父亲给人看风水所赚取的微薄收入。巨晓林“多”上的那一年高中，对父母来说是个不小的负担。高中毕业，参加高考，他报考的志愿是农林大学，他想当一个农业科学家。可是，他高考落榜了。

“高考落榜，按说，还可以再复读一年，次年再参加高考呀？”想着巨晓林那么酷爱读书，我提出了这个问题。

箭括岭山脚下的杜城村

巨晓林回答我说，复读费要比学费贵3倍，上高中一个学期交的学费是30多元，而一周的复读费是12元，一学期的复读费就是100多元，再加上买复习资料、吃饭等等的花销，复读一年的全部费用至少也得600多元。“这钱，对我们家是天文数字！”巨晓林幽幽地说。

四

贫穷阻断了巨晓林继续求学的路。他不可能再复读一年以圆他上大学的梦，他连这样想都不会去想。高考成绩出来的那一天，他知道，他的命运已经决定了。他甚至没有问父母是否同意他复读一年，因为问和不问结果一样：他们家还有两个孩子，他的弟弟和妹妹需要供养读书，家里肯定再负担不起他的学费了。巨晓林的懂事让父母感到很心酸。他从学校里取回了自己的被褥，仔仔细细地把高中三年所有的书本收拾在一个旧箱子里，合上箱子的那一刻，他觉得，他仿佛把自己的一个梦想封存了起来。然后，他默默地给自己收拾了几样农具，第二天清晨，就和父亲一起到队上上工去了……

五

巨晓林家所在的村民小组叫杜城村谢家坡组。当年，和他一个村子，并且和他是小学、初中同学的梁春贤和郑海明，如今他们中一个供职在《宝鸡日报》社，一个则是宝鸡市中医医院的主治医生。当年高中毕业，他们中一个考上了大专，一个考上了西安医科大学。巨晓林的这两位同学，毫无疑问是他们同学中的佼佼者。我很想知道巨晓林上小学和初中时的故事，很想知道巨晓林在小学和中学时候有过一些什么与众不同的地方——至少，我想知道，他是不是属于那种非常聪明、成绩优异或表现突出的孩子。可是，无论我怎么启发怎么问，当年巨晓林班上的这两位优等生却怎么也想不起来巨晓林的任何事情。

“没有印象。”

“是的，真的没有印象。”

“好的印象和坏的印象都没有。”

“他就属于那种根本不会被人注意和记住的学生。”

至于学习成绩，两人相互看了看，说似乎也不突出。是的，不是学校或班上的优等生。总之，上小学和初中的巨晓林没有给他们留下过任何印象，以至于在他们毕业以后很长很长一段时间，他们从来都没有想到过他们的同学当中还有一个叫巨晓林的人。只是后来，突然从新闻里知道了他们这位老同学的事迹，这才从遥远的记忆中把早已淡忘了的这个叫巨晓林的老同学召唤了回来。

所以，关于小时候的巨晓林，和他们是小学、初中同学的巨晓林，他们唯一能够说出的评论就是：“巨晓林太普通，太平凡。”

巨晓林还有一位小学和初中同学，名叫周明兴。周明兴的家在祝家庄镇戢武村。戢武村在杜城村以南，基本属于平原地区，说起来自然条件要比杜城村好。然而周明兴却在高中一年级的时候辍学了。“一天，我哥去给学校校长说不念了，就不念了，当时就收拾东西跟哥回了家。”就这么简单。我问为什么，不善言谈的周明兴说：“生产队凭劳动吃饭，我们弟兄三个，大哥病逝了，二哥让退学。”退学后的周明兴后来做起了小本生意，先是在祝家庄镇上卖家具，后来开了个“明星手工馍店”。很小的一个铺面，就在镇子沿街的路边。那天我们的车开过去的时候，坐在车里来县城接我们一起去巨晓林家的巨晓林夫人宋小平，突然指着车窗外说：“冷老师，你一会儿想见的周明兴就在那儿！”

我朝外望去。

周明兴和他爱人正在把一车煤卸到自己的店铺门口。

小学和初中时的巨晓林仍然没有给周明兴留下多少深刻的印象。也许是两个人家境和各方面情况都比较接近的缘故，周明兴显然要比他的另外两个同学梁春贤和郑海明对巨晓林的了解稍稍多一些。在他的印象中，巨晓林和一般同学比起来有两个突出的优点。

“巨晓林爱学习爱钻研。”周明兴说，“再有，再有就是巨晓林很朴素、节约。”

我们坐在馍铺里交谈的时候，还不断地被前来买馍的顾客所打断。看看表快到晚饭时间了，怪不得前来买馍的人渐渐多了起来。周明兴因为“离土不离乡”，自从二十多年前在镇上扎下了根以后，他的店铺也就成了巨晓林每次往返的一个“驿站”。两人每次见面，周明兴说，巨晓林总是行色匆匆，想请他吃个饭，就这么简单个愿望到现在还没有实现。说到巨晓林当年被招工，周明兴憨憨一笑说：“知道，也就是去打工。打工就不在学习上挖抓了。”

“挖抓”，陕西话的意思是努力或用功。不在学习上“挖抓”，就是说，巨晓林以后的生活在他这位老同学看来，从此与学习和钻研再没有关系了。巨晓林就是一个打工者，一个干重体力活的体力劳动者。后来，周明兴说，他知道巨晓林是个“劳模”。至于巨晓林当了十八大代表，他不知道，巨晓林成了全国技能大师，他更不知道。等我告诉了他这些消息，他吃惊地瞪圆了一双眼睛，半张着嘴问：“就他？”

他不敢相信。

六

巨晓林的普通和平凡，让从小和他一起长大的周明兴等几个同学都不敢相信他今天的成就。他们异口同声的回答就是：“想不到！”同时感到非常意外。他们也的确很想告诉我一些关于巨晓林小时候少年英雄或少年天才的故事，可是他们搜肠刮肚也讲不出一星半点来。巨晓林在他们眼里，真的就是那种普通到不能再普通、平凡到不能再平凡、毫不起眼到几乎让人想不起来他、毫不吸引人的眼球到让人很容易遗忘他的那种人。那个时候，大家看不出来他有什么特殊的才能、气质或禀赋，他就是一个生长在岐山脚下的普通农家男孩儿。

然而，只有母亲看出了这个男孩儿和别人的不同。

那是一颗母亲的心，一颗知儿莫如娘的母亲的心。当时，我和巨晓林的母亲并排坐在他家的一张长沙发上。他的老母亲，按照农村习惯上的说法已经是80岁的老人了，年老体衰，看上去很是瘦弱，加上耳聋和口齿不很清楚，并且不善言谈，让我知难而退，几乎放弃了和老人家交流的想法。隔着茶几，我和巨晓林的妻子宋小平一直在交谈，我们正在谈宋小平娘家的话题，可是突然，我听到老人家像是一直在对我说些什么，声音不很大，可的确是在对我说话。我转过脸，这才听清楚老人实际上一直在对我讲的、顽强地对我讲的、我没有听她讲她还想对我讲的是她“三儿”小时候的一个故事。

母亲说：“过会（指农村过庙会），一人两毛钱，他大哥、二哥和他弟弟都花了，他拿回来了。（母亲）让弟弟给他三哥买点啥吃的，弟兄俩到会上转一圈，又回来了，还是没花这两毛钱。问他：‘你哥你弟都花了，你咋个不花？’三儿说：‘我肚不饥，我拿回来了。’给他爸说，他爸笑一下：‘我儿知道我没钱。’”

母亲活到80岁还记得儿子小时候的这件事。并且，她很想很想把儿子的这个故事讲给人听。我沉默了，我从中体会到了什么？我想，我体会到的是巨晓林的母亲对儿子的心疼，是对她的“三儿”太懂事的夸赞和骄傲。那时候的两毛钱，对贫寒人家的孩子可是极具诱惑力的一笔钱！这钱可以在集市上买自己嘴馋一直想吃而吃不到的糖果、食品，可以买一直想买而买不起的小玩具、小玩意儿。两毛钱可能是一年当中父母极少极少给的一笔零花钱，怎么可能再还给父母呢？别的孩子，他大哥二哥和他弟弟，都把给自己的那两毛钱花了，只有这个儿子没花。母亲看他没有花掉这两毛钱，知道他不是不想花而是舍不得，舍不得父母含辛茹苦挣来的一点儿钱。母亲不忍，觉得这样对她懂事的三儿太不公平，就让小儿子陪他哥去把这钱花掉，但终究这两毛钱还是交回到了父亲手里……

这是一个让母亲想起就要掉眼泪的故事。

俗话说："三岁小，看到老。"这话也许并不完全正确，但却有着相当的真理性。我们知道孔融四岁让梨，我们还知道司马光砸缸，孔融让梨表现出来的谦让和司马光砸缸表现出来的机智，似乎已经预示了这两个人长大成人后的基本性格与人生轨迹。小时候的巨晓林能够抵抗得住两毛钱的诱惑，是他太懂得体贴父母，太能苦自己和委屈自己，而为父母和家庭着想。巨晓林父亲当时的笑，我想更多的是欣慰：他有个懂得孝敬父母和从小仁义的好儿子。

母亲给我继续夸奖自己的儿子。

母亲说："我三儿干活儿就和别人不一样。"

我问她怎么不一样？

母亲说，农村那时候要积农家肥，也就是把牛圈猪圈羊圈里的粪起出来，拌上一定比例的黄土。这活儿当然又脏又累，牛圈猪圈羊圈里空气不流通，既闷又臭气熏天。一般人干这种活儿，巴不得赶快干完就算了，反正又没人检查，把畜粪和黄土两样东西大概地拌拌就行了。可是巨晓林干这活儿，一定会比别人细致，拌出来的粪肥比例得当恰到好处，你仔细翻看，竟然连大一些的土坷垃都没有！这样的粪肥上到地里，庄稼当然长势良好。母亲还说，就连给牛圈猪圈羊圈垫的土，"我三儿也比别人干得细"。

我听明白了，这是母亲在夸奖自己的儿子无论干什么，哪怕是积农家肥料和给牲畜圈里垫土这样的事情，他都会用心去干，都会一心一意像绣花一样的细致和用心。从母亲的描述中，从他小伙伴周明兴描述他"爱学习爱钻研"以及后来我接触过的他的老朋友们反复向我

母亲的思念与牵挂

描述的巨晓林最大的特点就是认真、执着、肯钻研。我们从中看到了什么，又感悟到了什么？其实，这不正是一种做事一定要认真执着、做到极致、精益求精和力求完美的“工匠精神”吗？不错，巨晓林的身上似乎天然地闪耀着中国制造所需要的“工匠精神”，从他小时候积农家肥、打土坷垃都要“精益求精”，天然地喜欢追求完美中我们不难想到，正是这样一种做人做事的品质和风格成就了巨晓林以后的技能大师之路和让他不断地走向人生的巅峰。

正所谓一切皆有源头，母亲的描述让我们找到了一位大师最初的足迹……

巨晓林天生的具有一颗“匠人之心”。

这是母亲眼里的儿子。

巨晓林眼中的母亲呢？

巨晓林写过一篇文章《母亲的爱永远激励着我》：

农历六月初一是我母亲的生日，我祝远在千里之外，始终牵挂和爱我的母亲生日快乐！并向她老人家致以崇高的敬意！谢谢您给了我生命，给了我养育之恩，给了我爱的源泉、启迪和力量，使我一步步走向人生的辉煌。

我的母亲是一个善良的母亲、一个坚强的母亲、一个充满爱的母亲、一个始终让我感动和倍受鼓舞的母亲，是我感恩一辈子、永远报答不完恩情的人，是我最最慈爱的亲人。记得小时候，母亲为了让我们生活得好一点，白天农忙之外，还养猪、养羊、养鸡，晚上纺线、织布，整天是忙忙碌碌，从来没闲暇过一会儿。最让我难忘的是母亲对我们点点滴滴始终如一的爱。有一年大旱，小麦大减产，麦子刚收完，母亲听人说山庄的麦子还比较好点，一天傍晚，她约了三个好伙伴，第二天天还没亮就起床，拿着袋子就去离我们二十多里地的山庄麦茬地里捡麦穗，整整一天未吃一口饭菜，只喝了些山泉水，冒着酷暑捡了两大袋子麦穗，足足有三十多斤（父亲称过后才知道的），背回家来边放袋子边对我说：“快给娘端一大马勺凉水过来，渴死我了！”我立即去端了满满一大马勺水来，只见母亲解开手绢包，露出一大把红透了的“梅李子”让我吃，我高兴地接住一连吃了三四个，甜滋滋的好吃极了！我边吃边抬头问母亲山里这东西多不？当看到母亲的脸被太阳晒得焦红焦红的，渴得端着大马勺喝水的样子，我停住了，心里酸楚极了，眼泪唰唰地就往外流，手捂着眼睛抽泣个不停。母亲问我咋啦，我哽咽地说：“你这么渴，咋不吃了这‘梅李子’解解渴呢？”母亲抹了一下嘴边的水滴说：“娘知道那东西就这么点儿，就留给你了。”我听到这儿不由得哭出声来。母亲拉过我，用火热的双手为我擦着眼泪哄我说：“娘就是爱你才强忍着给你留的……”我手捧着红红的、甜甜的“梅李子”，感到它就像母亲对我的爱心一样，红红的、甜甜的，幸福极了。

……

我的母亲就是这样时时刻刻用行动给了我无数次的爱，一次又一次地感动着我，使我一次又一次地深受鼓舞，让我在人生的路上一步步地走向爱的世界。

母亲，我永远的恩人，是她给了我坚定，给了我力量，给了我热爱、奉献的精神，使我也成了她一生深爱和得意的儿子……

七

那年，和巨晓林一样高考落榜而一起回村的还有一男一女两个同学，他们三个就算是那时候杜城村学历最高和最有学问的年轻人。这位女同学不久做了新嫁娘离开了村子，而那个男同学很快也成了上个世纪80年代初那股席卷了整个中华大地的民工潮中的一员。巨晓林刚回村的时候只能算是个“半劳”。在杜城村谢家坡组，他父亲是“全劳”，一个劳动日算十分工，十分工的日劳动价值大约是两毛多。巨晓林的“半劳”只能记五分工，甚至不如妇女——妇女一个劳动日还要算七分工。这当然非常吃亏，按说，一个十七八岁的小伙子怎么会比不上一个妇女呢？巨晓林说，当时他们队上规定十八岁还不能算是全劳，得到二十岁以后才能算是成年劳力。据我所知，知青下乡，基本上男生都是全劳，而下乡知青一般也都是十七八岁，和巨晓林的年龄相仿。给巨晓林只记五分工，说明队上根本就没有把他看作一个正常男劳，而是把他看作一个半大的男孩儿。还好，他在公社（以后改为乡政府）当电话员的大哥给了他一个外出务工的机会，也就是前边所说的那个建筑工地。只是好景不长，在他大哥同学的建筑队里只干了几个月，巨晓林就失业了。原因是建筑队没有揽下工程，大家都没有活儿干了。

他只能再回到村子，当一个“半劳”。

现在我们得回过头来说说巨晓林的个人条件和情况，否则你就会想不通，好端端一个大小伙子怎么会是个“半劳”？巨晓林十七八岁的时候有多高我们不知道，但至多不会超过一米六〇。因为这是巨晓林如今的身高。他回到村子，他们谢家坡小队（如今叫村民小组）的生产队队长看他个儿小，人又比较瘦弱，担心他干不了体力活儿，皱着眉头想了好半天，最后对他说：“你就给队上放羊吧！”羊也有大有小，大羊是集体的财富，需要身强力壮的人赶到远处的山凹去放养，这样才能养得膘肥体壮，也才能增加集体的收入。队长对他放大羊也放心不下，于是只交给他一群小羊，只要把小羊赶到附近的山坡上吃草就行了。不管怎么说，这恐怕也算是生产队对他的一种特别照顾。“学生娃，细皮嫩肉，吃不了苦，个儿又小，没有力气，放放羊也就行了。”这怕是当时乡亲们对他的看法。

如此又干了半年。

半年后，“大锅饭”吃不成了。

这时候的巨晓林真是靠山山倒、屋漏遇雨：高考落榜，建筑队的小工当不成，回到生产队当个小羊倌，现在连生产队也不存在了。这就是上世纪70年代末至80年代初中国大地上发生的一场巨变，中国广大农村实行了土地家庭联产承包责任制。虽说农村土地的性质还是属于村集体，但土地的耕作和收成归了农民自己的家庭，实实在在的分田到户了。分田到户是好事情，可是土地的贫瘠却无法改变，母亲身体不好，弟妹还要上学，父母眼中懂事而孝顺的好儿子巨晓林想要分担父母的负担，不管别人怎么看他，18岁的他认为自己就是一个顶天立地的男子汉，18岁的他还有一个梦想想去实现——那就是当兵！

当兵，当兵！当兵是他从小就怀抱的另外一个梦想。他这一生最想做的两件事是上大学和当兵。大学的梦碎在了17岁，现在，1980年的国庆节一过他就整整18岁了，到了国家法定的当兵年龄了。巨晓林跃跃欲试。这年冬天，他家西北方向的箭括岭一片银装素裹，太阳一出来看上去分外妖娆，在这美好日子里，他听到了一个好消息：征兵开始了。那一天，他怀揣着户口本在岐山脚下走了几里路，来到了当时的杜家庄公社（如今的杜家庄镇），他需要过的第一道关就是目测，当时他很可能也像雷锋那样悄悄地踮起了脚后跟，可是很不幸，他还是被刷了下来。事情很清楚，情况很明朗，他的个头比起一般的男青年，一眼就能看出来：矮了至少半个头。公布首轮目测结果，名单里没有他。巨晓林没有忍住，眼泪夺眶而出，他哭了，哭得非常伤心。命运啊，命运对他实在太残忍！他想上大学，高考落榜了；他想当兵，身高达不到要求，当兵梦也要破灭了……为什么受伤的总是他，总是他巨晓林？他的哭泣和抽噎让一个人看了很不忍心，这人就是公社的民兵队长。民兵队长安慰他说："你别难过，不要气馁，明年还有机会。你平时一定要多吃东西，长好身体才行。"谁都听得出来，这只是一句安慰话。明年，明年巨晓林个头能长高吗？可是民兵队长安慰他的话很有艺术水平，他巧妙地没有说巨晓林被刷下来的根本原因是他个头太矮，而暗示他只是因为他太瘦。瘦，当然可以吃胖。巨晓林信以为真。这是他的痴情，也是他的一厢情愿，他的理智被他的情感所迷惑，因为他实在太想当兵了，他宁愿去相信一个根本不存在的梦幻、一个幻影、一个幻想、一句别人的善良的谎言。这叫走火入魔。可是这句话却给了巨晓林一个奋斗的方向和努力的目标，从那天起，他开始了有目的和有计划的增肥，再加上刻苦的身体锻炼。他想他要当兵、要保家卫国，那就必须有一副强壮的身体。

半年以后，巨晓林的体重从80多斤增加到了110多斤。巨晓林壮实了。谁看见他都说他壮实了。实际上，他成了一个小胖子，一个矮墩墩的小胖子。可他自己心里美滋滋的，想着自己肯定能如愿以偿，像他二哥一样穿上绿军装，头戴五角星，红旗两边挂。只要想到这幅情景，他乐得都会从梦中笑醒。可是，最沉重的打击还是来了。第二年征兵，巨晓林再次报名，再次体检，再次目测，一目测，又被刷了下来！这一次，民兵队长再没有安慰他，征兵的军人非常明确地告诉他：没有别的原因，就是他个子太小！

这句话对他犹如五雷轰顶。

别的事情都还好办，人生的许多问题都可以通过自己的努力而改变，可是身高呢？他还能不能长高？还能长多高？他问医生，又查阅了有关书籍，结果令他伤心难过甚至绝望。所有的书籍和他问过的医生全都告诉他说，以他先天的和后天的所有条件，以他如今已经19周岁的年龄，再想长高的可能性已经不大了。巨晓林心痛万分，以致不思饮食，一下子就瘦去了几十斤，又回到了他从前没有增肥时的样子。说起来，世界伟人中也不乏矮个子，但这并不影响他们当国家元首和成为领袖人物。可是，巨晓林的身高确确实实成了他的一个梦魇，成了他人生逾越不过去的一道障碍和藩篱，也似乎成了他的“先天不足”和天生“残疾”。他的确战胜不了它。有件事情说来很有趣。巨晓林和后来成为他夫人的宋小平第一次见面时，巨晓林23岁，而宋小平才刚刚18岁，18岁的宋小平身高只有1.55米，可是等到两年后两人结婚时，宋小平的个子一下子蹿到了1.68米，足足长高了13厘米！一个女孩子18岁以后两年内长了这么高，也实在让人有些不可思议。巨晓林对他夫人如此的变化惊叹和羡慕不已。这可真是造化弄人，想想，如果命运要是能把给宋小平的13厘米给了巨晓林，巨晓林的身高就是1.73米，好家伙，这样的身高还会成为他参军的阻碍吗？

八

巨晓林上大学和当兵的两个梦想先后破灭，一个因为贫穷，一个因为身高。想想就让人有些气馁，命运似乎一点儿都不眷顾他。他出身贫寒，个子又矮小，到现在为止，他的人生就是一连串的失败。但巨晓林是倔强的，他没有放弃自己的梦想，从高考落榜回村务农的第一天起，他就开始养成了一个坚持至今的习惯：记日记、写作和读书。为了勉励自己，他在自己的小日记本上抄写了不少格言。例如：世上无难事，只要肯登攀；功夫不负有心人；只要主意真，铁杵也能磨成针；等等。但不管怎么说，眼下谋生还是第一位的，他必须首先战胜的就是贫穷，必须孝敬自己的父母，让他们一家人过上较好的生活。这个时候，还是他大哥给了他启发。他大哥当时是公社的电影放映员，一天，大哥拿回家一台旧放映机，这是公社要换新机子而淘汰的。巨晓林如获至宝，每天在他家堆放粮食和杂物的小阁楼里摆弄这台旧机子。此时，中国已经告别了阶级斗争时代，不再“割资本主义尾巴”了，全社会都洋溢着发家致富奔小康的喜庆气氛，巨晓林也打起了一个主意。他打听了一下，不是只有像他大哥那样的公社干部才能放映电影，私人也可以买放映机，也可以放电影。而放一场电影的利润也还可观，市场的行情是：从县上的放映公司租一次电影胶片的钱是5.5元，放映一次的毛收入是15至18元，一次至少可以赚到10元钱，日积月累下来，放电影的收入的确不会是个小数字。巨晓林看好这个市场。他先是参加了放映公司举办的培训班，通过考试取得了放映员的资格证书。接下来的事情却需要勇气了。他要进行平生第一次投资，资金需要两千多元，这是当时买一台放映机的钱。这笔钱的确不算少，在1980年的时候，已经足以盖几间大瓦房了。钱从哪儿来？好在他二哥和两个姐夫及时伸出援手，想办法给他凑足了这笔钱——当然，不是给，是借。

从1980年到1986年底，也就是巨晓林从18岁到24岁。白天，他和父亲辛苦耕种他们家的11亩土地；晚上，他就成了一个在方圆几十公里的村镇集市放映电影的个体经营者。一般情况下，一晚放映一到两场，遇到生意好的时候，一晚能多放映几场。当然，很辛苦，非常辛苦。他得先跑到县上租电影胶片，用架子车把放映机、音响设备等拉着，赶到一个放映地点，然后再赶到下一个，再下一个……等放映完电影，他还必须连夜赶着把电影胶片送还给其他放映员。巨晓林日复一日地奔走在方圆几十公里的泥土路上，风吹日晒秋雨冬雪，这些乡间道路，他一下子就走了五六年！而从祝家庄镇到岐山县城，往返六七十里，这是他每次租借电影胶片必须经过的路程。想想看，一年365天，巨晓林的两条腿得丈量多少路程？

巨晓林放映电影的时候有一个“小尾巴”，他叫于宏兵，比巨晓林足足小了9岁。于宏兵有一对黑黑的亮眼睛，一看就是一个机灵鬼。他家和巨家是真正的乡里乡亲，巨家在村子中间，于家在村子西边，还有，巨晓林的小妹和于宏兵是同班同学。于宏兵是家里的独子，他父亲是教师，经常不在家，母亲对这个独苗，可能是过于宠爱而管束不了，于宏兵就常常逃学而整天赖在巨家。据于宏兵说，巨家之所以对他有巨大的吸引力，主要是巨晓林的父母爱娃。他在巨家待着比在自己家里还自在。还有，就是他的这位晓林哥爱学习、脾气好，喜欢写写画画。多年后巨晓林成了全国人民学习的“时代先锋”，岐山县的县城街道上拉起了长长的大红横幅，上面写着“欢迎农民工的楷模巨晓林回家!”那天，巨晓林的“小伙伴”于宏兵去县城进货（如今，他自己有一个装修公司），接巨晓林回家乡的车队经过的时候，他的车正好停在路边。他说，当时他的心里充满了骄傲！他指着载着巨晓林的车子对自己单位的司机说：“这是我们村的巨晓林，我的好朋友!”这次巨晓林荣归故里，很遗憾两人没有见上一面。在电话中，巨晓林告诉于宏兵说，他已经离开岐山到了宝鸡市，正在参加一个座谈会。

后来，我问过于宏兵：“你认为巨晓林最特别的地方是什么?”

于宏兵说：“非常认真、执着，肯钻研。做每一件事情都认真和执着。”

过了一会儿，这位从小贪玩而并不喜欢读书的巨晓林的“小伙伴”突然说出了一句颇有哲理的话，他说：“爱好是一时的，坚持下来变成长久的，不容易!”

他说的是巨晓林的特点，喜欢学习钻研和爱写爱画。

从于宏兵这里我们知道了巨晓林最早的一个小小发明创造，这和他放映电影有关系。刚开始放映电影的第一年，巨晓林的确很困难，没有交通工具，他用架子车拉音响、放映机等。可是有一个问题，那就是到了一个地方，总是要先找一张桌子，把机子架在上面才能开始放电影。这样很麻烦，而且有时候找一张桌子不容易，搬来搬去还很费劲。巨晓林就琢磨着怎样一劳永逸地解决掉这个问题。后来，他自己焊了一个铁架子车，架子车上自带一个小平台，不用的时候折起来，用的时候再翻上来，很是方便。于宏兵说，那个时候农村人没有多少娱乐活动，能看上一场电影就是一种很大的享受。杜城村是一个不大的村庄，全村五六十户人家二百多口人，自从巨晓林有了放映机后，村子里的人也享受上了免费电影。经常是他在外边给其他村子放完幻灯片和电影，趁着影片胶片还没有还回去的时机，他就主动给自己村子里的人免费放上一场。于宏兵整天跟在巨晓林屁股后面成了一个“义务跟班”的主要原因，无非是他想多看几场电影。当然了，在看电影的同时他也自觉自愿地成了巨晓林的一个小“义工”。有一次，还多亏了这个小帮手。那次巨晓林在一个村子里放完电影，两个半大的淘气男孩找碴儿突然推倒了巨晓林，刚好他站的地方是块预制楼板，楼板上带有钢筋，这钢筋正好戳伤了巨晓林的腿，伤势不轻，他当时就走不动路了，还是他的这位小伙伴用自行车把他一路推回了家。那时候的影片主要有《人生》《高山下的花环》《冰山上的来客》《少林寺》等等，而每次放电影前还要先放一些宣传片，放映员同时也是一个义务宣传员。宣传什么？比如计划生育，比如预防病虫害，再比如宣传一些先进的农林科学技术，等等。这些宣传片，其实也就是幻灯片。巨晓林爱画画儿，他画的幻灯片很及时地配合了当时党的许多宣传，而巨晓林本人也乐此不疲。

巨晓林的母亲很能干。母亲的能干除了表现在非常勤劳外，她还是乡亲们眼中的酿醋高手和织布高手。先说著名的岐山醋，当地人有句谚语：“做一年好醋，吃一年好饭。”这句话已经很清楚地说明了醋在岐山人日常生活中，特别是饮食文化中的重要地位。岐山人不敢想象，如果家里没有了好醋，也就是自家酿造的地道的农家醋，可怎么吃饭？没有了好醋，可怎么生活？那才真叫吃饭饭不香，睡觉睡不着，生活也就简直没法儿继续！这样说还真的不是夸张。岐山人的饮食文化中，以臊子面、手工擀面皮、锅盔为其“三绝”，三绝中尤其以岐山臊子面名扬中华。人们一共描述了它的九大特点，其中入口的味道则以酸、辣、香而著称。这酸，即来自于他们自酿的农家醋。

岐山人酿醋用的原料是大麦、小麦和高粱，其酿造过程极为复杂，发酵的时间、原料的配置等都要恰到好处，极难掌握。巨晓林的母亲因为醋酿得好，常常被人请去做技术指导。有一年，巨晓林从施工工地放假回家，母亲给他做了一顿很稀罕的蒸凉皮。说是稀罕，因为很难吃上。原来，现在农村的年轻人都外出打工去了，随着村子里老人的逐渐谢世，会做醋的人也越来越少。远处村子的人想要吃到好醋，跑了很远的路来把他母亲接去。年近八旬的老母亲不辞劳苦，给这家人酿出了一缸好醋。这家人为了感激他母亲，醋酿成开坛之日，特意给他家送来了一小盆醋糟淀粉——这是酿醋的副产品，用这种醋糟淀粉可以做出一种十分高级的凉皮，岐山人把它叫作“御京粉”。这可是一般人轻易吃不到的一种美食。这一小盆醋糟淀粉，巨晓林的母亲没舍得吃，而是把湿粉晾晒成了干粉，等到儿子回家了，母亲再把这干醋糟淀粉用水稀释调和好以后，给儿子蒸成他久未入口的美味佳肴。这饭，让“游子”吃得泪流满面……

巨晓林由此想到，等到母亲百年以后，母亲酿醋的本领会不会失传？而他，还会不会有“吃一年好醋”的口福？

同样令他担忧的还有织布。

母亲是远近闻名的织布能手，她织的布拿到集市上很快就会被人买走，这也成了一家人的一个主要经济来源。因此，从巨晓林小时候一直到他长大，母亲的纺车和织布机的叫声就一直伴随着他，经常会从晚上一直响到鸡叫。母亲还会“经布”，这在农村也是一门高级手艺。即使在以前农村人丁十分兴旺、家家都还纺线织布的时候，一个村子大概也只有一两个会“经布”的人。那个时候，村子里谁家要开始织新布了，就会跑到巨家来请巨晓林的母亲去帮忙“经布”。

自从巨晓林有了那台放映机，开始了一个乡村个体电影放映员的生涯以后，家里的花销就不再发愁，他的母亲也再不用为生计而通宵纺线织布累得直不起腰。巨晓林放电影的第二年，他不但还清了所有亲人的借款，收回了全部投资，还改善了自己的交通工具，他买了辆自行车。从此以后，他到县城去进片子，到十里八乡放电影，就再也不用推个架子车了。当然，要在一辆自行车上装载所有放电影的器械，骑车时还要保持车子的平衡，却也是一件很不容易的事情。而他，居然因为自行车两边的重量无法平衡，久而久之练就了一套斜骑自行车的本领。以后当他琢磨人生道理的时候，他还把这套骑自行车的理论运用了进去。巨晓林认为，这叫“冰冻三尺非一日之寒”，一个人只要坚持实践，持之以恒，就像人骑自行车一样，必定能够熟能生巧，达到一定的技术或技艺境界。到他放电影的第三年，他们家就基本达到了脱贫的目标，这一年，家里买了台12英寸的黑白电视机，成为全村第五家有电视机的人家，也在这一年，家里还给他二哥盖了新房娶了媳妇。

日子如果就这样过下去，我们可以设想，以巨晓林的勤奋努力、吃苦耐劳和善于动脑筋，他至少会过上一般农村人的小康生活——不会大富大贵，却也绝对不会贫穷。但也完全可以肯定的是，属于巨晓林的生活，绝对不会像今天这样丰富多彩、五彩斑斓。

这期间，发生了一件事，足以改变巨晓林以后的命运。

这就是他有了一次天赐良机。

九

本来，这个机会就是他梦寐以求却又可遇而不可求的一次人生机遇，巧合的是，当这个机会到来的时候，恰好是他人生的又一个彷徨期和苦闷期。投资电影放映，这个选择不错，时机也把握得不错。可是，好日子不长，到了1985年，电影放映的黄金期就过去了，原因和这个时候中国广大城乡电视机的普及有关。人们有了电视机，再坐在露天地里观看电影的热情也就随之减退，巨晓林的电影放映事业开始走了下坡路。

正当他陷入人生困境的时候，他大姐夫带回了一个消息。

这是1987年的春节，巨晓林刚满24岁。这年春节，姐夫来给岳父岳母拜年，顺便说起了单位里的事情。姐夫单位当时的名称叫铁道部电气化工程局（2001年更名为中国中铁电气化局集团公司）一处三段。姐夫说，单位要在社会上招收一批合同工，合同期限大概是三年，只是要有一个前提条件，就是一个正式工可以带一个合同工。这话的意思就是，这次招工并不面向社会，而是"一带一"。巨晓林的父亲听了，问："这不就是要一个'保人'吗？"

姐夫说："单位这样规定，主要是为了保证招收工人的质量。"

父亲点头："对，对，有了举荐，一来知根知底，二来有了事情也有人承担责任。"父亲的思维还是离不开"保人"。

巨晓林一直在一边仔细地听着。姐夫是工人，是大型国有企业的工人，姐夫到家里来的时候穿一身粗帆布的深蓝色工装，上面写着"铁道部电气化工程局"的字样，这让他一直很羡慕。在他上大学和当兵的梦想破灭以后，留给他的最好的一个出路恐怕就是外出打工。

他肯定不可能成为姐夫那样的正式工，这一点他知道。这次和从前的招工并不一样，这一点他也知道。然而，只要能到正规的国有企业当一名工人，哪怕是合同工，哪怕是民工，或者干脆叫作“农民工”，就像他在建筑工地当小工一样，那对他来说，也是一个不得了和了不得的好机会！

巨晓林眼巴巴地看着姐夫。

家人知道姐夫有一个带人的名额。这个名额姐夫会给谁呢？在整个春节期间大家都在议论这件事。巨晓林的二哥此时已经退伍，他说他想去。当然，作为一个退伍军人，二哥的条件肯定比他好。姐夫的弟弟也想去。这个消息一来，二哥和巨晓林的心都凉了。毫无疑问，姐夫的弟弟是姐夫的亲兄弟，没有谁会放着自己的弟弟不帮反倒要去帮自己的妻弟。事情还真的就是这样，姐夫的这个名额给了自己的弟弟。巨晓林这叫空欢喜了一场。这件事按说也就这样过去了，不料春节还没过完，巨晓林家里来了一个人。这人叫王宪斌，是姐夫的同事，也是电气化局处一处三段的工人，他同样也有一个名额。这个名额，他原本是留给自己儿子的。儿子像巨晓林当年一样刚刚高考落榜，如果儿子愿意，他就准备春节一过，带着儿子去上班。可是，儿子犹豫了一段时间后还是拒绝了父亲，他说，他还想考大学，想复读。王宪斌同意了儿子的想法。但这个名额不能被浪费。

王宪斌说完事情的原委，眼睛盯着巨晓林说：“你去！如果你愿意，我这个指标就给你！小伙子，你说！”

巨晓林简直被这件天上掉馅饼的好事给惊呆了。事后他才知道，是姐夫替他说了好话，姐夫告诉自己的工友，他的这个内弟是家里最能吃苦的人，去了，肯定不会丢脸。

十

事情就这么定下来了。从决定让巨晓林顶替王宪斌儿子的那个指标，到巨晓林出发前去报到，时间已经很紧迫了。家里来不及给他准备新褥子，巨晓林命运中的第一个贵人王宪斌将本来给儿子准备的褥子拿给巨晓林。王宪斌是祝家庄人，也算是很近很近的乡党。“这褥子，”王宪斌说，“就算是给巨晓林的一份心意，只要到了电气化局好好干就行！”

巨晓林问：“怎样才算好好干？”

他有些紧张，不清楚怎样干才算干得好，他怕自己干不好会对不起他的这位恩人。王宪斌问他：“能上杆子不？”

巨晓林没想到问题这么简单，说：“能！”

“好！”王宪斌说，“能上杆子就好！那我告诉你，俗话说，火车跑得快全凭车头带，对不对？可车头靠什么带？靠电！”

“靠电？”

巨晓林有些困惑。他想起一件事，那还是十年前，他才14岁，刚上初中的那年暑假，他干了一件非常了不起和轰轰烈烈的事情：他第一次瞒着父母跑到几十里外的蔡家坡。到蔡家坡干什么去了？看火车！同学中有几个人的父亲是铁路工人，他们侃起火车来神气活现，“你见过火车吗？你知道火车长什么样儿？”已经成了这些同学呛人的话。巨晓林确实没见过火车，他家在岐山脚下，几乎快到岐山县的最北端，而蔡家坡也属于岐山县，却在岐山县的最南端。巨晓林知道蔡家坡有火车，决心和几个小伙伴一起到蔡家坡去一趟。但这事不敢给父母说，他想来想去，最后卖掉了自己一本心爱的小人书，凑足了路费。所谓路费，就是从镇上坐公交车到岐山县城，再从岐山县城坐公交车到蔡家坡的公交车费。从镇上到县城三十多里，从县城到蔡家坡也三十多里，那天，他和小伙伴们往返了一百多里，终于平生第一次看到了火车！火车鸣着汽笛，风驰电掣地从远处轰隆隆开了过来，那声音可真的是地动山摇。而让他们惊得一个个张大了嘴巴的是，火车好长好长，长得一眼看不到头，就像在铁轨上飞驰的一条绿色长龙！那时候，他还看到了火车头里坐着的司机，很了不起！好家伙，能把这么大一个火车开动了！可是，他怎么就没有想到过火车是靠电带动的！

不对，火车是靠蒸汽带动的。英国人瓦特发明了蒸汽机，而蒸汽机又是靠人用煤烧的。所以，所有的火车都会冒烟。火车吐着黑烟奔驰在广阔的原野上。这些都是他们在历史课本上学到的知识。可是现在，王宪斌师傅却说火车是靠电带动的。当然，靠电带动就要竖电线杆，这倒是他第一次听说。

王宪斌看他一副糊里糊涂的样子，知道他没完全明白，不过这没什么。

王宪斌继续说："火车跑就是靠电带的，电线是我们架的！小伙子，只要有力气你就能干，不要怕，城里人都能干我们农村人也照样能干！"

这是王宪斌鼓励他的话。

巨晓林深深地点点头。

那天，巨晓林出发了。在父母的注视下，他背着行李，踩着村道上厚厚的积雪，走出了他们的村庄，已经走出很远了，似乎耳边还能够听到母亲的叮咛声：

"三儿，你要走大路，千万千万别走小路哟……"

是的，请母亲放心，请父亲放心，请家乡所有的亲人放心，巨晓林在心里默默念叨着，加紧了脚下的步伐。天才蒙蒙亮，他要赶路，要在中午以前赶到宝鸡，再从宝鸡到西安，就此开始他一生中最远最远的一次远行。前途到底怎样？他不知道。只是，他知道他要去修建铁路，他要去当一名铁路工人，和他大姐夫、和王宪斌不同性质的铁路工人。从前的铁路工人是正式工，而他是合同工，是农民工。铁道部电气化工程局一处三段的“用工合同书”就装在他贴身的内衣口袋里，上面盖着一共三个大红印章：谢家坡村、杜城大队、祝家庄公社。

这是1987年3月。

巨晓林24岁。

第二章 古原，周原

一

十年前他看过一次火车，而这一次，他竟然坐上火车了。这一坐，坐的时间真够久，距离也够远，从关中平原一下子坐到了河北大平原，等于横跨了中原地区。先从蔡家坡坐火车到宝鸡，再从宝鸡坐火车到西安，又从西安坐火车到河北省的省会城市石家庄。到了石家庄，他们被接到一个叫大郭村的地方，这里是中国中铁电气化局的一个培训基地。巨晓林和一起来的六七个陕西人以及从全国各地招来的，一共三十多个人，集中培训了半个多月。培训内容包括电学、机械学、工程学等等，此外，接触到非常多的专业名词，包括什么叫三跨四跨，一个区间内几个铆段，杆子的种类、类型等等。这和巨晓林原先想的一点儿都不一样，也和王宪斌师傅说的只要有力气、肯吃苦就能干好完全不一样。原先想的所谓电气化，也就是栽栽电线杆、拉拉电线，苦，可能会苦一些；累，也不在话下，这些从农村走出来的非正式工人不就是要吃苦受累？可是，谁曾想到这活儿还真复杂！还真不好干！

“我的妈呀，想吃这碗饭，并不简单！”

“这都是技工干的活儿，我看，恐怕咱想干也干不了！”

……

全部新工人被集中在一幢宿舍楼里，巨晓林他们四五个人住在三楼的一个房间里。上了一整天课，每个人都上得头昏脑涨，每个人心里其实都在敲鼓。这些来自五湖四海的农民工，来之前的经历、来之前的想法也都和巨晓林差不多，大家开始的时候还憋在心里不说，等到彼此熟悉了，有人忍不住说了出来。这一说，大家才发现，原来大家的感受和心思都一样，都在发愁、发怵。

巨晓林对未来也一样没有信心，这比他想象的复杂多了、困难多了。

他是进入到一个完全陌生的生活环境里了。

给他的感觉就像是从前一直生活在大山里的老虎突然来到了非洲大草原，又像是一直生活在陆地上的动物突然被扔进了蔚蓝色的大海里。没有了坚实的土地，没有了大森林的庇护，即使是兽中之王的老虎，甚至连举手投足都会有些不知所措。巨晓林一直生活在农村，他熟悉的生活就是农村生活，就是春种秋收，春华秋实。他不熟悉城市，也从来没有接触过工业化生产，他接触过的机械最多也就是电影放映机。虽说他摆弄这样的器械，后来达到了炉火纯青的地步，练就了一手快速换胶片的绝活儿，而这手绝活儿，当时在他们县里，一共也就三个人能做到。可是这点“技能”，比起他现在学习的和将要进入的这个领域，只能算是雕虫小技了！巨晓林需要跨越的不仅仅是身份，从农民到工人，从农村到城市，他还需要跨越一种生活方式，或者说是生存方式。他必须和世界上最大型的工业方式之一——铁路建设融为一体。从他告别家乡的那一刻起，他就告别了祖祖辈辈生活的农耕文明方式而进入了现代工业文明。而他即将进入的中国中铁电气化局集团公司，其所从事的为电气化铁路提供“四电集成”（所谓四电，即牵引供电、电力、通信、信号）的工作，毫不夸张地说，是现代化大工业中的一个技术密集型行业。如今的“高铁速度”堪比飞机——接近和相当于飞机的起飞速度，而中国高铁的发展，从很大程度上来说，和中国铁路电气化的进步与发展关系密切。可以说，没有铁路电气化的进步与发展，中国的高铁梦几乎不可能实现。

二

一切都得从电气化铁路说起。

其实，中国的第一条电气化铁路就从巨晓林的家门口经过。而且，中国的第一支铁路电气化队伍，迄今为止仍然是中国电气化铁路的主力部队——电气化铁路的国家队——中铁电气化局就诞生在这条铁路上。

这条铁路就是宝成铁路，陕西宝鸡到四川成都的一条铁路线。

这条铁路线——宝成铁路，与贯通中国东西的铁路大动脉陇海线交汇于宝鸡。而中国最早的电气化铁路，更严格地说，是宝成铁路中间的一段，叫“宝凤段”——陕西境内宝鸡至凤州段电气化铁路。

铁路是一段一段修的，修好一段，使用一段。这是从现在起我们要理解铁路建设，脑海里必须要有的一个概念。这就要说到陇海铁路。陇海铁路最早可以追溯到清政府时期的1904年，到1909年完成了汴梁（今开封）至洛阳的汴洛铁路。这段铁路可以说是中国鼻祖级别的铁路。此后，中国的历史风雨飘摇，陇海线也命运多舛。北洋政府修上一段，民国政府修上一段，且修且断，且断且修。北洋政府最后把铁路修到了河南灵宝。民国政府的铁道部成立后，又接着把铁路从河南灵宝修到了陕西潼关。潼关是陕西的东面门户，历史上谁要是打进了潼关，谁就能够占领西安，进而占领陕西。唐朝的“安史之乱”，就是因为安禄山打败了坚守潼关的唐著名将领哥舒翰而长驱直入，一度攻占了唐王朝的心脏长安城，从此毁掉了中国历史上最伟大的一个朝代，唐王朝从此一蹶不振。而在抗日战争中，日本的军队始终没有打进陕西的潼关，这才让整个中国的抗日战争有了大西北和大西南的大后方。民国政府这回把铁路修到了陕西的东大门，当然也不会就此止步。这是1931年底。接下来民国政府又断断续续地在陕西境内修了两段铁路：一段是潼关至西安，1934年底竣工；一段是西安至宝鸡，1936年12月竣工。只要是多少懂得一点中国近代史的人都知道，就在1936年12月12日，西宝线即将全线贯通的时候，发生了那场震惊中外的西安事变。西安事变发生的时候西安已经通火车了，只是据史料记载，包括以于右任为陕甘宣抚大使的南京政府使团，坐火车也只能坐到潼关，潼关以西的铁路在西安事变期间全部中断。

1936年，巨晓林的家乡宝鸡市岐山县已经拥有了铁路。

抗日战争时期及以后的数年间，西安人对火车的认识主要就是对陇海线和西宝铁路的认识，这其中就包括一个著名大站——蔡家坡。前面说过，蔡家坡在巨晓林的家乡岐山县的最南端。在交通还不太发达的20世纪五六十年代甚至七八十年代，蔡家坡的名气可是要比岐山县大得多。很多人可能不知道岐山县，但蔡家坡火车站的大名却如雷贯耳，原因就在于，它是从西安西去宝鸡的一个大站，陇海线上的火车时刻表清晰地标示出，在陕西境内由东往西的火车站有潼关站、华山站、渭南站、西安站、咸阳站、杨陵（今杨凌）站、蔡家坡站、虢镇站和宝鸡站。这就是说，你从西安到宝鸡，只要是乘坐火车，中间停靠的车站一定就有蔡家坡站。

新中国建立后，国家从20世纪50年代开始修建宝成铁路，即宝鸡到成都的铁路。宝成铁路的建设，当时是轰动全国的大事情。著名陕西作家杜鹏程那时长时间在宝成铁路建设第一线深入生活，体验生活，写出了散文名篇《夜走灵官峡》：

纷纷扬扬的大雪下了半尺多厚。天地间雾蒙蒙的一片。我顺着铁路工地走了四十多公里，只听见各种机器的吼声，可是看不见人影，也看不见工点。一进灵官峡，我就心里发慌。这山峡，天晴的日子，也成天不见太阳；顺着弯曲的运输便道走去，随便你什么时候仰面看，只能看见巴掌大的一块天。目下，这里，卷着雪片的狂风，把人团团围住，真是寸步难行！但是，最近这里工作很紧张，到处都是冒着风雪劳动的人。发电机、卷扬机、混凝土搅拌机和空气压缩机的吼声，震荡山谷。点点昏黄的火球，就是那无数的电灯。看不清天空里蛛网似的电线；只见运材料的铁斗子，顺着架在山腰里的高架索道，来回运转……

杜鹏程所写的这段文字，恰恰就是宝成铁路宝凤段建设时的情景。

文章中的“灵官峡”，位于嘉陵江第一道大峡谷，毗邻陕西凤县县城。我国第一段电气化铁路——宝凤段（宝鸡到凤州段）就诞生在这里。

凤州，即陕西省凤县凤州镇。

凤县古称“凤州”，地处秦岭腹地，嘉陵江源头，位于宝鸡市西南部。

今天我们当然会问，为什么中国的第一段电气化铁路会诞生在这里而不是其他地方？这就要说到“蜀道难”的问题了。一千多年以前，唐朝大诗人李白在行至秦岭古栈道陈仓古道时曾留下“蜀道之难，难于上青天”的感叹。这里所说的“蜀道”，就是指中国古代连接秦、蜀，翻越秦岭和大巴山的道路，也就是由陕入川的道路。说蜀道的难行比上天还难，这是因为自古以来秦、蜀之间被高山峻岭阻挡，古人为了越过秦岭和大巴山，开拓了不少道路，其中最主要的就是陈仓古道。这条路，从宝鸡陈仓沿千水（今清姜河）经大散关上行至秦岭，又沿着嘉陵江支流下行到凤州，经褒城到汉中南郑。当年的汉高祖刘邦就是取此道北上。“汉王北定三秦，用韩信计，出故道（今凤县），战陈仓、好畤（今乾县），又战废丘（今兴平市），遂东至咸阳。”

1952年7月和1954年1月，宝成铁路分别在四川成都和陕西宝鸡开工，1958年元旦全线交付运营。著名作家杜鹏程写作的《夜走灵官峡》，落款即是“1958年元旦写于成都”。消息非常轰动。1958年元旦那天，宝成铁路建成通车，贺龙、聂荣臻参加了通车典礼。当时的报道称：这条铁路北起陕西宝鸡，穿过秦岭垭口，顺着嘉陵江一直修到成都。成都人为之欢呼雀跃。宝成铁路的建成，彻底改变了“蜀道难”的局面，为发展西南地区经济建设创造了重要条件。这是西南与全国铁路网陇海线相连的第一条干线，是沟通西北与西南的第一条干线，也是突破“蜀道难”的第一条铁路。然而，就在全国一片欢欣鼓舞中，当时的铁道部已经预见到了这条路的“先天不足”。

突破“蜀道难”不假，但作为当时中国修建的第一条山岳铁路，特别是从四川的绵阳以北到陕西的宝鸡，基本上都是山区，都是崇山峻岭。铁路经过宝鸡后进入秦岭山区，竟然一共16次跨越嘉陵江！有许多地段都是隧洞连着桥梁，桥梁接着隧洞，来回往复，盘旋上升。特别是宝鸡北面的杨家湾至秦岭段，直线距离约9公里，高差竟达680米！为了保证机车能够爬过每1000米升高不超过30米限度的坡度，铁路线不得不采取弯曲盘旋的方式，竟使线路延长了三倍，达27公里之多——9公里的路弯来绕去就变成了27公里，足见道路的陡峭！而著名的秦岭隧道群，迂回盘旋上升，7个隧道口竟错落在一条山梁上，穿越秦岭山脊一段，经过三个马蹄形和一个“∞”字形大弯道，越过59座桥梁、80个隧洞，才盘行到秦岭绝顶上——秦岭车站。列车越过秦岭车站后，基本上沿嘉陵江河谷直下四川，在广元附近才与嘉陵江分手，进入龙门山区，最后进入肥田沃野、河渠纵横的成都平原。

好家伙，经过这样的描述我们就不难看出，这条沿着秦岭古栈道陈仓古道而修建的铁路，是如何贯通了蜀道这样的千古险途！

这就带来了一个问题：火车机车的动力不足。宝鸡至秦岭段上坡时，需要用三台蒸汽机车前拉后顶。前面的两台机车在拉，后面的一台机车在推，这是上坡。下坡的时候，前面机车拉，后面还有一台机车拽着。这种情形，很像是小毛驴拉了辆大车，力不从心。

这就是火车的动力问题。

三

自从人类历史出现了火车以来，火车动力的问题就一直制约着火车技术的进步。从19世纪至今大约一二百年时间里，火车先后出现过三种动力系统，这就是蒸汽机车、内燃机车和电力机车。蒸汽机车烧煤，内燃机车需要加油，电力机车顾名思义就是用电力驱动的火车。1881年，德国试验成功一种适合以高压输电线供电的电力机车新供电系统，叫作“架空接触导线”供电系统，就是说，电力由架在空中的供电系统提供，很有点像城市中的有轨电车，就是在车顶上装一条“长辫子”，专业术语叫受电弓。受电弓的作用就是把火车所需要的电力从架在空中的电网上引到机车里。架在空中的电网，专业术语叫“接触网”。所谓接触网，是指电气化铁路接触网，是沿铁路线上空架设的向电力机车供电的特殊形式的输电线路。

这就是电气化铁路著名的一对关系——“弓网关系”。

简单地说，接触网为电力机车提供动力，而火车上的受电弓则从接触网上获取电能。因此，电气化铁路工程又称为“四电工程”或“四电集成”，包括牵引供电、电力、通信、信号。其中，以牵引供电系统中接触网作为铁路电气化工程的主构架。接触网对电气化铁路的重要性由此不言而喻。

四

还在1952年宝成铁路刚刚开始建设后不久，当时的铁道部已经未雨绸缪地预见到了这条铁路的特殊性。战胜自古以来难于上青天的"蜀道难"并不那么轻松，动力不足的问题迟早都会出现，而用先进的电力机车取代能力显然不足的蒸汽机车一定是早晚的事。这样的先见之明，后来很快被宝成铁路投入使用后的现实所证明，好在他们早已经开始了默默的努力。

1953年11月，宝成铁路在四川成都破土动工才一年多，铁道部就已经决定，在宝成铁路的其中一段，也就是宝鸡到凤州的93公里咽喉地段——"卡脖子"路段，修建中国有史以来第一段电气化铁路。

决心已下，只是在选择哪一种电气化铁路方面，铁道部却颇费周折。德国在1881年试验成功"架空接触导线"供电系统，解决了电气化铁路的电动力问题以后，电气化铁路却并没有如雨后春笋般在全世界蓬勃发展，而普遍使用的仍然是蒸汽机车和内燃机车。在宝成铁路修建的20世纪50年代，"当红"的仍旧是内燃机车。这是因为，当时石油得到大量开采，且价格低廉，所以世界各国都在研制和使用内燃机车，而把电力机车放在次要地位。在我国，由于新中国成立初期石油还相当匮乏，只能普遍使用烧煤的蒸汽机车，比如，这条新修的宝成铁路。可是正因为这条铁路的修建，把当时的铁道部逼到了墙角，他们必须选择电气化铁路。有趣的是，大约就在此时，就在中国的第一段电气化铁路诞生前后，风向变了。世界各国又把注意力转向了电力机车，从而促进了电力机车的迅速发展。原因便是，从20世纪60年代开始，石油生产国提高了石油价格，世界性的石油危机爆发。阴差阳错，也许是鬼使神差，或许是上苍的一种特殊眷顾，在新中国诞生的初期，当中国在别的科技进步方面还和世界发达国家有较大差距的情况下，我们却早早地开始了电气化铁路的建设。这种情形犹如中国没有赶上前几次工业化浪潮，却赶上了全球经济一体化，因而获得了一次长足发展的机会。中国从上世纪50年代末就开始的电气化铁路建设，至少让中国在这一领域并不落伍，早早地赶上了世界的步伐，汇入了世界潮流。而这一点，竟然为我国日后发展高铁提前奠定了基础。

当然，这是后话。

这也是当时的决策者没有想到的一个“意外收获”。

当时，放眼世界，1954年法国建成世界上首条单相工频25千伏交流电气化铁路：埃克斯·累·班至里亚罗什休尔伏龙，全长78公里。此时，日本也基本试验成功。苏联国内也正在奥热列利耶至巴维列兹137公里的区段进行试验。我国铁道部组织专家跟踪研究，论证对比，于1957年9月决定采用这种世界上最先进的供电制式，即决定宝鸡至凤州段按25千伏单相交流供电制式进行电力牵引设计。这套方案的优点是，能直接从电力系统取得电能，并以较高的电压向电力机车供电，降低建设投资和运营费用。从时间上看，当时的铁道部是“双管齐下”，即一方面十几万筑路大军在日夜兼程地修筑新中国建立后修建任务最艰巨的一条铁路，另一方面则紧锣密鼓地进行着电气化铁路的论证和前期准备。

我们可以对比来看：

1956年，铁道部第一设计院和第三设计院的动力电化科合并组成了铁道部第三设计院电气化设计处，开始了宝凤段电气化铁路的设计。

1958年1月1日，宝成铁路建成通车。

1958年3月，铁道部第三设计院完成宝凤段电气化铁路初步设计。

1958年4月17日，铁道部电务工程局决定，将原通号公司宝凤段电气化铁路筹备机构及第六工程队合并，组成电务工程局电气化铁道第一工程段。第一工程段的诞生，标志着中国有了第一支电气化铁路施工的专门队伍，成为我国电气化事业的开拓者，为我国后期铁路电气化建设发展，培养、输送了一大批管理、技术人才，后来逐步发展成为巨晓林所在的中铁电气化局一处。

1958年6月15日，宝鸡至凤州段电气化铁路开工。

随后不久，1958年9月30日，中铁电气化局集团公司的前身、铁道部电气化铁道工程局在北京成立。随着铁路电气化事业的曲折发展，铁道部电气化工程局历经多次合并、重组、改制。2000年9月28日，铁道部电气化工程局随中国铁路工程总公司与铁道部“脱钩”，归属中央大型企业工作委员会管理。2001年8月8日更名为中铁电气化局集团有限公司，随后成为世界企业和世界品牌双500强企业——中国中铁股份有限公司的重要成员企业。

关于这段历史，如今已经成为中国第一代电气化铁路工人的集体记忆。史料记载：“电气化铁道第一工程段这支近千人的施工队伍，手持铁镐、风钻，开进了扼巴蜀之咽喉、阻南北之交通的秦岭深处，他们披荆棘，暴霜露，筚路蓝缕，风餐露宿，挖坑立杆，架线铺缆，成为电气化铁路这片广袤原野上第一批拓荒者，由此揭开了中国铁路电气化建设的序幕。”

两年之后。

1960年5月，宝凤段铁路胜利建成。从此，中国有了第一段电气化铁路。

宝凤段的这条长93公里的电气化铁路，是中国电气化铁路从无到有的一座标志性的丰碑。此后，大约过了八年，1968年底，随着大西南三线建设的启动，宝成线电气化铁路工程开始分段施工，到1975年6月，随着绵阳至成都段的竣工，全长676公里的宝成铁路全线实现了电气化，成为我国第一条电气化铁路。

1975年7月1日，中国第一条电气化铁路干线——宝成铁路正式通车。

时至今日，当中国高铁成为中国国家名片而走向世界的时候，当国务院总理李克强极其骄傲地作为高铁“义务推销员”向世界各国推介我们中国的高铁技术和高铁产业、高铁产品的时候，我们一定不要忘记，在秦巴山区的崇山峻岭间逶迤穿行的这条电气化铁路，就是中国高铁最初出发的地方，是中国的“高铁梦”开始的地方！

五

中国的第一段和第一条电气化铁路既然诞生在秦巴山区的崇山峻岭间，诞生在巨晓林的家门口，自然而然，电气化铁路早期的劳动大军中以陕西人，尤其是宝鸡（包括巨晓林的家乡岐山）人为多。毫无疑问，包括巨晓林的大姐夫以及把本来给儿子留的名额无私地转赠给巨晓林的祝家庄人王宪斌在内，他们当初能够走进电气化铁路工人的队伍，就是因为修建宝成线。后来，我发现陕西人中叫“宝成”的人不算个别，一问，才知道都和修建宝成铁路有关。

虽然知道了这些，知道自己被招工的这个单位是伴随着中国第一条电气化铁路宝成线的建设应运而生的，可此时的巨晓林还是很苦恼。在河北石家庄大郭村培训期间，他虽然努力学、努力记，但仍旧和读天书一样，云里雾里。他这才知道，电气化铁路接触网的施工绝对不是一个只需“出苦力”的活儿，它涉及不少高深的学问，是一个具有相当难度的技术活儿。十多天的培训结束了，不等他对未来有一个清晰的想法，他就重新背起了铺盖卷，从河北到了山西。领导告诉他说，他们一共十几个人被分配到了北同蒲线。北同蒲线位于山西省的北部，北起大同，南至太原，是纵贯山西省北部的晋煤外运的主要通道之一。在当时，由于铁路运能不足，沿线煤矿以运定产，严重影响晋煤外运。于是，1981年10月国家计委批准北同蒲线进行电气化改造，并且将其列为国家“六五”和“七五”期间的重点工程。巨晓林脑海中深深地印上了“北同蒲线”这四个字，他仔细查看了地图，认真地拿出自己的小本本把有关情况记在本子上。他心想，这可是自己平生参加的第一条铁路建设，对自己具有“划时代的意义”。从石家庄出发，往西北方向进入山西境内，到了怀仁县金沙滩镇，也就到了队部的所在地。这里已经是北同蒲线的一线施工工地。巨晓林在这里接受培训，培训内容就不再是理论知识而主要是实际操作了。几天培训结束，这支十几个人的队伍再次“化整为零”，被分别分到了下边几个点。等到又背起铺盖卷的时候，他们一行就只剩下了四个人，这次，目的地是山西省山阴县岱岳镇。

这一路上，从河北到山西，从石家庄到怀仁，再从怀仁到山阴，冰天雪地中背着铺盖卷的长途跋涉让巨晓林对未来有了越来越多的憧憬。但同时，他心里的不安也越来越多、越来越深重……

他最怕最担心的就是自己干不好这份工作。

到了山西山阴县岱岳镇，他们四个人也就到了他们所在的班组。几天的培训结束后，新工就要正式上岗，正式到工地干活了。从这时候开始，发生的每一件事情，甚至非常非常小的一个细节，其实都会影响到巨晓林这位当时才24岁青年的心理和成长。没有人能够看出来，在巨晓林憨憨厚厚、朴朴实实，甚至有些木讷的外表下面，其实有着一颗极其敏感的心，尤其是自尊心。从小到大，巨晓林可以什么都不在乎、什么都不要，唯有尊严不能丢。

三段工长同时也是他们班组班长的周永新，这天把四名新工叫到一起，对他们说：“今天给你们一人认个师傅，以后就要跟着师傅学，跟着师傅干活儿。”话是这么说，说是徒弟认师傅，实际上是师傅挑徒弟。四个年轻人往那儿一站，谁一眼都能看出来，最瘦最小的就是巨晓林。此时，巨晓林心里清楚，上工地干活儿，拼的就是体力，谁都希望自己的徒弟膀大腰圆，最好是武松、鲁智深那样的，有一身力气，师徒二人才好搭班子干活儿，也才能多拿奖金多赚钱。果真，其他三个个头高大、身强力壮的小伙子很快“名花有主”，被一个个师傅挑选上了，其中就有巨晓林姐夫的弟弟。姐夫的弟弟当过兵，个头也比巨晓林高出十厘米，小伙子看上去很精神。最后，只剩下了巨晓林，一个人孤零零地站在那儿……

这太可怕了。

如果没有师傅要自己，如果发生征兵时的情景，如果因为别人挑走了大个子和身强力壮的徒弟，最后剩下他自己被别人很生气、很不情愿、迫不得已，甚至骂骂咧咧地收下，巨晓林的确会很受伤。或许，给他带来的心理创伤日后也将很难愈合。

巨晓林忐忑不安地站在那里。

然而，就在他脑子里七想八想的时候，一个人走到了他的面前，非常爽朗地说道：“怎么样，愿意不愿意啊？你就跟我得了！”一口好听的河北口音！一个一米八五的大高个儿！热情爽朗的性格！巨晓林看了自己师傅林鸿一眼，顿时感到胸腔里有了一股暖流，暖融融的，仿佛有什么东西在融化……他说不出话，只是用力地点点头，拿起工具就跟师傅走了。这一高一矮的师徒两人消失在班长周永新的视线里，周永新对这样的结果很满意。没有别的，他对巨晓林有好感。四个合同工刚到班上报到的时候，周永新帮着新来的工友整理行李，结果，他发现巨晓林的行李里除了简单的日常用品，最多的就是书和本子，这让他多少有些诧异。他随手翻了翻，发现巨晓林在写日记，不好意思看，合上了。接着，他发现巨晓林还在画画，画得很有趣儿，大体上是些漫画，还配着一些小诗。

他笑笑，问：“喜欢？喜欢看书写字？”

巨晓林憨厚地、不好意思地笑笑。

周永新继续翻看着巨晓林的诗歌和画儿。“哦，还喜欢写诗画画儿，跟谁学的?”周永新又问。他发现巨晓林不爱说话，很内向，抬头看他一眼。

这句话打开了巨晓林的心扉，他的笑容突然变得有些灿烂：“我父亲爱画画儿，我也跟着随便画画。”

巨晓林一开口，浓重的陕西口音让周永新听起来有些困难。

“好，好。”周永新说。然后他略带感慨地又说了句：“我见过的合同工不少，只有你是带着书本来的。”

这句话周永新可能是随便说说，也可能是表达自己的一种感情或感想，但是，这句话对巨晓林却至关重要——他此后再没有忘记过这句话。首先，这是表扬，是他来到这个新集体听到的第一次表扬。其次，这是他来到的这个新集体的新领导、他们的副工长和班长的表扬，这对他意义重大。再次，表扬他的内容是他爱读书学习，而不是表扬他哪个活儿干得好或他特别能吃苦。他因此得出一个结论：这是一个鼓励人学习上进的环境。在这个单位和这个集体里，读书学习是被提倡和鼓励的一种风气，聪明才智是受人尊敬的一种能力。而且，既然他们建设的是电气化铁路，单位需要的就不仅仅是出苦力的人——像一般单位和一般人对农民工、临时工、合同工的理解和需要那样，只要你能够卖力气干活儿就行，而这里需要有技术、能钻研的技术能手和技艺精湛的人。这让巨晓林感到欣慰。他本来就是一个爱琢磨的人，本来就喜欢钻研一些事情，除了细心和勤奋外，家里人总说他有一股子轴劲，也就是说，他有一股子不撞南墙不回头的死犟死犟的脾气，属于认死理的一个人（后来，我采访的时候他夫人宋小平说他的有一句“名言”：“一根筋两头还堵着。”可见他比一般人的一根筋还一根筋）。他想要干的事情一定会想办法做到最好。就像他母亲说他那样，就连积农家肥和给牛羊猪圈垫土这样的粗活儿，他都一定要做到最精细；也像他在家乡放电影，连换胶片这样的简单劳动，巨晓林也能练出一手绝活儿。

这天晚上巨晓林做了个梦，他梦见自己回到了家乡，回到了家，梦见了自家的土墙、小黑木门，梦见了父亲母亲。父亲正在用毛笔认真地写下几个字，他歪着脑袋趴在一边看着，突然他嘿嘿、嘿嘿地笑了。他看清楚了，父亲写的正是他的名字：巨晓林。

六

中秋佳节

吃一碗臊子面，
夸一夸陕西岐山；
看一阵长城上的月，
想一会渭河岸的家；
做一夜美美的梦，
与亲人梦里欢聚团圆。
二〇〇六年中秋佳节，
就这么相思相思地过。

这首诗是2006年中秋节巨晓林作于河北滦县八里桥的。当时，他们正在八里桥车站施工。中秋节这天，下工后大家会餐，热热闹闹的会餐结束后，巨晓林躺在床上，想家，想家里的亲人，想母亲和妻子做的岐山臊子面，想得心里难受，想着想着他拿起笔，在本子上写下了这首《中秋佳节》。在巨晓林的诗歌和漫画中，很多诗歌和漫画的主题都是写自己的家乡和亲人，写乡愁，写对故乡和亲人的思念。

比如这首《相思桃花》：

春天来了，

山路口那一树桃花开了，

清清的溪水，

仍捧着她的美丽，

弹着欢快的小曲，

但她却依然迎风伫立，守着诺言，

凝视着远去的山路，

那心中的相思，

就在满树粉红色的桃花里！

这是在春天的时候看见施工工地曹妃甸的一树树桃花，他想起了自己家乡的那棵桃树。家乡有桃树、梨树，还有油菜花，想家的时候，他就会把眼前的景和家乡的物联系在一起，触景生情，随手拿出总是带在身上的笔和本子，写一写，画一画。但说起这首写于2009年春曹妃甸的《相思桃花》，巨晓林告诉我说，那是他休息的时候用手机写的诗歌短信，经常收到他这样的诗歌短信的是他的妻子宋小平，而这首诗也是发给妻子的。妻子是他的诗歌的鉴赏者，每次看到他这样的诗歌短信，很快，他就会收到妻子的几句“诗评”。当然，这是他有手机以后的事情。

巨晓林画过一幅漫画。

漫画的下方是连绵起伏的群山，画面的左上方画着一个人躺在一轮弯弯的月亮上面。而画面的右上方，在群山的山巅之上有一颗星星，星星里有一张看上去嘟着嘴的小脸儿，那张嘟着的嘴，巧妙地被画成了一个电脑的“点开”按钮。这幅画是他给女儿的生日礼物。月亮里的人画的是他自己，星星里画的是他女儿，父女两人隔着千山万

巨晓林的漫画：梦回岐山

水，他无法回家给女儿过生日，女儿嘟着小嘴表示不满。而星星里那个“点开”按钮是说，等我回家，等着我回家了，女儿的按钮才会被“点开”，女儿也才会破涕为笑对父亲说话。

这幅漫画还配了首小诗《梦回岐山》：

夜里又梦上了天，
坐着月亮看岐山，
岐山山上有颗星，
闪闪发亮满心声。

七

岐山，岐山，那是巨晓林魂牵梦萦的地方，是他的故乡，是他的家园，是他千里万里、千山万水、生生死死、死死生生永远牵挂的地方。家园，故乡，也是无数游子，也是亿万远离家园的农民工日思夜想的地方。巨晓林非常热爱他的故乡，而他也庆幸，他出生在中国著名的一块土地上：周原。

他的一位徒弟写过他一个小故事——晓林名字的故事：

巨晓林有个小爱好，就是爱设计签名。他常说：“名字叫起来顺口，听起来响亮，写起来流畅，看起来漂亮，再加上寓意美好，那是再好不过的了！”

这一天晚上，巨晓林又坐在桌子旁，用笔画着写着自己的名字。我不经意间问道：“师傅，你的名字挺好，谁起的？”这一句问话，打开了师傅的话匣子：“我的名字是父亲起的。我出生那天是农历九月初三，早晨六点多钟，按阳历正是十月一日，国庆节。家人万分高兴，都说起名叫‘国

巨晓林的漫画：油菜花

庆’吧。”“对呀，国庆节出生的，叫国庆的人很多呀！那你怎么不叫国庆？”我好奇地问着。巨师傅笑呵呵地说：“听我父亲说，原因是我有一位堂姐，她的名字叫‘乖勤’，我的家乡话里和‘国庆’同音，怕对亲人不敬，所以我不能再叫‘国庆’了。”“那你为啥叫‘晓林’呢？”我迫不及待地问。这时师傅有些得意地说：“我出生的一大早，我父亲特别高兴，跑出院门去给亲戚们报喜。刚出院门，抬头看到东方的天已大亮，又看到我家东边的一片树林。于是转身回家，给我取名‘晓林’。后来，父亲说我孝顺，又叫我‘孝林’。再后来，我长大了，觉得‘晓林’寓意更好，就又改回来了。虽说我没能叫‘国庆’，但我愿意以阳历来过我的生日，这样就能和祖国共庆生日，多好啊！”

听着晓林师傅津津有味地说着他名字的故事，我深深地感到，师傅是个有情有义、热爱生活的人，在心里默默地祝福他在电气化局的生活像他的名字一样，充满诗情画意。

从巨晓林的父亲给他起名字这件事我们已经看出来了，他的父亲很不一般，差不多算是“乡儒”那一类人，在农村属于识文断字颇有文墨的农民。父亲的另外一次起名是给巨晓林的女儿。女儿出生的时候，巨晓林正在建设鹰厦线。鹰厦线北起江西省的鹰潭市，经资溪，越闽北武夷山，最后到达东南沿海的厦门市，属于华东铁路干线之一，是连接江西与福建、内地与沿海的重要通道。像往常一样，巨晓林不可能请假回去守在即将分娩的妻子身边，他也不可能像一般父亲一样听见女儿（以后还有儿子）的第一声啼哭。这样的天伦之乐，普通人谁都能够享受到的幸福，巨晓林不可能，他的工友们不可能，他们铁路电气化人，长期奋战在野外，走遍祖国大江南北、四海为家的铁路电气化人，根本没有可能去享受这种幸福。巨晓林的女儿出生在十月，一直过了三四个月，到了农历春节回家时，他才见到了自己的亲生骨肉。他做父亲了。那个时候，他们还没有手机，女儿出生后已经过了一周多，他才收到妻子宋小平的一封信。

在信里，妻子写道：

咱们生了个千金女儿，她爷给起了个名字叫“江虹”。知道为什么？前天夜里，她爷做了个梦，梦见一道虹，一头在江北，一头在江南，她爷就说，可能生女儿……

听听，是有点神奇！当时，巨晓林他们施工的地方在福建省光泽县，从地理位置上看的确在长江以南，而陕西省则在长江以北。他的父亲就刚好梦见了江南江北一道彩虹，预言生个女孩儿，还果真生了个女孩儿！由此看来，巨晓林的父亲不仅仅不一般，应当说，还有些特别。这就要说到巨晓林家的一些陈年往事。关于巨家的祖上，种种迹象表明，如果不是当地的名门望族，至少也可能是当地的大户人家。一次，巨晓林的媳妇宋小平在镇上想要搭个顺车回村，正好路边有一辆大卡车，一群老婆婆和她一起坐在了卡车上，一路上大家说说笑笑。老婆婆们一听眼前这个高挑瘦个儿的年轻女人是巨家的媳妇，露着没牙的嘴，说出了一句当地广为流传的民谣：“巨越仁，徐远春，驸马庄巨家娶了徐家小姐。当年，可是咱这儿的轰动事儿呢！”轰动什么？轰动的就是这是当地两户非常著名的大户人家缔结的一桩姻缘，结婚双方的名字也就以民谣的形式流传了下来。

关于巨家祖上究竟是什么情景？巨晓林的父母似乎一直讳莫如深。至于巨越仁是谁？徐远春是谁？是他们家的曾祖父曾祖母？还是曾曾祖父、曾曾祖母？不知道。知道的就是祝家庄镇驸马庄的巨家娶了祝家庄镇东南徐家庄一个叫徐远春的大户人家的女子。巨家后来败落了，败落的一个标志性事件就是，他们失去了一院大厦房和四十多亩平原上肥得流油的水浇地以及成群的骡马牛羊。从天而降的灾难就是一场大火，一场大火把巨家的一院房夷为平地，时间大概是民国时期，是巨晓林爷爷的爷爷，也就是他的高曾祖父时期。只是，不知道这位高曾祖父是不是民谣中的那个“巨越仁”？房子被烧光以后，巨家从此家道中落，不得已把四十多亩好地卖了，在靠近山区的地方再买了四十亩坡地，举家搬迁到了如今的这个村子——祝家庄镇杜城村。

八

从驸马庄搬到杜城村，这是越搬越往北，离开平原而进入塬区了。

驸马庄，顾名思义就是公主丈夫的庄园，当然算是皇亲国戚住过的地方了。可是，这是哪个朝代的驸马？人们说，是周文王的驸马。而巨家后来搬迁去的杜城村，“杜城”据说也有讲究。杜，是杜绝的意思。城，在这里指的就是城门口。杜城即意为百姓到了城门口就得止步，不能随意进出。具体地说，杜城村所在的这个地方，三千多年前就是周人国都的城西门口，也就是周都城的西门，都城的最西端。

除了驸马庄、杜城村，祝家庄镇附近还有许多地名与西周王朝建都及周王朝的历史有关。杜城村以南的祝家庄镇祝家庄村，也就是前面提到的王宪斌师傅的家乡，这个“祝家庄”名字的来历，据说和军队打了胜仗凯旋庆祝胜利有关，如同欧洲一些国家的凯旋门，比如著名的法国巴黎凯旋门。拿破仑打了胜仗，民众集中在凯旋门附近，胜利归来的军队和将军要接受万众瞩目与欢呼。古罗马的军队据说也有这样的传统。与古罗马恺撒、法国拿破仑一样，周文王的军队打了胜仗以后，同样要热烈庆祝一番，而地点，就是如今岐山脚下的祝家庄。可以想象，在周文王的统一战争中，脚下的这片土地曾经无数次地陷入欢乐的海洋，那是因为，周文王的军队又打了胜仗！史书记载，周文王被商纣王囚禁了长达七年，就在这七年的牢狱生活中，他完成了中国古代史乃至中华文明史上的一个壮举，史称“文王拘而演《周易》”。周文王姬昌出狱后，得到姜子牙等贤能的辅佐，开始了他灭商的一系列征战，率师向四方攻伐。周文王的军队首先消灭了西北方向商朝的一些小国，主要是今甘肃境内灵台等地商之藩属，由此而巩固了周王室的后方。紧接着，文王挥师东渡黄河，不断攻占商朝的一座座城池，进逼到了商之京畿。在这一系列战争中，为了鼓舞士气，每次战胜归来，周文王都要大摆宴席，犒劳三军，祝家庄这地方在3000多年前曾有过多次鼓乐喧天，欢声笑语，君臣同乐，其乐融融庆祝胜利的情景。

紧挨着杜城村东边的村子叫“宫里”，“宫里”不用说就是宫殿，陕西话爱说宫里宫外，在此大约是指周文王时期的宫殿吧。到了宫里也就到了祝家庄镇的最东边，宫里的东邻即京当镇。京当，京当，大概就是京城所在地的意思。宫里附近还有个地名叫“哨儿嘴”。人们说，哨儿嘴就是西周早期的烽火台，起着边关守卫和岗哨的作用。

这还没有完。

关于和周文王的都城有关的地名，比如说，巨晓林上高中时候的“范家营”，很可能就是当年周文王军队驻扎的一个军营，范家营就在驸马庄以南。此外还有“上营”“岐阳”这样一些地名。上营，大概是周文王近卫军的驻扎地。至于“岐阳”这个地名讲究可就大了。岐阳在宫里以南，也就是周王宫殿的南边，据说是周公主的住处。周文王的祖父、周部族早期首领、《诗经》里歌颂的古公亶父、后来被追尊为“周太王”的太王陵就在岐阳。岐阳也是“三王庙”的所在地。所谓三王庙，原本也只是“太王庙”，是古公亶父一人的庙宇，在祝家庄乡岐阳村西。明朝嘉靖年间，人们把古公亶父、古公亶父的儿子季历（即周文王的父亲，后被商王残忍杀害于商都朝歌，周文王追封其父为“王季”）、孙子周文王合而祠之，祖孙三人的庙合称为“三王庙”。从太王陵、太王庙这样的历史遗迹的存在，说明这里当年曾经是周王室祖先古公亶父繁衍生息的地方。

九

历史就是这么神奇。我们以为早已湮没在远古的往事烟尘中的古公亶父、周文王姬昌，他们的事迹、影响，最后却以这样的方式——流传于千古的地名，复活在了我们今天的历史中。

当然，除了地名，还有诗歌。

这就要说到著名的周原。

《诗经·大雅·绵》是一首追述周室先祖古公亶父创业兴邦的史诗，诗中写道：

古公亶父，来朝走马。
率西水浒，至于岐下。
爰及姜女，聿来胥宇。
周原朊朊，堇荼如饴。
爰始爰谋，爰契我龟，
曰止曰时，筑室于兹。

史称，古公亶父率姬姓氏族二千乘，循漆水逾梁山来到岐山（箭括岭）脚下的周原。周原位于陕西关中平原的西部，它北倚巍峨的岐山，南临滚滚东流的渭河，西有千河，东有漆水河，东西长约70公里，南北宽约20公里。岐山山脉绵亘东西，以西北诸峰为最高，山麓的平均海拔在900米左右。周原水源丰富，气候宜人，土肥地美，适于农耕与狩猎，岐山系天然屏障。古公亶父经占卜大吉，就决定在此定居。从此姬姓的部落就自称为“周”人——生活在周原上的人。中国历史上一个强大的王朝——西周由此登上了历史舞台。

周原的麦田

十

毫无疑问，这是一片人杰地灵的土地。

生活在这片土地上，巨晓林从小就为此感到自豪和骄傲。或许是命运的安排，巨家从驸马庄搬到杜城村，从平原搬到了靠近箭括岭即岐山的山脚下，从生活条件来看肯定是越搬越差了。但是，从另一方面来看，这次搬家却让巨家离周文化的源头越来越近。因为，杜城村正好与岐山豁口正对。《岐山县志》记载：岐山因境内东北部的箭括岭双峰对峙，山有两岐而得名。岐山东西两峰之间有个缺口，一条古道由此穿过，宽约十米，自古以来就是出入岐山的必经之路。从这条古道往北进入麟游县。唐朝的帝王行宫九成宫在麟游，太宗李世民从长安前往九成宫，路途遥远，中途需要休息一晚上，于是，唐初时在杜城村附近盖了一处寺院，叫“睡佛寺”。这个寺院后来就成了杜城小学的所在地。巨晓林在杜城小学读书时，当地人习惯上仍把这个地方叫“寺院”，过去的戏台遗迹尚在，藏经房也还保存了下来。小学校的南边就是“哨儿嘴”，一座古代留下的烽火台，他们小时候经常爬上烽火台，只觉得好玩，却不知道这座烽火台是西周王朝的还是大唐王朝的，抑或是其他什么朝代的遗物。此外，小学校里还有一口锈迹斑驳的大钟，年代已不可考，村里的老人说，那是清朝的钟。这说明至少到了清朝，唐太宗曾经歇脚的这座寺庙也还香火旺盛。

对于巨晓林来说，箭括岭的缺口以及缺口之间那条古道的存在，还有一个好处，那就是，那条路是通往宋小平娘家的路。等他长到二十出头，他就沿着当年唐太宗李世民来来往往去九成宫的这一条路，去了宋小平的家。当然，这是后话。

巨晓林的父亲对祖上曾经的“阔气”从来只字不提。而巨家为什么会从好水好地的驸马庄向北一直迁徙到了现在的杜城村谢家坡，父亲的回答也很简单，就是那场莫名的从天而降的大火。家里的四十多亩好地变成了四十多亩薄田，这件事情后来被证明是一件因祸得福的好事。土改的时候他们家的成分起初被定为富农，以后改成了中农。

因此他大哥当上了公社干部，他二哥当了兵。要知道，在那个阶级斗争的年代里，如果家庭成分是地主或富农，当兵和当干部是完全不可想象的事情！我们不知道在“文革”那样严酷的日子里，巨家是怎么度过的。因为，除了家庭成分以外，他们家还有一件麻烦事，相当于秃子头上摆着的虱子——巨晓林的父亲在方圆百里以懂《易经》和懂《八卦》而著称。

说来有些巧合。

原因就是，在这片诞生过推演八卦的周文王的土地上，后来还诞生过唐代第一奇人、科学家、星象家、占卜家李淳风。李淳风死后，葬在家乡天柱山下，即岐山县城东北约六华里处的凤鸣镇李家道村。

巨晓林的父亲懂些《易经》《八卦》、通阴阳风水，在当地还相当有名。农村人讲究风水，置宅基地、盖房子甚至选坟地等都要看阴阳风水，他父亲就经常被人请到十几里或几十里外给人家看风水。这当然不会是义务劳动。于是，巨晓林父亲的这个本领也就成了他母亲纺线织布以外养家糊口的另一项经济来源。巨晓林小时候也想过学学父亲的本领，他把家里的《周易》《八卦》之类的书捧在手里，左看看，右看看，却怎么也看不明白，那些符号、图画及文字像天书一样。他问父亲，父亲拒绝给他讲解，面色凝重地对他说：“你不要学这个！”

他问：“为什么？”

父亲却不再回答。

父亲不让他“子承父业”，一定别有隐衷。

父亲没有教他《易经》《八卦》，但在其他方面，父亲是对巨晓林这一生影响最大的人。巨晓林父亲生于1932年，少年时期读过私塾，有些国学功底。他写得一手好毛笔字，逢年过节、红白喜事，四邻八舍都请他写对联。写对联肯定要拟些对仗的句子，他平常也喜欢搞点舞文弄墨的事情，比如吟诗作画。巨晓林父亲画画儿，不是用钢笔画，也不是用铅笔画，而是用毛笔画，摆些笔墨纸砚等等，一本正经地“作画”。他的画作大体分两类：一类是画人物、动物、山水，另一类是画戏曲里的人物，比如画金沙滩一仗的杨家将、画岳母刺字等。

父亲的这些爱好让家里总有一股文墨的香气。

受此熏陶，巨晓林在高考落榜以后回乡务农，也开始了自己画画儿、写字、搞些业余文学创作的笔墨生涯。和父亲不同的是，他的画儿是用钢笔和铅笔画，他喜欢的书法也是硬笔书法。但不管怎么说，父亲喜欢写字画画儿还是深刻地影响了他。巨晓林对硬笔书法的着迷，还是在建设鹰厦线的时候。1990年的夏天，他们在福建进行接触网施工，天气极度炎热，他们只能早晚干活儿。从施工地点到他们的住宿地，要经过一座桥，桥头有一个老先生的小书亭，巨晓林每天从桥头经过的时候，都会看到老先生在埋头写字，而并不去关心有没有人来买他的书籍和报刊。他开始有些好奇，停住脚站在旁边看，这一看就看得走不动路了，因为老先生的钢笔字写得简直和他所见过的硬笔书法字帖一模一样，功力可是了得！

老先生见一个身穿印有“铁道部电气化局”字样蓝色工作服的年轻人总是站在一旁看他写字，一站就是许久。这天，他问：“小伙子，有兴趣？”

巨晓林点头：“是，我很喜欢。”

“想学？”

“想学。”

“那好，你来。我看你这小伙子不错！”

从这天开始，巨晓林成了老先生硬笔书法的入门弟子，他买了本硬笔书法字帖，在老先生的指导下开始认认真真刻苦练习。这原本素不相识的师徒二人，因为共同的书法爱好，相处得其乐融融。中午饭的时间到了，老先生就招呼他“徒弟”一起吃饭。这段时间，在繁重的体力劳动以外，有了老先生、硬笔书法和老先生的午饭，巨晓林的生活变得非常快乐。以后，他又发展了一个新爱好：签名设计。这是在某一次外出时，他看到路边有人摆摊，说是给人搞“签名设计”。

名字可以写得很好看，这让他很有兴趣。

写字、画画儿，对于十六七岁的“返乡”青年巨晓林来说，其实还只是“副业”。除了农业生产劳动以外，也除了后来放电影以外，他几乎把自己所有的时间都用来进行“文学创作”。他贪婪地阅读他大哥从公社带回家的杂志、报纸，读所有能弄到手的书籍。后来，他开始在一个小本上写小说《女麦客》。几千字的《女麦客》写完，他又开始了下一部小说的写作，叫作《乡俗》。《乡俗》写了几万字还没有完成，因为它写的是岐山当地的一些风俗习惯，里面有一段一段的小故事。比如，他写村子里红白喜事的陋习，其中一个故事将讽刺的矛头指向了结婚时女方家里索要的彩礼。当地风俗，男方到女方家接新娘时，必须用钱打通一个个关节，而女方家里为了不失去这个索要彩礼的最后机会，也会变着法儿想出层出不穷的招数和名堂，搞得男方家里苦不堪言。为了少花钱财又能顺利接到新娘，还不伤两家的和气，男方家最终想出了一个好办法，那就是去接亲的不是真正男方家的人，而是花钱雇佣来的“外人”。女方家要彩礼，开始的时候可以给上一些，到一定火候，这些“外人”就说，男方家给的钱就这么多，没有了，但新娘还得抬走。有一回，一个村子里门挨门地有两户人家同时嫁女儿，雇来的“外人”走错了门，结果把新娘给抬错了，把李家的新娘抬给了张家，而把张家的新娘抬给了李家，一下子闹了个大笑话！

那一时期巨晓林还开始了他的诗歌或歌谣创作，而且大多是为了配合当地政府的工作。比如，政府提倡夫妻之间要互敬互爱，他写了首类似儿歌的《洗手歌》：

一个人，两只手，
相互协作来洗手，
再脏污秽能洗走。
一个家，夫妻俩，

就像一人两只手，
互帮互爱度春秋。

政府提倡夫妻之间要互相谦让，他又创作了一首《好儿男》：

一把二胡两根弦，
缺了一根音不全。
你不做男就做女，
我来当个好儿男。

这些作品，巨晓林从来没有拿出去发表过，而且从来没有想过作为创作成果去投稿。他只是把它们当作自己心灵世界的一部分，珍藏在自己的小本子上。巨晓林似乎从来都没有过什么功名心，他只是淡淡地、不急不躁地做自己感兴趣和喜欢的事情。当到中国中铁电气化局当一名不在编的合同工时，他也没有想到过在别人心目中他只不过是一个“农民工”。一个“农民工”背起铺盖卷儿到天南地北去打工的时候，谁还会带着书籍和本子？还写诗还画画儿？还写日记？还常常拿着个本子和笔正经八百地“思考人生”，思考一些与自己八竿子打不着的事情？不怕别人笑掉大牙？

有的人可能会在意别人的看法，巨晓林却更在乎自己，在乎自己的内心世界和精神方面的需求与享受。他不能不带上他的书和本子。没有书和本子的生活，不在小本本上写写画画的日子，巨晓林会忍受不了！这是他从16岁到24岁，在他一生中最关键的青少年时期，在中学毕业后回乡务农长达八年的苦闷岁月里，支撑了他生命的东西……

它们已经成为他的一种习惯，一种生活方式。

他离不开它们。

第三章 ◎上帝打开的另一扇门

一

周永新恐怕是第一个发现巨晓林和别人不太一样的人。

假如当初，巨晓林被发现是带着书本来打工因此而受到讽刺和嘲笑的话，那结果对他将很不一样，可能会把他改变成为另外一个人。但是，周永新是赞赏和鼓励的态度，这让喜欢学习和钻研的巨晓林受到了鼓舞。可是，他们干的电气化工程，尤其是接触网工程，是实实在在的技术活儿，也是实实在在的苦力活儿。这里的工作不是舞文弄墨、写写画画，而是要干工程。干工程，巨晓林天生的弱点就表现出来了。

上了工程，到了工地，巨晓林突然发现自己几乎在所有方面都没有优势。甚至，他还痛苦地发现，自己成了连累别人、拖大家后腿的人！原因，当然不是他主观上不努力，不想出力气，不想出大力流大汗。不，巨晓林太想出力了，太想干好师傅、工友和班长交代给自己的每一项任务了！但很难，他做不到，是因为他的“先天不足”。

他的个子就是他从事接触网施工的一个“天敌”。

“接触网”，前面说过，是专指电气化铁路的接触网，是沿铁路线上空架设的向电力机车供电的一种特殊形式的输电线路。再形象点儿说，整个接触网就像是罩在火车轨道上空的“蛛网”，是由矗立在铁路两边的支柱支撑起来的。这就是说，接触网的施工绝大多数情况下都需要施工人员在高空进行作业。

他们经常要进行的一项作业就是加坠砣。

这项作业在接触网施工中，就像一个人每天要喝水吃饭一样，属于非常“日常”的工作。坠砣的材料有水泥和铸铁两种，每块重约50斤，呈中间开口的圆饼状。一般而言，要进行加坠砣作业的工人必须上到离地面有相当高度的空中，这个高度最低1.7米，最高3.5米。工人爬到支柱上以后，要探出身子，手必须够到距离支柱有80厘米左右的坠砣杆上，把坠砣一个个码放到坠砣杆上，这就叫“加坠砣”。听起来似乎并不那么困难，不过是把一个个圆饼状的铁饼或水泥饼像穿冰糖葫芦一样串挂在一根横杆上。然而，2014年4月的一天，当我来到安徽省南陵县网六段第一作业队队部所在地的院子里，来到他们堆放施工材料的料库，零距离接触了平时我们只能仰头在空中看见的那些陌生的物件，这才知道，几乎所有将来要作为接触网部件挂到空中去的东西，都是些“大家伙”，又笨又重。比如坠砣，一块50斤左右，相当于一袋面粉的重量，我试着搬了搬，几乎无法搬动！你可以想象，这么重的东西，人要站在支柱（就是我们平时说的“电线杆”）上，探出身体，把用滑轮吊上来的坠砣接过来，对准饼中间开口的槽道，再用力推到坠砣杆上。这一系列动作都必须在高空条件下完成，多么不容易，多么困难！对于身高力大手臂长的“大汉子”来说，也很吃力，而对于巨晓林这样只有1.60米的小个子来说，从支柱到坠砣杆的80厘米左右的距离，就是他几乎无法逾越的“鸿沟”。他很难够着，或者说，够起来相当费劲！

巨晓林讲解坠砣的构造及作用
（左起：朱凯、巨晓林、作家冷梦）

这就足以明白，当初师傅们挑徒弟的时候，为什么都想挑高个儿和力气大的人了。

那个时候，电气化局或者说接触网招工还没有对身高的规定和限制，所以，个子太矮没有成为把巨晓林关在门外的理由。否则，他也会像参军一样被人家淘汰下来。据说，现在他们招工1.70米以下的就被卡在了门槛外。巨晓林真有点儿和雷锋相似，雷锋个子矮小“蒙混过关”进了部队，巨晓林也个子矮小凭运气进了电气化局干了他很难适应的接触网专业。

除了加坠砣有困难，干其他有些活儿，他也不如别人。比如说，他们要给附加线安装肩架，承力索架设的时候要挂悬式绝缘串子，这些活儿，他干起来都会有些吃力。手臂不够长，成了他干活儿时的“短板”。那个时候，他们在北同蒲线山西省山阴县岱岳镇车站施工。电气化铁路的车站施工要比在其他铁路沿线施工难度更大，它有点像几条河流的汇合处，几条铁路线要在车站汇合。岱岳镇车站就有三条铁路在此交汇，车站上空的软横跨跨度就达20多米。这是巨晓林参加建设的第一个工程项目，也是他一生中最难过的一段日子。加坠砣的时候不可能是“单干”，大家必须一组人协同工作。比如说，这一组两个人，他们必须同时在相隔一公里半（1500米）的地方往坠砣杆上加坠砣，中间用报话机来做通信工具，两人要不断地相互通报。

甲问：“你加了几块了？”

乙说：“五块了。”

甲说：“不行，太慢了，你影响我了！”

——这个“乙”，往往就是巨晓林。两人必须平衡作业，不能你快我慢。这头加十个坠砣，那头也必须加十个。巨晓林手臂短，够起来太困难，使出浑身力气也赶不上对方的进度。那个时候正是寒冬季节，天气相当寒冷，可巨晓林一身一身出汗，紧张和忙碌地连吃奶的力气都使出来了，不行，还是不行。不得已，他只能硬着头皮，在报话机里说：

“停一下，你停上一会儿……”

对方问：“为什么要停？”

巨晓林只好说：“我这头，还……没加好。”

日子长了，谁都知道他加坠砣太慢。电气化局不吃“大锅饭”，大家以小组来计算奖金，干多干少最后用拿到手的奖金说话。巨晓林知道自己拖了别人的后腿，连累得别人少拿奖金，心里非常不是滋味。那时，真就有人把他看成了累赘，一次他听到这样的对话：

“今天和谁？”

“巨晓林。”

“真是，怎么又是他跟你一起加坠砣？”

后者很同情这个“倒霉”的人。巨晓林低下了头，心里很难过，为自己难过，为那个受他连累的人难过。他也不恨那两个说话的人，他只恨自己。

二

当巨晓林处在人生最低谷的时候，非常难能可贵的是，他没有被人抛弃，没有被他所在的这个集体抛弃，更没有被他的领导和工友们抛弃。他很幸运，有这样一个集体，有周永新和他的师傅林鸿以及周围那些可亲可敬的同事。正是他们，给了巨晓林奋斗下去的决心和勇气，也最终成就了巨晓林。

在干了三天以后，苦闷中的巨晓林问了副队长兼工长周永新一句话：“没想到干接触网这么难，我，我……我不知道能不能干得了？”

巨晓林这是付出了极大的努力才说出口的一句话。他是一个相当敏感和自尊的人，以他的性格，他根本不会把自己的难处和苦闷告诉给任何一个人，甚至包括自己的父母。可是现在，他实在实在太痛苦了。他好不容易有了这么一个工作，是好心人王宪斌给了他这次机会，父母亲人都盼望着他能干出点儿出息来，能有一个长期和稳定的工作，可他，怎么会遇到这么多的难处？这是他离别家乡和亲人的时候怎么也没有想到的！电气化铁路，接触网……既深奥，对他来说又是个巨大的挑战。可是，打道回府呢？巨晓林想都不敢想。那样对自己，对自己的父母亲人，都是一个太大的打击。唉！要是当初知道这么难不来就好了，现在，现在可真是“无脸见江东父老”……巨晓林想得非常悲观，到他鼓足勇气开口问工长周永新这句话时，他已经想破了脑袋。

周永新深深地看了巨晓林一眼，马上知道他正处于精神上的煎熬中。

巨晓林眼睛通红，里面布满了血丝，这是他一夜不眠的结果。像一个溺水之人想要抓住最后一根稻草，巨晓林脸上的神情，让周永新明白了，他现在的一句话对对方似乎有着决定命运的意义。

周永新笑笑：“不要紧，真的不要紧，谁不是从不会到会？你只要肯干、肯学，也一定会干好！”

周永新的这句话并没有让巨晓林紧绷的神经松弛下来，但是，他的心里还是有什么东西被深深地触动了……是信任。不错，是信任。工长周永新相信巨晓林能学会也能干好。这就是信任。从来到这里的第一天，周永新就注意到他是唯一带着书本来的农民工——要说，也是这个缘故才鼓励他和自己的工长“交心”。到现在周永新又鼓励他一定会从不会到会，也一定能干好。巨晓林告诫自己不能再犹豫，要既来之则安之，既然命运给了他这个安排，让他来到了电气化铁路，来到了接触网工地，他就一定得干好它！

给了巨晓林以信心和力量，让他能够“既来之，则安之”的还有一个关键人物，就是他的师傅林鸿。林鸿和周永新都是石家庄人，而且，他们也都和巨晓林年纪相差不大。林鸿这年也才刚刚26岁，比巨晓林只大了两岁。当然，两人最大的差距是个头儿，林鸿1.85米的大高个儿，足足比他徒弟高出一头。周永新虽然已经当了三段的副队长兼工长，可他和巨晓林同岁，也才24岁。这两个石家庄人也都是技校毕业生，本身是学电气化铁路专业的，他们两个人成了巨晓林在电气化技术方面的启蒙老师。

林鸿很爱护自己这个徒弟。许多年之后巨晓林还很感激自己平生这第一位师傅。他也不敢想象，如果当初不是林鸿关心他和爱护他，如果不是当初林鸿那么不厌其烦地手把手地给他教，他会不会很快入门？会不会对接触网的施工技术很快有了一个初步的理解并且打下一个坚实的基础？这位大个子师傅从来没有嫌弃过自己的徒弟个子太小，干不了许多本来应当是徒弟干的活儿。有师傅林鸿在，巨晓林基本可以不干超出他个人条件的活儿，比如加坠砣，他只给师傅打个下手，做些辅助工作就行。然而尽管如此，他还经常是两眼一抹黑，师傅说些最简单的"行话"他也听不懂。

师傅说："明天我们在杆子上打拉线需要些材料，比如双耳线夹什么的，你给咱准备准备。"

巨晓林听得一头雾水，不好意思地问道："师傅，你说的双耳线夹是什么样子？"

林鸿说："走，我带你到料库去看看，你一看就明白了。"

还果真是一看就明白了。每次遇到这一类问题，师傅林鸿都耐心地带他去现场或料库实地学习，这样，他很快掌握了什么叫双耳线夹，什么叫UT型线夹，等等。但巨晓林知道这样学还远远不够，他开始顽强地自学。人们都说石油工人头戴钢盔走天涯，四海为家，但是，比起石油工人，铁路的建设者们（包括电气化铁路的建设者）流动性则更大。石油的开采以发现的油田为中心，如果能够开采十年，石油工人就会在那片油田待上十年。可以说，石油工人是以“块状”的地域作为生产生活的中心。铁路的建设者们却不然，他们是以“条条”为中心的生活，这就是说，长长的铁路线修到哪里，哪里就是他们安营扎寨的地方。修到天边，天边就是他们的安身之处。说他们不是军人，可他们过着几乎和军人一样的“军营”生活。一个班组的人那真是朝夕相处，白天大家一起干活，晚上吃住都在一起。白天受班组长管理，晚上还要受班组长管理，受纪律的严格约束。比如，不能单独外出，外出必须请假；比如，不能酗酒，不能打麻将，晚上不能晚睡，9点钟必须熄灯等。这些，都是为了保证大家的安全，因为高空作业，睡眠不足或晚上喝了酒，都可能会带来可怕的后果。

这就是巨晓林和大家的具体生活环境。

那个时候他们在岱岳镇车站施工，全班一共20多个人，包括巨晓林他们新来的四个青年工人在内的十七八个人，大家全都住在当地一家食品加工厂的一个大屋子里。全班只有三个老师傅受到特殊照顾，给他们单另搭了个帐篷。这十七八个人，年龄不相上下，大的二十七八岁，小的二十三四岁，虽然也有正式工和合同工之分，有工长、班组长和师徒之分，然而，让巨晓林感到特别温暖的是，大家如同一大家子人一样，没有高贵与低贱之分，没有因身份的不同而区别对待，当然，更没有谁会恃强凌弱欺负别人。活儿，大家一样干；饭，大家一锅吃；住宿，大家也一样的条件。对于敏感而自尊的巨晓林来说，在这样一个新集体里，不用看谁的眉高眼低，他已经很满意。何况，他还能经常感受到别人的关心、爱护和善意。

一次，开饭的时候天下起了雨，雨越下越大，最后竟然下成了一道雨幕。巨晓林他们几个人站在房门口，肚子饿得咕咕叫，可就是没有办法去打饭。从宿舍到食堂的距离足足有二三十米，等跑到食堂人也就成了落汤鸡。问题是他们都没有雨伞。正在发愁间，工长周永新打着把伞从食堂里出来了，他刚打好饭。走到他们几个跟前，一听几个人没伞吃不成饭，对巨晓林说：“来，我带你去打饭。”周永新又重新回到了雨中，来回为巨晓林撑着伞，而其他几个人也很快有工友借给了伞。要说，这是件非常小的事情，别人包括周永新本人可能也早已经忘记了，不过就是雨中撑了把伞的事情，帮着打了次饭的事情。可是，巨晓林是个心细如发的人，别人对他的一点儿善意，都会把他感动得热泪盈眶，别人很细微的一些举动，他都能够从中体味到很不同的一些滋味和一般人感受不到的情感。这就是巨晓林。一个工长，一个正式工，一个技校毕业生，一个当时巨晓林看来在技术上无所不知、无所不晓的人，一个自己打心眼里佩服和尊敬的人，居然在雨中为他来回撑伞！这是什么？巨晓林感受到，在周永新的心目中，他们是一样平等的人，一样受到尊重的人，一样被电气化局所重视的人。这里，没有谁被轻视和被歧视。关键的问题就是，你自己必须努力，不能拖了大家的后腿！

许多年以后巨晓林仍然没有忘记这件事，工长周永新雨中为他打伞如刀刻一般永恒地留在了他的记忆里。他说，这是周永新让他最为感动的一件事情。从小到大，除了父母亲人，还没有谁给过他太多的爱，可是在周永新和他师傅林鸿身上，在他们的这个小集体里，在他们班人与人之间的关系里，他感受到了。他说，他爱他们这个团队，爱他们这个集体，爱电气化局，也热爱他们电气化局的事业，热爱他们的接触网。

巨晓林写过一篇小文章，叫《爱的故事》，其中写他过去的军人情结，写他们的一次军训和他从中得到的一些感想：

2000年的夏天，我们班组搞军训。教官是一位刚从部队退伍的军人，还带有部队过硬的作风，要求特严，教得也认真。我也学得很刻苦，加上我以前跟那个退伍军人（指他同房间的一个同事）学过一些，因此表现很出色，经常让我给大家讲经验，做示范，很是红火。一晃一个月快乐而艰苦的军训结束了，比赛时，我叠被子、大衣比当了五年军人的教官速度还快，而且叠得方正，我又高兴又纳闷。总结时教官对大家说："你们知道巨晓林同志为什么这两项做得比我优秀吗？这是因为他爱军人，爱军训，爱能创造力量，爱能创造奇迹！所以大家无论做什么，都要热爱它，爱它才能做好它！"这件事对我以后干好工作、做好人起了不可估量的作用。但愿天下人做人、做事都有一颗热爱的心！

这是巨晓林总结出的一个人生哲理：爱能创造奇迹！爱，就是动力。

巨晓林本来就有随手记笔记的习惯，现在，他有了极大的动力，自然而然，不会放过任何学习的机会。他给自己用一些别人不用的废纸订了一个小本本，口袋里也总是带支笔，许多名词或零部件，师傅林鸿只要说上一次、讲上一次，甚至是随口提上一次，他都马上掏出小本本记下来。巨晓林本来就爱画画儿，现在，怕自己过后记不清楚接触网那些很特别的零部件的模样，他把它们用钢笔几笔勾勒出来，就像给书本画插图一样，画在他的小本上。他的小本很快便"丰富"起来。仅此还不够，他知道他需要系统的理论知识，于是跑到附近的书店里自己买了本《电力学》的书，开始每天晚上啃起来。师傅林鸿看他如此勤奋，如此好学，很是欣慰，后来回家的时候从自己家里给徒弟带了几本业务书，比如《接触网》《接触网知识问答》等，还送了他一个漂亮的笔记本。工长周永新那个时候正在谈恋爱，大概两三个月回石家庄一次，每次回家都要问巨晓林一声："要什么书不要？

需要什么尽管说话，可千万不要不好意思！”巨晓林肯定还是不好意思，除了书，他还是不会让工长给自己带别的什么东西。在他，学习是如饥似渴的事情，而其他，比如一切的生活享受都是次要的。可是周永新回来的时候，还会给巨晓林带上点水果之类，这让巨晓林又一次地感受到了家人般的温暖……

白天，不用说，巨晓林会全心全意地投入到工作中。他有句名言：“干好你的工作，你就是英雄！”这是巨晓林对平凡生活中“英雄”的理解。他非常勤劳，也非常细心。巨晓林的细心可能会感动所有的人。比如说，在本书的写作中，为了写好巨晓林这个从农民工到技能大师的典型，我先后到了安徽省铜陵市和芜湖市南陵县，在他们的施工工地——合福客专接触网施工工地待了一段时间。这期间，不知不觉地手指甲长长了，指甲一长，人觉得很不舒服，随口我就问了句：“谁带指甲刀了？”没有人带。现在一般人也都不在钥匙串上带上个指甲刀了。除了巨晓林没有人在意这件事。第二天，我们再见面的时候，他带来了一个小黑皮夹，里面放着一套修剪指甲的工具。我想，对师傅林鸿，巨晓林会做得更好。除了他先天身体上的弱势以外，他和师傅干的每一件工作、每一个活儿和每一道工序，他都会努力地百分之百地干好。当然，在这期间，他也不会放过一丝一毫请教师傅的机会和学习的机会。

有意思的是吃饭的时候和晚上。

大家吃饭，一般都是端到宿舍里随便找个地方吃，巨晓林却总是喜欢和师傅凑到一起。他入迷，对学技术的事相当入迷，脑子里总在转，转着转着他就会突然问师傅一个问题，师徒两个端着碗就开始了教学。你说巨晓林这叫人累不累？但这两人还真就是乐此不疲！

吃过饭，他们的大屋子里热闹非凡。段上给大家买了台18英寸的黑白电视机，这电视，基本上让三位老师傅给“霸占”了，没有人和他们争，大家都尊敬年长者，就像一个家庭里尊敬家里的长辈一样。师傅林鸿和工长周永新既是石家庄老乡，又是一对好朋友，这两个人常在一起玩扑克牌。多数时候巨晓林就在一边看，一边抓紧两人玩牌的空隙问上一两个一直纠结在他心里的问题。巨晓林这可真叫见缝插针，就连师傅端着个茶杯喝茶的时候，他也会凑在一边问个不停。也幸亏了这个环境，幸亏了这个大屋子，如果不是大家长年累月过着半军事化的集体生活，如果不是问起问题来这么方便，巨晓林也很难在短时间里在接触网技术方面获得这么突飞猛进的进步。他这是把这种集体生活当成了一个成才的好环境了！

巨晓林和他们班组在岱岳镇车站施工了一年半。这一年半时间对巨晓林而言，充满了艰难困苦，充满了挑战；同时，也充满了学习的乐趣和生活的乐趣。这一年半时间，生活向他展开了一个全新的天地，他突然发现自己什么都不懂，什么都不会，他需要大量的读书和学习。常言说，师傅领进门，学艺在自己。可是正当巨晓林跟着自己师傅学习日渐进步的时候，林鸿调走了，巨晓林感到非常失落。好在还有周永新，虽然没有明确地拜师，但是从林鸿调走后，他再有问题就总是找周永新问。周永新同样不厌其烦，有问必答，这还不算，他还想办法给这个好学的同龄人创造学习条件。

大屋子当然比较吵，大家来自五湖四海，又各有爱好。班里的一个青年工人小吴，酷爱下象棋，巨晓林也不是完全不食人间烟火，他也喜欢下几盘象棋，两人有时候就在一起杀得天昏地暗。还有，他们班有个青年小张，弹一手好吉他，巨晓林对吉他充满了好奇，小张就主动热情地当了他的吉他老师。这一切都让巨晓林感到快乐和幸福。

晚上9点，规定的熄灯时间一到，舍长说上一声："关灯了！"宿舍里的灯就必然会被熄灭。巨晓林还想看书和做笔记，可是没有办法，熄灯令是死命令，这是跟谁都没有办法通融的事情。他只好悄悄地在被子里打着手电筒写笔记，努力把白天学到的知识回忆起来，记在本子上。这件事让周永新发现了，他一觉醒来，总是看到巨晓林的被窝里隐隐地有光亮，为了支持他学习，特别给他调整了宿舍。所谓调整，条件也还有限，也就是把他调整到了大屋子里的一个套间。这个套间，是他们的小料库，里面支了三张床，巨晓林被调整到了其中的一张上面。这样，晚上他就是打着手电筒读书写笔记，也不会影响到其他人的休息。而让巨晓林更加感动的是，他的师傅林鸿调走后，周永新主动承担起辅导他学习的任务，有时候，他会翻看巨晓林的笔记，发现有错误的地方就会马上给予纠正，给他进行讲解。这对巨晓林的刻苦自学无疑是个很大的帮助。

三

大约也就在这个时候，巨晓林总结出了他著名的“筷子理论”和“学骑自行车理论”。巨晓林说，咱可能什么都笨，就是用筷子不笨，因为，不管你睁着眼睛还是闭着眼睛，你都不会把饭吃到别的地方，肯定都准确地送到了嘴里。为什么？因为你天天用筷子，一天三顿饭，顿顿都用筷子！你想想，一天三次，一次十分钟。长年累月下来，你闭着眼睛也会娴熟地用筷子吃饭。再比如说学骑自行车，你只说想学不行，只听别人把骑自行车的道理说出来不行，会不会你要自己练，自己在学骑自行车的过程中发现和找出窍门。巨晓林由此得出结论说：“人的成功，只在于坚持每天抓住两小时。把你的问题想上两个小时，谁都能够成功!”为了不打扰同宿舍工友的休息，他常常在熄灯后打着手电筒在被窝里看书。他每天坚持比工友们晚睡一小时，早上早起一个小时。

每天两小时的思考和学习的习惯，巨晓林一直坚持着。这一习惯最终成就了巨晓林，成就了巨晓林的事业。所以后来当人们知道了巨晓林的事迹后，有人叹息道：巨晓林的毅力才真叫“可怕”。谁有这

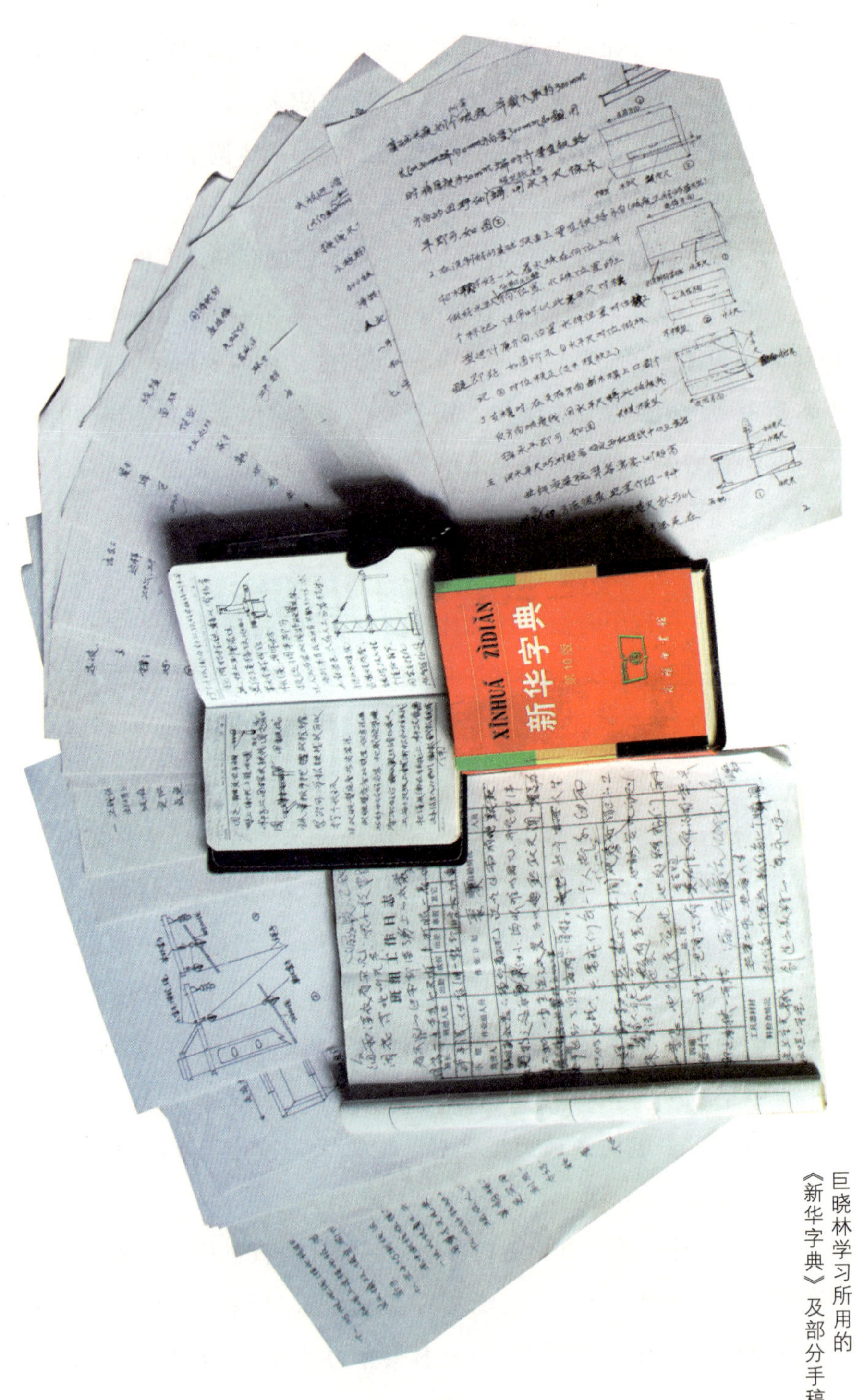

巨晓林学习所用的《新华字典》及部分手稿

么“可怕”的毅力，谁就可以移山，谁就可以填海，谁就可以创造出奇迹，让自己成为一个“传奇”……

所谓冰冻三尺非一日之寒，人难能可贵的其实就是这种滴水穿石、锲而不舍的精神。

此言真矣。

四

在巨晓林初来乍到的这些日子里，周永新和林鸿无疑是给予他最多帮助的人，也是对他影响最大的人。此外，还有一个人，简直就成了巨晓林心目中的一个榜样和楷模。此人就是他们的技术员翟俊科。对巨晓林来说，翟俊科的出场有点像《水浒传》中某个英雄人物的出场。巨晓林刚到岱岳镇的时候，听班里老师傅说，他们的技术员是这里唯一的大学生，人非常聪明，脑子特别好使。

“你看，”老师傅指着那些横跨三条铁轨、每道跨度都将近二十米，看上去相当雄伟壮观的软横跨说，“我们的软横跨就是他整出来的！”

什么叫“软横跨”？

老师傅给他解释说，软横跨就是多股道站场接触网悬挂的横向支持装置。一般来说，它是由横向承力索和上、下部固定绳及连接零件等组成。

“你现在不用问，因为讲这些理论的东西你一时半会儿很难记住，”老师傅说，“我们这个车站的软横跨已经安装完了，可是以后，你肯定会接触和安装它。我只告诉你，软横跨的安装需要计算，计算起来非常麻烦……”

巨晓林问：“那这……本来不就该是技术员要计算的吗？”

他的意思当然是指计算软横跨原本就是技术员的本职工作，老师傅为什么还表现出如此佩服的神情，甚至还竖起大拇指。至于吗？

老师傅看出来了："我给你说，巨晓林，人和人不一样，技术员和技术员也不一样，懂吗？别人计算软横跨那要我们测量许多数据，你听啊，要测量支柱的高低，测量软横跨两侧支柱与最高铁轨面的高差，还要测量支柱的倾斜度，还有，测量轨道面与钢柱底部地线孔的高差……"老师傅扳着手指，"听听，要测量的可太多了，我们爬高上梯，要折腾很长时间！可你知道我们小翟技术员，嘀，根本不用我们爬高上梯，他用模拟计算方式就能计算出软横跨！"

老师傅说得口沫飞溅，巨晓林听得入神入味。

"真能这样？"他觉得这个翟技术员简直让他佩服得五体投地。

"真这样！"

"那教科书上不是说软横跨都是计算出来的？"巨晓林还是不大相信。

"一点不骗你，真的，就是模拟计算！看看，多省力，多省时间！谁不爱跟这样的人在一起干活儿？你说是不？"老师傅继续感慨着。

听到这故事过了大约一二十天，休探亲假的翟俊科回来了。巨晓林这下见到本人了。他仔仔细细上上下下地看，原来翟俊科比自己想象中的年轻得多。翟俊科也就二十七八岁，听师傅们说，他刚结婚，或许这次休假是去度婚假去了。他鼻梁上戴副眼镜，肤色黑中透红，人也稍稍胖些。巨晓林的印象，是他们的这位技术员斯文得不得了，风度也好得不得了。巨晓林从小就佩服爱动脑子的人，有知识、有技术、有创造能力的人。但巨晓林非常腼腆，如果不是一个特殊的机缘，他大概不会那么近距离地接触这位技术员。

那是巨晓林的一次因祸得福。

那天，他爬到两米多高的杆子上，在给杆子刷写编号的时候，一个不留神，从杆子上摔了下来。也还凑巧，杆子下面是正在开挖的电缆沟，他一下子掉到沟里，泥土比较松软，基本没有伤着筋骨，只是被沟里面的一块石头把屁股垫了一下。这一下可也不轻，当时人就躺在那里，疼得一动也不敢动。还是车站上一位搬道岔的师傅发现了他，把他一瘸一拐地搀了回去。那时候，他师傅林鸿还在，林鸿一看自己的徒弟摔伤了，除了教训一通以后要注意安全之类，马上报告了工长刘文元。师傅的意见是让徒弟好好休息几天，因为巨晓林明显屁股伤得不轻，疼得龇牙咧嘴，走路还歪着半边屁股。

巨晓林自己反倒说："没事，没事，我能干活儿。"

工长想了想，工程的确很紧张，多一个人当然多一分力量，他就问巨晓林："你在家里给做些配料，做吊弦，行不行？"

林鸿说："不行不行，就让巨晓林好好休息上两天，休息好了再干活儿。"

师傅总是这么"护犊子"，但巨晓林确实不想歇着。

他说："没事，师傅。我就在家做吊弦，只是不知道吊弦是个啥，干啥用的，怎么做？"他一口气就问了好几个问题。

工长说："这好办，咱技术员回来了，你问他。"

技术员翟俊科见到前来求教的巨晓林，很热情，和林鸿一样，面对巨晓林关于吊弦提出的一连串问题，他放下正在画的图纸，马上从桌旁站起身，说："走，我带你去料库。"

翟俊科带巨晓林到了料库，一边给他做样品一边给他讲解。

"按照理论，吊弦是接触网链形悬挂中承力索和接触线间的连接部件。"翟俊科给他在纸上画了张草图，什么叫承力索什么叫接触线，而吊弦也就是两者之间的一根类似琴弦的"弦"。他接着说："吊弦的作用，你瞧，就是通过吊弦线夹，将接触线悬挂到承力索上。调节吊弦的长度以保持接触线距轨面一定的高度，以改善受流质量。"

巨晓林问："那吊弦为什么需要提前做？怎么就没有标准件？"

翟俊科说："长度不一样，你看这图纸。要根据实际需要，可长可短。”

一般做吊弦都需要图纸，有人还要拿着图纸看半天才能知道，做这种吊弦铁线需要截多长。截长截短都不行，否则做出来的吊弦就用不成。翟俊科不得了，他对吊弦的各种尺寸胸有成竹，在巨晓林的眼里，似乎那些尺寸都在他心里装着。需要多长才能做得最标准，翟俊科边说边做，做出来的成品，哇，真漂亮！接下来翟俊科又对他说：“吊弦一般做成环节状，每根吊弦一般不应少于两节，这样就可以保证接触悬挂的弹性……”翟俊科讲得认真，巨晓林学得也认真。巨晓林这次做吊弦，等于是“名家”手把手教会的。巨晓林非常兴奋，似乎连屁股的疼痛也全部忘记了。让巨晓林对翟俊科非常佩服的还有一件事。那天，他们施工的内容是需要开挖供电线的基坑，首先就必须找准位置。坑要挖在哪里？得按图纸来。可是，当时拿着图纸的周永新，对着图纸看了半天，说，明白了，大家可以到工地干活儿了。可等真正到了施工地点，左看看，右看看，就是找不准基坑的准确位置。找不准位置就干不成活儿，周永新说：“唉，还是得把我们技术员赶紧找来！”周永新当即派了个车把翟俊科接了来，谁知道，人家居然连图纸看都不用看，很快就找准了基坑的坑位，大家这才热火朝天地干了起来。

巨晓林看得目瞪口呆。

一个人技术竟然可以强到这种地步！

翟俊科精湛的技术让巨晓林感到惊讶，因为他似乎无所不知、无所不能。在接触网的技术方面，不管你问什么，他基本都能直接说出来，有问必答。他年纪不大，却像是一个已经干了几十年的老工人。当然，巨晓林也明白，翟俊科的这种能力和他平时的刻苦学习分不开。虽然是大学毕业生，电气化铁路专业的科班出身，他每天却还是孜孜不倦地看书。巨晓林觉得，翟俊科就是他的一个榜样，只要他能够坚持刻苦自学，长此以往，水滴石穿，绳锯木断，总有那么一天，他就能够达到像翟俊科那样对技术上的事情有如神助般上下贯通、游刃有余……巨晓林有了奋斗目标。从那时开始，日复一日，年复一年，《钣金工艺》《机械制图》《电机学》《接触网》等三十多部专业书籍、大学教材，堆在了他的床头，不管工地转移到哪儿，这些书都跟着他，一有机会，他就如饥似渴地汲取知识的营养……

五

人和人的确很不一样。

人和人的不一样，在很大程度上是因为人和人的努力很不一样。

前边说过，1987年巨晓林才刚刚参加工作，当他们在北同蒲线岱岳镇车站施工的时候，工长周永新因为发现了巨晓林打着手电筒在被窝里学习，因此把他调整到了大教室套着的那间小料库，里面支了三张床，巨晓林被调整到了其中的一张。现在要说的就是另外两个人的故事。这三个人中，当然个人身体条件最差的是巨晓林，另外两个，其中一个是大高个儿，另一个最少也算中等偏上，大概1.7米，身体还相当壮实。大高个儿的不说，中等偏上的那位比起巨晓林来似乎总有一种优越感。你看巨晓林个儿矮得简直就像是先天残废，连加坠砣这样的普通活儿干起来都困难，将来要是辞退工人，没说的，肯定是他！

因为，他只是太普通的农民合同工。

单位有淘汰率，如果要淘汰一定是他们当中那个条件最差的。

事情却出乎意料。一两年之后，他们当中那个条件最差的却成了他们当中最优秀的；一二十年之后，这个差距还在继续扩大，那个当初他们心目中可能要被淘汰的、被裁减掉的人居然成了全国的先进人物，成了一位技能大师！而他们当中条件还相当不错的，中等偏上个头、身强体壮的，却被电气化局辞退了。据说，是因为他太聪明，干活儿的时候总能找到点偷懒的理由和办法。这说明，个人条件太好、人太聪明未必就是好事；个人条件不好、并不特别聪明也未必是坏事。巨晓林写过一首诗，题目叫《钟表》：

时分秒三个针
在表壳里
坚定而匀速
一圈又一圈地转
从不因枯燥而放弃
也不因阻力而停止
更不为夸奖而飘飞
它们团结一心
目标只有一个
计准时间
随时满足人们的需要
因为它们严守规则
人们才深信不疑
生活才有滋有味

在这首诗里巨晓林歌颂了钟表的坚持和坚守。在别人眼里，钟表的生活既刻板又枯燥，既无聊又寂寞，年复一年，只是一圈又一圈地转。可是，社会和人们对于钟表唯一的需求、对于钟表品质的唯一要求，就是它“计准时间”。为了计准时间，满足人们的需要，钟表便只能过着这种刻板枯燥、乏味无聊和寂寞的生活，而它，却“从不因枯燥而放弃，也不因阻力而停止”。看得出来，这首诗是巨晓林的

“自况”。以钟表来比喻自己，以钟表的精神鼓舞和激励自己，要像钟表一样，能对社会和人类有用！

曾经与巨晓林同吃同住同劳动，相互学习、相互帮助，现担任集团公司纪委办公室主任的吴军庄对二十年前与巨晓林并肩战斗的经历记忆犹新：那个时候，巨晓林的枕头下面藏着一个小闹钟。这只小闹钟与他“同床共枕”。施工再苦再紧张，他都坚持每天比别人早一个钟头起床和晚一个钟头睡觉。小闹钟每天准时叫醒他，为他忠实地守护着时间。如此，他从自己学习的枯燥和坚守想到了钟表的枯燥和坚守。而就是每天的这两个小时读书学习与思考，让巨晓林和别的人很不一样……

吴军庄不无钦佩：“巨晓林学技术那叫玩命，恨不得一天当成两天用！”

世界上的事情就是这样，有人夸赞就会有人不理解、不支持、不赞成，甚至嘲笑和反对。嘲笑甚至反对的人也不都是恶意，他们往往只是对他们不理解的事情表示质疑。不理解也就是超出了他们的理解范围。要说你晚睡一个小时、早起一个小时只要不影响别人的睡眠，与别人也就没有关系，你用这两个小时读书和思考，其实，也与别人没什么关系。人们并不关心你这行为本身，而是关心你这行为的意义——它对别人的生存方式是个异常或异类，与别人构成了鲜明的不同和对比。

比如，和他同样简称为“农民工”的农民合同工。

比如当时巨晓林所在的班组，近二十个人中也只有他们新来的四个。伙伴们不理解他，就是和他们朝夕相处的正式工也不理解他。

有人问他：“你一个农民工，学那么多玩意儿有啥用！”

“玩意儿”是指学技术。

这话不是讽刺，是不理解。

巨晓林老老实实回答："咱一个农家子弟，找份工作不容易。既然来了，干，咱就要干好！农民工也要学技术！"巨晓林铆足了劲头，一定要在铁路接触网这一行干出点名堂来，要为自己、为农民工兄弟争口气。

一个农民工该怎样干活儿？没有人规定，但人们约定俗成的大概就是当一天和尚撞一天钟，拿一天工资干一天活儿，不会有人要求一个农民工成为技术专家。要求农民工成为技术专家，人们的传统观念中觉得那会太离谱。可农民工现在已然是中国社会中一个庞大的社会群体。作为中国社会转型时期的产物，据统计，到2009年底，我国有农民工2.3亿人，其中，外出务工的农民工1.45亿。过了两年，到2011年，全国农民工总量达到2.5亿，比上年增加1055万人，增长4.4%。其中，外出农民工1.5亿人，增加528万人，增长3.4%。

多么庞大的队伍！

再看中国铁路建设大军中：

中国中铁正式员工28万，农民合同工180万。

中国中铁电气化局正式员工两万多人，而长期从事电气化铁路建设的农民合同工一般情况下五万多人，当工程紧张、用工高峰时甚至达到七八万人。

毫无疑问，农民工已经成为中国工人阶级的重要组成部分。

毫无疑问，农民工已经成为中国铁路建设的一个重要方面军。

毫无疑问，农民工已经成为中国电气化铁路的一支生力军。

毫无疑问，农民工为我国经济和社会的发展承载了十分重要的作用。

……

当然，在1987年的时候，虽然"民工潮"已经席卷了中国的东南沿海地区，但是中国的电气化铁路受当时的建设规模限制，农民合同工的用工人数也还远没有现在的规模。

六

我曾经问过巨晓林，我说：“巨师傅，你最难受的时候是什么时候？”

我以为他会回答，他最难受的时候是他遭遇人生两大挫折的时候：高考落榜回乡务农和两次当兵体检都被刷了下来。可是，巨晓林说：“最难受的时候就是给你的任务，你想方设法也没有完成。”我盯着他看，心里却在想，这是巨晓林成了名人以后对付新闻媒体的“官样文章”吧？可是，当看到巨晓林一脸憨厚的笑容——在他的笑容里，你看不到一点儿虚伪，也看不到一点儿杂质。巨晓林是真诚的。巨晓林在回答我这个问题的时候也是真诚的。这点毫无疑问。在以后相处的日子里，我越来越明白和理解巨晓林，明白和理解了巨晓林的内心世界和精神世界。巨晓林很少会为自己去想和为自己考虑，他想得最多的是别人——他的集体、他所属的电气化局的事业和他的家、他的家人。就像他80岁的老母亲说儿子小时候的那件事，兄弟们过会的时候都把父亲给的两毛钱花了，只有三儿拿了回来——他想的是父亲母亲生活的艰辛，不忍心花掉这两毛钱。由此我们也就能够知道，当巨晓林由于身高的缘故无法把坠砣加得和别人一样又快又好，因此而拖累了别人的时候，他的心里会有多么难过！

巨晓林绝对不愿意辜负别人，不愿意成为别人的累赘。

他多想干得又快又好！多想干得神速而完美！多想干得既能省力又能提高工效！因此巨晓林开始琢磨如何又快又好地完成工作任务，这个时间要早在他工作的第一年——在北同蒲线岱岳镇车站的时候。他第一次成功的尝试还要再过一年多，那是1989年夏天，他成功地创造了“放附加线滑轮新挂法”。如前所言，巨晓林遇到的第一个困难，或者说，他最早动脑筋的，就是折磨得他寝食难安的“加坠砣”。他想，这个坠砣加起来这么重、这么难，原因究竟在哪里呢？看来看去，想来想去，他发现最关键的问题就是这50斤重的坠砣让滑轮吊起升到空中的时候，它是竖着的。站在支柱上的工人必须在身体悬空的情况下探出身子，把坠砣接住，然后再把它端平，使其保持水平方向，再用力推到坠砣杆的卡槽里。可是，如果坠砣升空的时候就是水平面的，不是竖着吊坠砣加坠砣，而是平着吊坠砣加坠砣会怎样呢？他把这个想法告诉了工长周永新，周永新鼓励他搞这个试验。巨晓林觉得，关键就是怎么让坠砣平着吊上去。他试验了很多方法……

让坠砣平着吊上去的关键是绳子怎么绑。

就在巨晓林琢磨这件事的时候，别的班组也有人在琢磨。那是在一次观摩比赛的时候，有人改变了传统的给坠砣绑绳子的方法，结果，坠砣吊到半空时掉了下来。50斤重的东西加上重力加速度，从高空坠落的情景令人害怕，因为用的是水泥坠砣，掉到地面后坠砣马上摔得粉身碎骨。现场的人全都大惊失色，太可怕了，如果下面有人，这事故可就不得了！安全员当即下了一道禁令，以后不许再使用这种绑绳子的办法，必须遵守以往的工艺。

这也很好理解。

有人就对巨晓林说："你想想看，谁不知道把坠砣平着吊上去省时省力？如果能平着吊谁还会竖着吊？那当初设计这道工艺的，不比咱聪明？"

巨晓林并不这样想。前人做不到的，后人未必就做不到。就像他家乡人说的，这个巨晓林有一股子"轴劲"，他不相信解决不了这个问题。他想，他无论如何也要解决它！想想，接触网工人常年要在那么高的空中，赤手接住50斤重的坠砣，还得单手把它从滑轮上取下、端平，再推进坠砣杆上……这活儿不干的人不知道，干过的人才知道它有多么苦！加一天坠砣下来，就是一个壮汉也会累得瘫软了身子。

巨晓林从来也没有放弃过思考这个问题，而到了他真正解决这个问题已经是三年后的1990年了。1990年，巨晓林发明了他的“平吊坠砣法”。“平吊坠砣法”的关键就是改变绑绳的办法。巨晓林创造出的绑绳方法是把坠砣平着用绳头绑住，坠砣吊到位后，站在支柱上的高空作业人员把坠砣槽对好，只需轻轻地推进坠砣杆上解掉绳子就可以了。自从这个“平吊坠砣法”成功以后，再干加坠砣的活儿，巨晓林就再也不可能落到别人后面，而是别人会落到他的后面了；再不是别人催他，而是他催别人了。

当巨晓林的“平吊坠砣法”成功以后，几乎没有人觉得它很神奇——像陈景润的哥德巴赫猜想一样，有人可能还会小瞧它，瞧，不过就是怎么绑绳子而已！而已？不，绝对不是而已。关于巨晓林这些发明创造的意义，如今巨晓林的领导——接触网六段党总支书记朱凯曾经有过一个非常生动的比喻。朱凯讲了个小故事，他说美国宇航局向全球悬赏，说太空上没有笔，宇航员们无法写字。这是因为钢笔的墨水到了太空写不出来，而圆珠笔也存在同样的问题，所以必须要发明出一种适合太空用的笔。如果谁发明了这种“太空笔”，将得到100万美元的奖金。结果，悬赏的100万美元被一个小学生获得了。原来，这个小学生只说了一句话：“很简单，用铅笔呀！”答案一出来一片哗然。这么简单？是，这么简单！可是在这么简单的方案出来之前，为什么我们却想不出来呢？

真理往往就是这么简单，但只是在别人说出来以后。比如哥伦布。哥伦布发现新大陆之后，在皇室为他举行的庆功宴中，一位大臣不服气地说：“任何一个人坐上船航行，都能到达大西洋的对岸，有什么稀奇，值得大家这样大惊小怪！”有几个大臣也在一旁附和。哥伦布听到后一言不发，朋友们都为他着急，埋怨他怎么不辩解。过了一会儿，哥伦布叫仆役从厨房拿来几个熟鸡蛋，请大家玩将鸡蛋竖立

接触网施工现场

在桌上的游戏。许多人尝试，却没有一位能将鸡蛋竖立起来。这时哥伦布拿起一个蛋，对准蛋的一端朝桌面砸下去，蛋的一端破了，蛋也稳稳地直立在桌上。举座哗然，都反对说这算哪门子游戏，三岁小孩也会做。哥伦布不疾不徐地说："结果虽然是很简单的，你们却没有一个人想到去这样做；知道怎么做之后，大家却都说太简单了！"

朱凯说，巨晓林对这些传统施工工艺工法的改革，其实就像太空笔或哥伦布竖鸡蛋一样，看起来平淡无奇，实际上都是对传统工艺工法的挑战。任何创新，只要是创新，就必须打破原来的东西。因此每一次创新都是对自己的一个挑战，也是对传统思维模式的挑战。朱凯说，这是相当不容易的，尤其是在接触网的施工方面，许多大学教科书关于铁路供电系统的理论知识多，实践经验以及施工中的小办法、小窍门却很少涉及。这在理论家看来也许不算什么，可在具体的施工中遇到这一类问题，困难就相当大！巨晓林的创新，在电气化铁路接触网的施工中还没有先例，要说，也算是一种开拓。

七

然而这个时期巨晓林还有一段相当难熬的日子。

1988年春节刚过，又是冰天雪地，又是一次离别。而这一次的离别就更显得伤感了，因为巨晓林结婚了。从前的离别，是和父母家人；如今这次的离别，却是和新婚的妻子。上次离家，是1987年3月，他在一片白皑皑的大雪中告别了父母家人，第一次远行到了石家庄。整整一年，他没有回家。山西省山阴县岱岳镇车站成了他的"家"。1988年的春节他回家探亲。大年正月初六，他迎娶了他的新娘宋小平。新婚宴尔，却仅仅过了十天新婚生活，正月十五一过，他就踏上了东去的列车。这次的目的地，还是石家庄——只是改变了内容，上次到石家庄是接受集训，而这次，他是去建设石家庄北站。

爱写诗、画画儿的巨晓林当然有着诗人的多愁善感，和新婚妻子的别离让他特别惆怅，这是他以前从来没有体味过的一种深深的离愁别绪。这样的离愁别绪，从他离开家门的那一刻起就一直伴随着他，他这才理解了唐代诗人李商隐的“相见时难别亦难，东风无力百花残”诗句中的那种千古别恨。望着火车车窗外飘舞着的雪花，在他几乎湿润的眼睛里，他的眼前始终会出现一个身材高挑而瘦削的年轻女子的形象——他的妻子宋小平。

巨晓林后来曾无数次地想到过，宋小平似乎生来就是他的女人。且不说从两人相识到结婚，她奇迹般地为他长高的那13厘米——巨晓林的内心深处，当然希望自己有一个高高挑挑的媳妇，宋小平从1.55米突然长高到了1.68米，这样的个头儿让巨晓林简直喜出望外。巨晓林最愿意回忆的，是他们两个人差点儿失之交臂的那次“相亲”。

巨晓林有一个本家的舅舅是个木匠。这一年，巨晓林已经23岁了，还没有对象。母亲急了，给这个本家兄弟说：“你走南闯北，见多识广，认识的人也多，能不能操心给我家晓林问个媳妇？”堂舅答应了这件事。到了这年春天的四五月份，堂舅再次到了巨家，告诉巨晓林母亲说，他在紧邻的麟游县给人做木匠活儿，有一户人家，家里女儿多，三个女儿都到了谈婚论嫁的年龄，这家的父母一听说岐山这边有人想找媳妇，想要把其中的一个女儿嫁到山外来，托他来说媒。

麟游县在岐山县以北的大山里，因此，麟游的人称岐山为“山外”。说到自然条件，山里山外还是有区别的，因此，麟游的姑娘也总是希望嫁到“山外”——自然条件更好一些的岐山。

巨晓林的母亲一听，很高兴，忙问：“女方家在什么地方？”

堂舅说：“在招贤镇，离咱这儿大概50公里。”

母亲说：“好啊好啊，那就麻烦你带晓林去和人家姑娘见个面。”

1986年的这个时候，巨晓林的电影放映“事业”遭遇到了一个低潮期，电视的普及让他的“客户”锐减，就像一个企业一样，巨晓林也遇到了他的“转型期”。他不那么忙了，干完农活儿，写诗画画儿的时间多了，心里也有了成家立业的念头。而这个时候，巨家已经完成了给他大哥、二哥盖房子娶媳妇的重大任务，大哥、二哥娶过媳妇后也都分家分了出去，现在，三儿晓林的婚事被提到了家庭的议事日程。23岁，在陕西农村已经算是“大龄青年”了。巨晓林母亲叹息一声，说：“三儿，也该给你娶媳妇了。这些年，你只顾了这个家……”

巨晓林不让母亲说下去，他简单换了身衣服就跟着舅舅出了门。

巨晓林这次去相亲拿没拿礼物？宋小平的记忆里是没有，可是巨晓林记得他是带了一盒点心、一听罐头去的宋小平家。这件事日后成了两个人的“公案”。巨晓林说有，宋小平说没有，到底两个人的记忆谁的准确？不知道。按照陕西人的习惯——何况岐山还是有名的“周礼之乡”，周公旦制天下之礼和天下之乐的事迹就发生在这里，所以，巨晓林空着手去相亲的可能性还是比较小，可能是宋小平那时候年纪小加上又过于紧张，没有注意到一些细节。宋小平生于1967年，比巨晓林小了五岁，这年，才刚刚18岁，按照中国婚姻法的规定还不到法定结婚年龄。宋小平呱呱坠地的时候，她们家正面临一场灭顶之灾。她家在当地是有名的地主家庭，“文革”刚一爆发，这家的男主人、也就是宋小平的生父就被揪出来游街批斗。父亲不堪其辱，他选择了死。在一个黑漆漆的夜晚，他跳泉了——当地人说的“跳泉”，指的是跳进了一口深水潭之中。选择“跳泉”，而不是选择“跳河”，这是说，他根本就不想活，不想还有被人打捞起来的可能性。

宋小平此时还在襁褓中，她刚刚出生，还来不及睁开眼睛看这个世界，她的生身父亲就没有了。父亲一死，母亲终日以泪洗面，抱着怀中这个幼小的新生儿整天哭个不停，慢慢地神经有些失常，奶水也越来越少，终于，孩子没奶吃了……

这孩子肯定是要送人，可是送给谁呢？

母亲想起了他家从前的长工。宋家从祖上起就是这户地主家的长工，与这户地主家庭有着较深的渊源。宋小平的生母这时候考虑的主要问题就是，她必须把女儿送给一户“贫下中农”，再不能让女儿这一辈子背上“地主女儿”的黑锅，而他家这户长工为人忠厚又老实。于是，出生才四十多天、襁褓中的宋小平就被抱到了宋家。当时的说法有些含糊，没有说“送养”或“领养”，而只是说“先养着”。宋家在抱养了原来自己东家的女儿以后，又接连生了两个儿子。“文革”风暴过后，宋小平的生母也曾想过把女儿再要回去，可是，这个女儿是宋家一把屎一把尿地拉扯大的，他们也不愿意再“还”回去。终究改变不了既成的事实，宋小平还是宋小平，她再没有更名换姓恢复她地主女儿的身份。

关于宋小平身世的这段故事，巨晓林也是以后才慢慢知道的。而这次他去相亲，一开始还真和宋小平没有一点儿关系。他本来要去的是另外一户人家，也就是和宋小平家紧挨的村子那户有着三个待嫁女儿的人家。巨晓林背着个帆布挎包，手里拎着简单几样要见未来丈母娘的礼品，跟随着舅舅，走上了箭括岭那条古道。这条道，也就是唐太宗李世民从咸阳到麟游九成宫去的路。走路，坐车……奔波了上百里路，巨晓林和堂舅到了麟游县叫招贤镇虫王殿村的村子。走到这里，戏剧性的一幕发生了。

堂舅说：“我给这个村子宋家这家人干过活儿，觉得这家人还不错。这家也有个女儿，也托我说过。不如，我们先到这家去看看。”

对于堂舅突发奇想冒出来的这个念头，巨晓林无可无不可，反正他和这两家的哪个女儿都没见过面，一切当然都是听从堂舅的安排。再说，跑了这么远的路，不就是为了找媳妇？跟这个见面，或者跟那个见面，都无可无不可，说不定有个“备用方案”还更好一些。

两人就这样见面了。

巨晓林内向木讷，说话不会滔滔不绝。宋小平那个时候已经辍学回家务农，尽管她以后可能会和巨晓林滔滔不绝地说话，但这一次不会。毕竟这是男方登门提亲，女孩子家还是要矜持一些。巨晓林记忆中最深刻的就是，宋小平给他端来了一大茶缸水，说："你喝。"巨晓林接过了水，两人也不敢相互对望，甚至没有看清对方长什么模样。还是宋小平先开口，两人简单地说了几句话。

宋小平问他："现在干啥？"

他说："放电影。"

宋小平又问："怎么不读书了？"

他说："高中毕业没考上大学。"

宋小平还想问："那你家里……"

这时，一边的舅舅插话了："行了，今天先过来见个面，以后有话，再说。"

简短的相亲就这么结束了，舅舅拉着他出了宋小平的家门。他不解，怎么不能多说几句话？舅舅说他死脑筋："你不想想，你家弟兄四个，人家再问下去，你几个哥，几个弟，你说有两个哥，一个弟，人家谁家的姑娘还愿意嫁给你？再说了，你哥结婚盖了新房，你结婚的新房呢？不是说得越多越露馅了吗？"

巨晓林一听舅舅的话还真有点道理。在农村，弟兄多有多的好处，可也有坏处。弟兄多意味着娶媳妇花钱多，也就意味着家里比较穷。舅舅让他适可而止就是怕说到他家的"短处"。问题在于，出了宋家的门还去不去原先说好的那家去相亲？甥舅两个商量了一下，说，先不去了。既然已经先到了宋家，那就得先等宋家有了回音再说。如果宋家不同意，那就再到那家也不迟。一只脚踩两只船，或者同时到两家去相亲的做法，在他们看来那是一种不够道德的行为。他们走后，宋家开始了一番争论。提出反对意见的是宋小平的父亲，他反对的首要理由还是那条——个子太低。宋小平的母亲倒觉得这个未来的女婿条件不错。母亲考虑得也很实际，她说："你看，那边地方好，一嫁就嫁到山外头去了。还有，人家还放电影呢，算是有门手艺……"

父母两人两种意见，宋小平在心底里还是倾向于母亲的意见。但她和母亲想的着眼点却不同。第一次见面，她看重的是巨晓林是一个高中毕业生。那个时候在农村，一个家庭能把孩子供养到高中毕业是一件很不容易的事情，而一个人能考上高中也是件不容易的事情。就拿岐山县来说，一共也就只有三所县级高中，包括巨晓林毕业的范家营中学。宋小平对对方的文化程度如此看重，是她内心深处有一块不能碰触的伤痛，生父母把她送到养父母家，让她逃脱了当地主女儿可能有的厄运，但同时，也让她在这个贫寒之家过早担负起了生活的重担。她很想上学读书，很渴望过一种有知识、有文化的生活，可是，她初中才上了没有几天，因家庭生活困难，父母让她辍学了。这对宋小平是个非常大的打击。许多年以后，当我和宋小平谈起她的这段经历，爽朗的宋小平突然沉默了下来，眼圈渐渐地红了，眼睛里也有了泪光。

过了一会儿，她哽咽道："从此心愿没了。"

心愿没了？

我问她："什么心愿？"

宋小平说："上高中。我那时候就想上高中。"

高中毕业的巨晓林虽然个子矮一些，宋小平却不嫌弃。她宁愿找一个个儿矮有知识的，也不愿找一个个儿大无脑的。没过几天，媒人也就是巨晓林的舅舅又登门了。这次话说得很清楚，他外甥还有一个相亲的对象，就在你们的邻村，是那家三个女儿中的第二个女儿，姓赵，叫什么什么。你们家同意还是不同意？请给个准信儿。宋家最后还是以母女两个的意见占了上风。两个月之后，宋小平第一次来到山这边巨晓林的家。这次，她看到了巨晓林的书、画儿以及他舞文弄墨的那些成果。她非常高兴和满意：这是个喜欢读书和上进的人。从这以后，两个人就正式确定了恋爱关系，再以后又正式地订了婚。到农忙夏收的时候，巨晓林去到山那边，帮着宋小平家里收割麦子。这个时候，本来要提亲的女孩儿见到了给宋小平家割麦子的巨晓林，还不无遗憾地说："你怎么就不'走'到我家？"

巨晓林笑而不答。

他对命运给予他的这种安排感激不尽。他为阴差阳错地今生能遇到宋小平而感谢命运。如果不是当初堂舅拐个弯把他带到了宋小平家里，他们今生今世恐怕还难以相识。这可真是千里姻缘一线牵啊，老天爷给他做成了这桩美满姻缘！

新婚只过了十天，巨晓林来到了石家庄北站。

石家庄北站的施工有四道铁轨，这里正是京广线和几条铁路干线的咽喉所在。车站对铁路线而言的确相当于人的咽喉，咽喉是"交通要道"，它的重要性仅次于中枢神经。铁路也一样。原先那些各跑各的道儿的铁路线——我们通常看到的铁轨，到了这样一个节点，某一个火车站，就要汇聚到一起，如同江河湖海的汇合。有几股道的铁路线进入到某个车站，就意味着有几条铁路线路通过这里。铁路线愈多，对于接触网的施工而言，困难的程度也就愈大。比如说石家庄北站四道铁轨的接触网施工，就要比他们在山西岱岳镇车站三道铁轨的施工困难一些。

石家庄北站接触网的施工差不多有一年半时间，从1988年2月到1989年5月。这里和在山西岱岳镇不一样，那个时候他们班20个人住一间大教室，像一个大家庭一样其乐融融。现在，班上除了他们四个合同工以外，其他人都是石家庄本地人，包括他们的工长、副工长。

在家门口施工，可以每天骑个自行车上下班。这在电气化铁路建设中对他们而言算是个千载难逢的机会。所以这一年多时间，家在石家庄的员工很惬意，充分享受了与妻儿团聚的天伦之乐。而刚刚新婚的巨晓林则倍感煎熬，他离别了陕西岐山的那个家，又没有了军营般大家庭一起生活的热闹。下工回到住地，石家庄人都骑车回家了，住地只剩下他们四个合同工和两个厨师。

这时干得最苦的活儿，就是给铁塔刷油漆。

一根铁塔15米高，相当于四五层楼房那么高，他们得爬到铁塔上面，把油漆一层层往上涂。最要命的还不是在烈日炎炎下爬到高空去作业，要命的是油漆的气味很难闻，呛鼻子的刺激味道。和他一起来的一个工友干了没两天，皮肤过敏，起了满脸满身的疙瘩，连十个手指间都起了大大小小的脓包。车站上其他施工的铁路工人说，这是油漆中毒了，得赶紧去买什么什么药。这位工友一吃，药还真管用，好了。他们每人每天的工作量是要刷两根铁塔。夏天天热，里面穿上个汗衫和大裤衩子，外面穿工作服，刷一天油漆下来，外面的工作服已经让油漆全部糊了一遍，硬得像牛皮一样。下工的时候，他们把这“牛皮”外套往下一扒，就扔在工地上，只穿着汗衫裤衩收工回住地。他们想把油漆的味道留在外面，回来好好地休息吃饭。可是，满身的油漆味儿就像是渗透到了你的皮肤里、头发里，人很饿，可就是不想吃饭。给铁塔刷油漆的活儿一共要干二十多天，干到第四五天的时候，巨晓林对同伴说：“我们这样干不行，能不能换个办法?”

同伴问他有什么好办法?

巨晓林说：“反正就是一天要刷上两根铁塔，我们现在来来回回一根铁塔要上去下来三次，很麻烦，而且效率也低。我们不如早上去得早早的，去的时候就把一天的用料（两水桶的油漆）带上，然后一鼓作气干活儿，一口气把一天的活儿都干完，这样，顶多也就影响我们一顿饭的食欲。你们说咋样?”

几个人说，那好，我们就试试。

效果果然不错。早上四点多，天还黑着，他们抬着两桶油漆出发了。到了施工地点，换上他们的“牛皮”外套，大家开始干活儿。等到上午11点左右，两大桶油漆用完，他们每人每天的工作量也全都完成了。这样一来，整个中午、下午和晚上的时间都是他们的，本来最繁重的一个活儿，现在反倒成了最轻闲的活儿。有了空闲时间，巨晓林就用来读书、写笔记和思考他的问题。这段在石家庄车站施工相对寂寞的日子里，对巨晓林来说，他最大的收获就是，他又啃了好几本大部头的专业书……

快要到他的收获季节了。

八

现在人们说起巨晓林关于接触网施工中工艺工法的创新以及他的技术革新，经常引用的第一个事例就是“放附加线”，全称叫“放附加线滑轮新挂法”。的确，要说这是巨晓林在日后所有的发明创新中第一个成功的例子，也是巨晓林平生最温馨的一段记忆。

他以后所有的技术创新都要从这个故事开始……

那是1989年的夏天，距离巨晓林成为一个电气化铁路接触网工人还不到三年时间。此时，他经历了北同蒲线接触网的施工、石家庄北站接触网的施工，如今，又转战到了鹰厦线。鹰厦线是贯穿我国华东地区大动脉的一条铁路干线，电气化铁路的主要施工地方是江西和福建。这些地方，夏天施工的时候天气非常炎热，人站着都汗流不止，而接触网工人每天要肩扛一百多斤的软钢丝索，在5米到15米高的空中安装。其中，放附加线是一个又累又苦的活儿。所谓放附加线，就是要在铁路沿线电杆的外侧，架设一道具有保护等作用的电线。按照老方法，每当放线车经过电杆下方时，一至两名工人需先爬上电杆，挂上滑轮，套上绳子，再把绳子放到地面。下面的两名工人，用绳子拴住电线拉到上面去。上面的工人再用肩膀扛住电线，用力地把电线挂在滑轮上。

工人在高空作业用肩膀扛住的电线有多重？一般说来也得二百多斤。

想想，要把二百多斤重的线扛起来挂到滑轮上，对谁都是非常吃力的活儿。放附加线作业是他们日常的一项重要的工作内容，经常要这么干，长年累月要这么干。除了这种干法以外，还会有哪种干法？还会不会有更省时、省力的办法？以前从来没有人琢磨过，可巨晓林动起了脑子。那一天，他们正在放线的时候突然刮来一阵风，然后天空飘来一片乌云，紧接着下起了大雨。这时，先爬上电杆的巨晓林，一看雨大风急，怕风雨把刚刚拉上来的电线刮跑了，急中生智，赶忙把滑轮拿下来扣住电线，然后把滑轮固定在电线杆上。做好这一切，他才从电杆上爬了下来，此时，他人已经被雨水浇成了落汤鸡。

大雨还在下，巨晓林这时头顶着雨布，蜷缩在屋檐下看着半空中的那个他临时扣住的电线发愣。他在想，如果把这一套动作都能够在地面上完成该多好哇！也就是先把线放进滑轮槽里，再想办法把挂好线的滑轮拉上去。这样，上面作业的人和下面作业的人都会非常省力，而且如果这个办法能行得通的话，每一组施工的人就可以减少一到两名。

那么，问题的关键就是：怎样做一个铁线套子挂在滑轮钩上？这个铁线套子做成什么形状？

巨晓林一边思索着一边就想动手做一个铁线套子。他在料库堆里截了一段60厘米的铁丝做成一个环，然后把它套在滑轮钩上，脑子里一直在想象着悬挂的过程……这时，雨过天晴，工长霍立军招呼大家干活儿。巨晓林把自己琢磨出来的办法和霍立军讲了。和周永新一

巨晓林（右二）和工友研讨新工法

样，霍立军也是技校毕业生。霍立军一听，感觉眼前一亮。“试不试？”巨晓林问。“试，当然要试！”霍立军立即把全班十六七个人都招呼了过来，说：“巨晓林刚想出个放附加线的新方法，我听了觉得有道理，现在我们就在这儿试验试验。”工长一说完，巨晓林胸有成竹地开始把他刚才脑子里想象的那些场景，运用到了实际的操作中。只见他很熟练地把滑轮放到地上先和电线扣合，然后，人上到杆上，再拉上去固定住。整个动作的完成只用了几分钟，附加线很快就挂好了。

工友们顿时发出一片啧啧赞叹声：“太轻巧了！”

有工友说：“这以后我们就不用再上杆扛线了，轻松多了！”

放附加线这活儿，人最害怕的就是杆子上的那个人要用肩膀扛住电线，再用力地把电线挂在滑轮上。扛线，那才真是放线里最苦最累的活儿，一天下来肩膀会红肿疼痛得让人龇牙咧嘴。平时四人一组的时候，因为谁都怕上杆去扛线，所以干脆来个轮流上杆。巨晓林这么一革新，上面的那个人变得轻轻松松，再没有人会畏惧上杆扛线了。试验成功，工长霍立军很高兴，他想奖励奖励巨晓林，两眼望去，只见桥下面聚集了一堆躲避刚才那场大雨的人，其中有一个推着自行车卖冰棍的女人。霍立军上前，把这女人的一箱冰棍一下子全买了，给每个工友手里塞上一根。霍立军说：“这可是巨晓林发明创造的奖金，今天不是我请客，是巨晓林请的客。”

巨晓林也从工长手里领到了他平生第一笔奖金：一根冰棍。

此时，巨晓林的脸笑得像开了的花儿一样灿烂。

这是他从干接触网这一行以来最开心的一天、最舒心的一天、最惬意的一天。自己琢磨出来的方法得到了认可，被工长和大家运用到了施工实践中，减轻了工友们的工作强度，也减轻了自己的工作强度和难度。他发现，他开始战胜自己了，战胜自己天生的弱点，而不再成为别人的负累，成为拉别人后腿的人，不但如此，他还会成为领跑别人的人！因为很明显，在体力和身高方面他都没一点儿优势可言，如果干重体力活儿，他和别人在先天方面就存在差距。那样，他永远也不可能干得比别人好！可现在他明白了，他有智慧，有头脑，他完全可以用他的知识和智慧来弥补他体力上的不足！

这是上帝为他打开的另外一扇门。

他可以通过在实践中琢磨出来的工艺工法的创新，不断地进行技术创新，让自己不断地成熟和成长，成为电气化铁路接触网队伍中骄傲的一员。他相信，只要他肯努力、肯钻研，他就能够干出一番名堂来！他也能够获得别人的尊重！不错，他要做一个有知识、有文化、有技能的农民工！这是27岁的巨晓林在对自己的人生和人生道路做了一番审视后，对自己的人生重新做的定位。他发现，人生还可以这样度过，过一种很有意义的人生……

工长霍立军奖励他的那根冰棍成了他生命中的一个转折点，成了他一个不灭的记忆。很多年以后，巨晓林仍然保留着当年和当时的那个新鲜而清晰的记忆：他说到那场突如其来的大雨，说到因雨势凶猛躲避到大桥下面避雨的人群和工长霍立军买的那一箱冰棍……巨晓林的回忆中有感谢和感恩之情，这个我知道。他感谢工长霍立军给了他那次试验的机会，让他把心中所想落实到了工作的实践中，让他的聪明才智第一次有了用武之地、有了一个广阔的施展的舞台。曾经有其他铁路建设单位想要从中铁电气化局挖人，多次找到巨晓林并承诺了高薪和优厚的福利待遇，但是巨晓林舍不得离开跟他朝夕相处的工友，舍不得离开关心、支持、培养他的企业。中铁电气化局给了他发挥聪明才干的舞台，巨晓林也把身心全部扎在了中铁电气化局这片沃土之中。我们可以设想，如果没有工长霍立军的支持、没有他的重视呢？巨晓林的“放附加线滑轮新挂法”会不会胎死腹中？这会不会打击巨晓林的创造和创新热情？属于巨晓林的光荣和梦想会不会推迟甚至被扼杀？

九

不会。

中国中铁电气化铁路建设队伍是一支非常独特的队伍，它诞生在1958年的“大跃进”年代，伴随着我国第一条电气化铁路宝（鸡）成（都）线宝凤段的建设应运而生。那是一段令人荡气回肠的历史。他们修建的中国历史上第一条电气化铁路，位于让诗仙李白都为之叹息的“蜀道之难，难于上青天”的“蜀道”上，那支最早开进秦岭深处千余人的队伍就是后来这支近十万人的建设大军的一个缩影。生活和施工条件的艰难困苦，都不是常人所能够忍受的，说他们“披荆棘，暴霜露，筚路蓝缕，风餐露宿，挖坑立杆，架线铺缆”，这些都不是停留在纸面上的东西，而切切实实是他们日常工作和生活的写照。长年风餐露宿的艰苦生活，让中国中铁和中铁电气化局形成了优秀的企业文化和企业精神。这种企业文化和企业精神就是，所有进到中铁及中铁电气化局的人，不论你来自哪里，也不管你出身如何，大家一样都要吃苦受累、一样出大力流大汗，因此也享受同样的待遇，所有的一切，大家一视同仁。企业就是大家的“家”，一个共同生活、共同学习、共同进步的地方。

这就是他们所特有的“家园文化”。

当大量的农民工进入到这支队伍，对中国中铁电气化局而言，改变的只是用工方式的不同，而改变不了的是在过去长期艰苦环境下形成的“五湖四海皆兄弟”的情谊。在中国中铁，在中铁电气化局，长期以来，他们都始终坚持对农民工一视同仁，提出了“五同五人”管理。即同学习，提高人；同劳动，激励人；同管理，尊重人；同生活，关心人；同报酬，体贴人。企业的价值观就是实现农民工与企业共同发展。特别是在同报酬的问题上尤其坚持，使农民工在经济上得到更多实惠是企业应尽的责任。同工同酬是维护农民工平等权益的核心。对此，中铁电气化局首先是做到农民工和职工的岗位薪酬一样，坚持凡是与职工同岗位、从事同样工作、做出同样贡献的，就给予同样的报酬；其次是农民工与职工的工资支付办法一样。其工资统一由所在单位财务部门及时发放，直接打入农民工的工资卡。有的项目部在资金周转困难时，“宁欠职工、不欠农民工”的工资，保证农民工工资按时足额发放。

巨晓林所在的集体就是这样一个集体。在充分关心人、体贴人、激励人和尊重人以及提高人的企业氛围下，巨晓林就像是一棵小草到了一片适合他生长的草原，他舒心地展开自己的双臂，想要拥抱这里所有的人和事。巨晓林写过一首诗，叫《观花》：

我是来看花，花开迎接我；
微笑是话语，浓香是衷情。

这首诗以手机短信的形式发给了他的妻子宋小平。宋小平读了这首诗后发给丈夫的短信说：“你这不是写你自己吗？我觉得你是写自己。”这真是一语中的。最理解自己的人看来还是自己的妻子。巨晓林在这首诗里的确写了他的一种心态，在电气化局接触网的工作中，和大家相处，他总是有一种“花开迎接我”的感觉，而“微笑是话语，浓香是衷情”则表达了大家相处时的那种和谐、浓郁的友情、真情。人是情感的动物，在这样一个集体中，巨晓林总是感到自己做得还不够，总想多回报自己的企业和自己的伙伴们，这样的情感就促使他琢磨起一项又一项的发明创新方法。林鸿、周永新、翟俊科……这些名字都是巨晓林所不能忘记的，他们每个人身上所承载着的中国中铁企业文化和企业精神也点点滴滴融化在了巨晓林的血液中。他知道，在这样一个集体里，所有人都会为他的创新发明而高兴，为他的创造性劳动提供一个所需要的舞台。林鸿会，周永新会，翟俊科会，他以后遇到的几乎所有的工长、副工长都会，甚至包括段上的领导也会！

这就是巨晓林成长的土壤。

十

巨晓林从高中毕业回乡务农开始写笔记、记日记，这已经成为他的一种生活习惯，他把这种习惯带到了电气化铁路施工的每一处工地上。难能可贵的是，他还把这种习惯几十年如一日地坚持了下来。他中学毕业那会儿，还喜欢抄写格言，就是那些名人的格言激励着他在任何环境下都不放弃读书、学习。现在，他喜欢随手写下自己想到的格言：巨晓林格言。例如关于学习，他就写了一堆格言：

学知识，长本领，农民工也能有作为！

咱农民工也要有知识、有技能，敢为人先！

多学一点知识，就多一点本领。

千难万难，有本事就不难。

不怕学不会，就怕不会学。

只要下苦功，没有学不会！

集体生活，就是把个人生活聚集到一起，能学到好的，克服不好的。

我学习，我快乐；我劳动，我光荣。

学习快乐，劳动光荣，创造伟大。

……

勤奋的见证：
巨晓林的部分学习笔记本

巨晓林确实尝到了创新型劳动的甜头。那个时候，和他们并肩作战的还有另外一个班组，两条铁路相距十多米，大家都放附加线，无形中就像是展开了一场劳动竞赛。巨晓林所在班组十六七个人，那个班组二十五六个人，显然对方班组人多，干起活儿来当然就快。一开始的时候，对方班组总是遥遥领先，他们无法赶上对方的进度。然而，自从那场大雨过后，他们班组采用了巨晓林发明的“放附加线滑轮新挂法”以后，情况就彻底发生了大逆转。本来需要干一天的活儿，他们现在一个上午就干完了，工效提高了两倍，所以到了后来，人多的那个班组反而比他们慢了许多。那个班组的人感到奇怪，有人就跑过来问：“咦，不知道你们得了什么仙人的指点，放附加线突然间就比我们快了许多？”

工友们很得意：“看看，你看看我们怎么加，不就明白了？”

那个班组的人回去一试，效率果然提高了。

再一打听：“谁发明出的这么好的方法？”

有工友说：“嗨，就是那个个子低低的，小个子姓巨的人。”

大家明白了：“哦，小巨人呀！”

“小巨人”的绰号不胫而走。从这个时候起，在干活儿的时候，巨晓林就特别留心看哪些活儿干的时候还能改进，或者有没有更好的方法。而随着他不断地想出一些新方法，不断改进和创新接触网施工中的一些工艺工法，“小巨人”的名字也就叫得越来越响。一有问题，大家喜欢说：“走，找‘小巨人’去，看看他有没有什么办法。”有的人琢磨出一些新方法也喜欢来找他磋商。

巨晓林一直喜欢写笔记，他不像大多数人那样：做过的事情嫌麻烦就不再用笔记录下来。他不，下工回到住地，他经常一个人半躺在自己的床上，手里拿根笔，膝盖上放着个本子，想想，写写，有时候还画画……这个时候是他琢磨问题、思考问题和整理记录下自己思路的最好时间。这个时候的他非常惬意。他的床，就是“巨晓林工作室”。他的床方圆多大，他的“办公室”方圆就有多大，这是他的个人空间，他会完全沉浸在自己的天地和自己的世界里，让思绪随着他的想象飞扬。这个时候，不管宿舍里其他人在干什么，看电视、打扑克、聊天……都和巨晓林没有关系。巨晓林在本子上记下他自己的这个新方法——放附加线滑轮新挂法。

放附加线挂滑轮，铁线套子必不可少，传统的方法是取ф4.0铁线适当长，两头做成环，套在肩架上挂个滑轮，再往肩架上挂个滑轮、绳，把附加线拉上去换进滑轮槽里即可，但这里是取ф4.0铁线适当长（大约500~600mm），只一头做个环的套子，挂法也很特别，方法是在肩架上挂个小套子（越小越好）、滑轮、绳子。拿个滑轮，在其钩上穿进ф4.0铁线单环套子，再绑在绳子一头，把展放的附加线放进滑轮槽里，用绳拉上去。杆子上的人把滑轮钩上的ф4.0铁线单环套子头从肩架上绕过来（一手按铁线，一手托滑轮，起高些鞍子好换），在本线上绕两圈绑紧回摵一下，松绳。从滑轮钩上捋下绳子即可，这种方法即是放线不停止也可以挂。

……

有意思的是他的“如图所示”，他会在文字的旁边画上一组正在放附加线的小人儿，杆上一个人，下面两个人，小人儿他几笔就勾勒了出来。这要归功于他中学毕业回家务农时受父亲影响开始练习的钢笔画儿，那时候练就的画画儿的本领在他此时的接触网工艺工法创新中派上了用场。

巨晓林在现场作业中

十一

20世纪八九十年代,中国的经济开始呈现出一种迅猛发展的势头，各行各业都在增速发展。这个时候，所有的人流、物流全都像潮水般涌向了一种主要的交通工具——铁路。当这么多人流、物流都要通过铁路运往四面八方的时候，人们这才发现，我们国家的铁路状况就像一个长大了的孩子仍然穿着从前的小衣服。经济增速发展就是那个长大了的孩子，而铁路就是那件太小的衣服。铁路运力与需求的矛盾从新中国成立以来就非常突出，而到了这个时候就更加突出与尖锐。因为，直到20世纪末，我国铁路列车平均运行时速仅55公里，运输能力差，效率低。然而，全社会85%的木材、85%的原油、80%的钢铁及冶炼物资、60%的煤炭以及大量的“三农”物资都依靠铁路运输。旅客和货主常常一票难求、一车难求。铁路运输成了制约经济社会发展的瓶颈，情况到了不能不解决的地步。

问题如何解决？

自古华山一条道，而解决铁路运力不足的问题，从来也就是两个办法：新建铁路和改造提高原有铁路的运输能力。我们当然还记得我国第一条电气化铁路宝成线宝凤段的“应运而生”，当时因为中国修建了一条在险山恶水中的铁路线，其他动力的火车爬不了那样的陡峭险坡，形势逼迫得我们不得不上一条以电力为动力的火车线路。当务之急仍然是运输能力的不足，需要把许多原先靠蒸汽机车或内燃机车带动的火车线路改造为电气化铁路。

这期间就涉及了我国一条最为繁忙的铁路大干线——京广线，即北京到广州的铁路线。

在京广线上，卡住整条铁路线从而造成“滞胀”的是北京至郑州段。这段铁路的运输能力已远远不能满足需要，制约了全线的运输。为了改变这种状况，国家批准立项对京广线北京至郑州段进行电气化改造。按照计划，北京至郑州段电气化工程竣工后客运列车时速可提高到160公里，客运列车由原来的38对增加到50对，牵引定数由原来的5763吨增加到7000吨，并与京秦、丰大、大秦、石太、郑武、西陇海、宝成、成渝等电气化铁路干线紧密相连，对缓解京广铁路运输紧张状况和促进沿途省市经济发展起着重要作用。

改建迫在眉睫，不能不改。

但这条铁路又太重要、太繁忙，属于那种一刻千金、千金一刻的宝贝铁路线。

因此，业主方规定的一个前提条件就是，电气化改造期间不能停止列车运行。他们只能“见缝插针”，也就是说，只能在列车运行的间隙时间进行电气化铁路的改造施工。在列车运行的间隙时间，铁路线两头实施封闭，这个封闭点，在电气化铁路施工的术语里又叫“窗口时间”。我们可以很容易联想到水利设施工程中水电站或水库的施工，在水电站例如三峡和三门峡水库的施工时间里，两头的水流被围堰所阻断，黄河或长江改道先走别的道路，等到水库建成，围堰拆除，长江、黄河再走故道。然而，电气化铁路施工不可能像水利枢纽施工那么从容不迫，一般给予他们的“窗口时间”都不会太长。而这次，因为涉及了京广线，“窗口时间”就更加短促，极端情况下只有几分钟，甚至不到十分钟。

“窗口时间”主要涉及的就是接触网的施工。

不到十分钟的“窗口时间”能干什么？

他们当时有两个班组同时在这“窗口时间”里进行接触网施工。其中，有一段很长的三到四股道的铁轨，需要安装50组软横跨。前面说过，电气化铁路的“软横跨”是多股道站场接触网悬挂的横向支持装置，它悬挂在几条铁轨或站场的上空，由横向承力索和上、下部固定绳及连接零件组成。软横跨的安装非常复杂，但业主给的封闭点或

巨晓林在进行接触网导高测量

"窗口时间"却只有两个小时。他们两个班在两个小时内紧紧张张安放好承力索后，下部固定绳安装时却要等20天以后才能有封闭点。也就是说，根据铁路运输情况，他们必须等到20天以后才会有同样封闭两个小时的"窗口时间"。

但工期不等人。

不到十分钟的"窗口时间"，也就是列车运行的间隙时间，也被争取和利用来进行下部固定绳的安装。好家伙，这简直如同打仗——甚至比打仗还要紧张！京郑线的车流量很大，两个班组拼死拼活，开始的一两天，一个班组每天只能安装两组下部固定绳，而且常常被车站的防护监督员训斥，仓促间，还摔坏了一台梯车。

所谓梯车，就是他们在高空作业时站在上面的一种必要设备。梯车是用竹子做成的，有六米多高，人站在上面才能施工。在紧张的不到十分钟的封闭点，他们抬着梯车跑到铁轨的上面，挂好下部固定绳以后，又赶紧撤离。可能是某一次撤离的速度慢了，被车站的安全监督员大声斥责，结果丢盔弃甲，把自己的"武器"都给摔坏在了战场上……可以想象，火车风驰电掣地开了过来，你这里却还在施工，人命关天，要是有工人来不及撤离现场，车祸人灾可就躲也躲不过去！

巨晓林陷入深思。

他开始白天晚上地琢磨。白天在工地上，火车风驰电掣地在他眼前开过，他拿出他的小本，在本子上写一会儿，画一会儿，沉思一会儿。晚上回到住地，坐在他的床上，他又进入他"例行"的"入神"状态。他在想，安装下部固定绳慢就慢在了悬瓷的安装上，所谓悬瓷，实际就是我们通常所叫的"瓷瓶"，下部固定绳上需要悬挂许多这样一个大约15斤重的瓷瓶。工人们站在梯车上主要干的就是这个事情。那么，用什么来代替这个梯车呢？这个梯车，让人搬来搬去，很是费人、费事、费时间。

他想出了一个办法。

这就是他的“安装下部固定绳临时悬吊法”，又称“SY钢筋勾配合悬挂法”。这个办法的产生源自农村干活儿时用的叉竿，比如夏收时人们垒的麦垛，下面一个人用叉竿把麦子往上扔，上面的人接住后再码到位。巨晓林现在把它改造成了“Y”形叉头竹竿。他先画一个软横跨的草图，再画一个“Y”形叉头竹竿，在下面用文字说明：先做几个与上、下部固定绳距离相当长的“S”钩（视其软横跨长短及重量选择钢筋的粗细），用一根较粗且轻便的七米多高的竹竿，在其小头固定个“Y”型钢筋叉头，用其叉头顶上“S”钩，先把“S”钩一头挂在上部固定绳上，当下部固定绳两头挂好后，用竹竿“Y”形头向上顶高下部固定绳，将其放入“S”钩的下钩里即可。

第二天，巨晓林把这个办法告诉了班长。

巨晓林说：“我想了个办法。你看，咱用一个‘Y’形叉头竹竿，上部线上配挂一个‘S’形钢筋钩。这两个装置相互配合，就可以替代梯车工作。”

班长听得眼睛一亮：“不错！我们试试！”

这一试验，果真不错，而且还立竿见影！

一个梯车重量达二百多斤，需要六七个人抬。而一个“Y”形叉头竹竿才二十多斤，最多只需要两个人抬。而且人不用上梯，只在下面用“Y”形叉头竹竿把已经挂好悬瓷的下部固定绳顶到“S”钩的下钩里就可以了。试验结果，一分钟就能挂好，两分钟就能安全固定住固定绳，当天他们就把带去的8组下部固定绳全部安装好了。两个班组干活儿时相距不远，这边发生的变化很快引起了对方的注意，而且，两个班组还住在一起。

回到驻地，那个班组的人感到奇怪，问：“你们怎么安装的？怎么突然速度就比我们快了许多？”

巨晓林（右）和徒弟在进行接触网基坑标高测量

巨晓林正想回答，被班长使个眼色挡住了。

班长得意地说："这是技术秘密，不告诉你们。"

可是，对方班非常想探听出这究竟是一个什么样的"技术秘密"，于是派出巨晓林的一个老乡前来刺探。本来巨晓林就不想保守什么技术秘密，他所有的办法都是为了电气化铁路的建设，为了工程的顺利进行。作为同行，他当然知道对方班如果不知道这个方法，在这么短促的"窗口时间"要安装下部固定绳，该有多么困难多么危险！

巨晓林毫无保留地告诉了他的这位岐山老乡。

老乡说："这个办法真好！可是，今晚来不及做你说的'Y'形叉头竹竿了。"

"Y"形叉头竹竿需要的竹竿要六米多长，当时他们的驻地只剩了两根，都被他们班组利用了。那个班组要想再找这么长的竹竿，一时半会儿也不容易。所以，即使巨晓林已经告诉了那个班组他们的"技术秘密"，第二天，他们也仍然没有办法改变施工的方法，巨晓林的"泄密"也不会被他们班长所察觉。

富有戏剧性的一幕发生了。

第二天，巨晓林他们班组准备大干一番，拉了10根下部固定绳雄赳赳地上路了。出发前，班长说："咱们今天再比昨天多安装上两根，怎么样？"

大家异口同声："没问题！"

可是，天公不作美。晚上下了一场大雨，路有些滑。他们班的卡车滑到路边的水沟里了，大家下去推车，却怎么也推不上来。正在他们满头大汗、卡车却纹丝不动的时候，人家那个班的车开了过来，歪歪斜斜地挣扎着从他们车旁边开了过去。巨晓林他们班的人眼睁睁看着人家的车渐行渐远，叹道："今天一天的活儿都要泡汤了！别说十根，车出不来，一根都别想！"

正在大家一筹莫展的时候，谁都没有想到，那个班的车又摇摇晃晃地开了回来。原来，那个班把东西卸到车站以后，车和人又都赶紧回来帮忙，把他们的车拖了出来。巨晓林班的班长很感动，说："真不好意思，昨天你们问，我们还不愿意说。"

对方班的班长笑了："办法是知道了，你们班有人已经告诉了我们。就是我们还没办法做。"

班长爽快地说："行了，天下工人是一家！把我们班准备的那两个叉竿让你们一个，再拿一些'S'钩，如何？"

两个班长紧紧地握住了手。

这件事启发了巨晓林，他有时候会陷入沉思：如果天下工人是一家的话，那么，电气化铁路工人更是一家人，他的这些工艺工法革新，怎样才能让更多的人去运用？这个念头虽然当时也只是像烛光一样在他心里闪现了一下，但却像是在他心田里种下了一颗小小的种子……

十二

同京广线一样，哈大线也是我国一条最为繁忙的铁路大干线。这条铁路，南起海滨城市大连，北至冰城哈尔滨，纵贯辽宁、吉林、黑龙江东北三省，全长946.5公里，并同沈山、沈吉等23条干线衔接。客流量大，货运量多，是东北地区的经济大动脉，有"黄金线"的美誉。然而，到了20世纪八九十年代，哈大线也出现了和京广线同样的问题：长大了的孩子穿不上太小的衣服。而对于哈大线来说，还有一个问题：它太老太陈旧！这条始建于1898年，1903年建成通车已有百年历史的铁路，由于技术标准低，设备落后陈旧，运能与运量之间的矛盾、经济发展与铁路运输实际之间的矛盾日趋突出。到了20世纪90年代，国家批准哈大铁路电气化改造工程正式动工。

关于这条铁路，它的建设和运营有着好几个不同凡响的重要性和意义：

其一，哈（尔滨）大（连）电气化铁路是国家“九五”重点建设项目。它的建成和正式开通，标志着我国东北第一条电气化铁路顺利建成开通，从而结束了东北地区无电气化铁路的历史。

其二，它是世界上第一条投入运营的高寒地区的电气化铁路。在它之前，世界上只有俄罗斯和北欧国家拥有在零下40℃以下气候条件下运行的高寒铁路，但总里程不足700公里。

其三，哈大铁路首次系统引进了具有世界领先水平的德国电气化铁路技术、设备和管理，是中国第一条引进德国牵引供电先进技术和设备的电气化铁路。在建设过程中，它创造了三个国内之最，即有线电气化改造时间最短，一次性电气化开通距离最长，电气化标准最高。

这样一条用我们今天的话来说就是“和国际最先进技术接轨”的铁路，也成了一个普普通通的“农民合同工”巨晓林施展自己才华的舞台。当时，中铁电气化局集团承担了全线80%以上的施工任务，但在这条与沈山、沈吉等23条干线衔接，东北铁路网运输中最繁忙的铁路线上进行电气化改造，最大的问题仍然是留给他们施工作业的“封闭点”，亦即“窗口时间”十分短暂。这时候他们面临的其中一个难题便是，在刚刚开工不久的四平车站，需要安装300多组软横跨。而按照传统工艺，安装一组软横跨，需要20多个工人干上半个钟头。照此进度，他们50天才能完成任务，而指挥部给他们的工期却只有30天！而且，这次施工因为首次系统引进了德国的成套技术材料，业主和监理方对施工质量的要求都分外苛刻。

此时，工程会战刚刚开始，所有的人，包括中方的工程技术人员和德国西门子公司的技术人员，眼睛都盯着每一天的工程进度，当然更包括质量。软横跨这个拦路虎，大家本来都以为是一个不可能完成的任务，没想到，居然就在“不可能”的30天里完成了！当消息传到德国人耳朵里，德国技术督导季马教授简直难以置信，他亲自跑到现场，搬出激光测量仪检测施工质量，谁知各项指标甚至远优于指定标准。季马教授很想知道这个奇迹是怎么发生的，有人告诉他说，这是施工方中铁电气化局围绕工程难点，开展群众性技术创新活动的一项成果。

季马教授不满足这样笼统的回答，他问：“是谁？什么方法？”

中方工程部门的人笑了：“说出来您可能不相信，是我们很普通很普通的一个工人，他发明了一套叫作‘下部固定绳临时固定法’的技术，结果大大加快了施工进度，并在全线进行推广。”

“哦？”季马教授更感兴趣地说，“不行，我得见见他！”

巨晓林被叫到了德国专家面前。

他腼腆地笑着，向专家解释了他的方法。

“其实也没什么，就两样东西。一个‘Y’形叉头竹竿，上部线上再配挂一个‘S’钢筋钩。这两个装置相互配合，就能解决下部固定绳临时固定的难题。”

中方工程部门的人补充说：“原先半小时安装一组软横跨，采用这种新工艺后，一小时就能安装四组，提高工效两倍以上，而且安全可靠。”

季马教授竖起大拇指，对着巨晓林说：“OK！中国的这个小个子了不起！”然后，意犹未尽，说：“我是督导，可你脑子更灵，技术更好，你是督导中的督导！”

这件事发生在1998年，距离巨晓林第一次走出岐山来到电气化铁路施工工地整整过去了11年。这期间他的足迹遍布大江南北，而他在科学知识和技术方面的提高与跨越，直到他这一天走到德国专家面前，可以说，他跨越的是科学知识和科学技术的万水千山、千山万水……

十三

不错，处处留心皆学问。

巨晓林迷上了技术创新和发明一些施工作业中的小窍门以后，他就发现可以革新的东西还真不少。1995年春，他们转战到了山海关车站进行接触网的施工。一天，工长派他和另一个工友去做一些辅助性的工作，即做一些铝绑扎线。所谓“铝绑扎线”，就是接触网的一些小配件，比如针瓷、跳线、吸上线等，都需要铝线来绑扎。这件事做起来有些枯燥，一般是从剩余的铝线头上，剪截下所需长度的铝胶股线，拆开，一根一根剥下来，然后缠成小圈。工长说，一共要做200个。等做到160个时，已经快到中午吃饭时间了，他们两个人都想赶紧完成任务，于是开始抢材料。两人一人一头抓住一根铝胶股线，巨晓林一拽，把一根铝线从中抽了出来。就是这无意中的一个动作，启发了他的灵感，心想，如果把“剥”铝胶股线，改换成为“抽”呢？这样会不会快些？说干就干，两人先是把铝胶股线分成两半逐层剥下来，然后，一人用手抓住一头，另一人从另一头拽其中的铝线。这样直到拆成一根根的单根铝线，再用手或缠线管缠成一小圈，一个“铝绑扎线”就完成了。结果，剩下的40个“铝绑扎线”，不到十几分钟就做完了。

工长本来以为他们至少要做上一天，没想到这两人半天就做完了。

工长高兴地问：“怎么这么快？”

那位工友就说：“问‘小巨人’呗，又琢磨出了一个好方法。”

像制作铝绑扎线这类很不起眼的小部件、小零件，一般高级一些的工程技术人员根本不会接触到，可它们却在日常的施工中大量需要和大量存在。涓涓细流，汇聚成溪。当数量庞大的像制作铝绑扎线这类事情汇集到一起的时候，你也许才会认识到它们会耗费多少人力物力！比起发达国家，中国的人均生产总值、人均利润率较低，或者说，中国的高消耗、低效率，不能不说和这一类的“磨洋工”无关。

而这一类的“磨洋工”，更多的原因并不是工人喜欢这样，而是很少有人或基本上没人去思考和解决这一类问题——太小、太不起眼的技术问题。而令人担忧的就是，如今的中国，我们也许并不缺乏高精尖的人才，我们却十分缺乏生产一线的技术工人或技师队伍。2013年“五一”劳动节前夕，习近平总书记与全国各条战线上的65名劳模代表共话中国梦。习近平总书记语重心长地说道：“工业强国都是技师技工的大国，我们要有强大的技术工人队伍才行。”

此话振聋发聩。

所谓工业强国，比如德国，比如日本，的确都是“技师技工的大国”。这些国家有着世界上技术最精湛的技术工人和技师队伍，是他们，一榔头一榔头，一个铆钉一个铆钉，干出了世界上最漂亮的活儿，也把他们的国家抬进了世界强国的行列。不能不说，我们缺乏的正是像巨晓林这样用心、诚实做好自己每一件微小工作的杰出的技术工人。我们缺乏的正是像巨晓林这样具有“工匠精神”的技术工人。

这天晚上，巨晓林照例半躺在他的床上——也许是世界上最小的“工作室”，一笔一画地写下了这样几个字“铝绑扎线巧做法”。然后开始绞尽脑汁，思考用什么语言来把这个小革新记述下来。等到工友们都睡熟了，打着手电筒在被窝里写完最后一行字的他似乎意犹未尽，还有什么话没有说清楚。躺着又想，最后突然爬起身，再拧亮手电筒，加上一句：“以此法还可以制作铜绑扎线。”写完这句话，他才心满意足地进入了梦乡。巨晓林有意识地，也是自觉地要把自己在接触网施工中发现和发明的好经验、好方法记录下来。每当他拿着本子、笔开始他这项工作的时候，他的庄严凝重、全神贯注，让他感觉不到其他外部世界的存在。他一个农民合同工，并不感觉自己低微，而是充满了创造性劳动的快乐，甚至创造的神圣。巨晓林的这样一种精神状态，让我们不由地想到也是陕西人的“史圣”司马迁。司马迁在秉笔直书中华民族历史的时候，那种神圣的使命感一定会在心中油然而生，巨晓林是不是也这样？当然，也许无法把巨晓林和“史圣”司马迁相提并论，但他也一定有一种使命感。他不愿意把他辛辛苦苦琢磨出来的这些有利于他的工友、有利于他所热爱的中国电气化铁路事业的小发明和小革新，轻易地丢弃掉！

巨晓林说：“有些方法，无意中你用了，可没考虑怎样延续下去。一代又一代的电气化人，也可能都在施工实践中摸索出了一些好经验、好方法。可是，因为没有人去记录下来、整理出来，结果，人一走，这些好经验、好方法也跟着流失了。等到新的人再干这个活儿，还得再付出同样的代价，再重新摸索。我不想这样。我想把它们留下来，留给所有我们接触网施工的人。”

此话动人心魂。

此种心胸与气度也是一个大国工匠的心胸与精神气质。因为，“工匠精神”不仅仅是一种工作态度，它实质上也是一种人生态度，是一种从容的气质和坚定的信仰……

当我从古城西安到了北京，第一次走进中国中铁电气化局一公司的办公大楼，一公司的宣传部长李朝臻专门为我组织了一次座谈会。参加这次座谈会的有公司工会、党委办公室、行政办公室、工程部、科技部、人力资源部、团委等部门的相关人员。以我多年从事记者和作家的工作经历而言，我想好了可能会“冷场”……我那时候还没有接触巨晓林，对他还一无所知。然而，出乎意料，这个座谈会开得十分热烈，从早上一直开到了中午饭以后。所有的人都想说说他们心目中的巨晓林。我现在先搁下这个话题不说，只想说说其中一个人对巨晓林的评价。这个人就是一公司工会主席李华。

李华说，在他和巨晓林的接触中，他感受最深刻的就是：“巨晓林是一个把职业变成事业的人。”

这话说得真好。

巨晓林，一个把职业变成了事业的人。

十四

沙滩看海

——游山海关老龙头有感

混浊混浊的海水，
涌起雪白雪白的浪花，
一次次冲向岸边，
高喊着：
还我清白！

巨晓林
1996年夏作于山海关

这首诗就写在创新他的“铝绑扎线巧做法”的前后，是巨晓林在山海关施工时看到海水卷起浪花，有感于某一种人生而写下的诗句。读了这首诗，你不觉得它很有点人生哲理的意味吗？

这就是巨晓林。

一个内心世界极为丰富的人。

还是那次座谈会，一公司工会办公室主任谢伟强说到巨晓林的时候也有一句经典点评。他说，他心目中的巨晓林是“一个寻求自我突破和自我实现的人，一个情感丰富、心有大爱的人”。

不错，的确如此。

◎第四章 我的『家人』

一

我曾经问你，
为什么叫梦园，
你叹息一声后说：
你若春天能在家就好了。

这是巨晓林写过的一首叫作《梦园》的诗。写这首诗的时候他在渤海之滨的曹妃甸，正是阳春三月、桃红柳绿的时候。那时，他在思念家乡的那一园梨花。他说："真美，真香！那一棵棵梨树，真妙，真精！就像一棵棵精心地雕刻在田间！""梦园"，梦中的家园。那是巨晓林和他的伙伴们心中永久的牵挂，是电气化铁路建设者们心中永远的牵挂！他们当中几乎每一个人，自从干了电气化铁路这一行，不是十年、二十年，而是这一生，只要电气化铁路还在建设，只要他们还没有退休，他们的"春天"，就永远在和铁路一起度过……

没有别的。

当春风又绿江南岸的时候，当莺飞草长，蜂飞蝶舞，繁花似锦，生意盎然，世间万物都在享受着一年中最美好时光的时候，也往往是电气化铁路施工的最佳时节，是铁路建设最繁忙的时候。不是巨晓林一个人，而是所有电气化铁路的建设者们，都有过巨晓林这样的关于春天里的思念与惆怅，只是，巨晓林把它抒发出来了。

巨晓林是一个感情丰富、情感细腻的人，他对于亲人和家乡的思念之情恐怕就更为强烈和持久。但巨晓林又是一个不善言谈的人，更多的时候，他都会把那些炽热的，甚至是火辣辣的，可能会灼伤人的感情深藏在心底。还好，他有他独特的方式来排遣这些痛苦与思念。2014年3月，当我来到网六段芜湖南陵县第一作业队队部他的宿舍时，在这间也许对于一个党的十八大代表来说过于简朴、过于简单和过于简陋的“宿办”合一的房间里——他的宿舍兼现场工作室，一间仅有十多平方米的类似学生宿舍的房间，一个架子床，一张书桌，几个木箱和一个小书架，当我翻看着他所珍藏的满满两箱各个时期的各种荣誉证书、奖品奖章，包括当劳模时佩戴的大红绶带等等时，就在这些红得耀眼的物品当中，我偶然发现了一个信封。

信封上用清秀的笔迹写着：

邮：陕西省岐山县祝家庄乡杜城村谢家坡
宋小平（收）
河北省秦皇岛市山海关区铁路招待所
(越南楼）电气化一处402班

毫无疑问，这是巨晓林珍藏的一封家书。如今，在大家都进步到不用纸笔而用电子邮件写信的网络时代，这种家书已经成为难能一见的珍贵“文物”了。

我问他：“当年的家信您还一直保留着？”

巨晓林告诉我说，这是他在山海关车站接触网工地施工时邮回家里的一封信，妻子宋小平把它和另外几封信一并保留了下来。后来他回家发现后非常珍惜，就带在了身边。我问他：“保密不？”巨晓林摇头。在得到他的允许后，我就看到了这样几封在我读来情感非常真挚和朴实无华的“巨晓林家书”。

第一封信：

小平你好！

父母身体健康吧！

红红、岗岗都乖吧！

你的来信我已收到，内情尽知。我这儿一切都很好，望你及家里的人们放心吧。

再有个把月就要收割麦子了，听咱们那儿的人讲，今年干旱比较严重，油菜、麦子大不比往年，是否属实？但是不管怎的，三夏期间的大忙季节，我若能请下假的话，还是很想回来帮帮你。因为父母年高又有病，两个孩子都很小要照看，里里外外，你一个人是很难忙过来的。若是请不下假，我也心有余而力不足，只好劳累你了。总之，你有什么打算，就去做吧，我支持你。不要担心，并且，我现在身不由己。最后叮嘱一句，希你千万千万要注意身体。

另外，你在家需要什么，你就尽管地自作主张。该花的钱就花，总不能累死累活地过日子吧？

最后，再啰嗦一句，请你把心情放开朗一些，不要因家里负担过重而整天愁愁闷闷，这样对身体不好。希你见信后给个回音。

祝你愉快幸福！

晓林

1994年6月17日

第二封信：

晓林你好！

最近一切好吗？

两个月时间虽短，但在这些天来，我每时每刻都在想着你。信中知你迁往山海关，实觉不安。在多风的环境里，望注意保护好受过伤的眼睛，必要时可戴上眼镜，多多注意身体。

阳历五月初九我到山里去了一趟。大舅的病已基本恢复，望莫念。再就是你走后西庄姐夫帮咱买到了100根小椽，价值170元，现已拉回家中。其他东西暂时还没有抽空购买，望谅解。

今年夏收是否回家可根据情况。干人家的事就得跟着人家转，我是不会为难你的。家里的事情我会尽力理清的，你就尽管放心好了。

再就是汇款之事，款已收到，勿念。回信来迟，只因这两个月间稍有点忙，这也是有点不像样，请海量。

祝你快乐！

想你的人：小平

1996年5月21日

二

"想你的人：小平。"

如此质朴无华的语言，却传递着朴素而炽热的感情和爱情。杜甫说"烽火连三月，家书抵万金"，而在和平的日子里，妻子和一双儿女的家书，对长年漂泊在外、施工在祖国大江南北的巨晓林来说，同样“价抵万金”。我们可能还记得当年电视剧《渴望》的热播，也许在看电视的时候，巨晓林的脑海中一直浮现的是妻子宋小平的模样和身影。1990年10月9日，巨晓林在给妻子的信中写道：

你一人在家管两个孩子，照顾两个老人和一大家人的生产生活，白天黑夜无休止。是否我对你太苛刻、太不近人情？有时我想自己太像电视剧《渴望》里的王沪生了，你又恰恰是刘惠芳式的人，心地善良，表里如一，任劳任怨，真叫你活得太劳累、太委屈！每每至此，我的泪水不由得流落枕上，我恨不得放弃此生活，回家当个宋大成……

当个“宋大成”，就是想要过守着父母、妻子、儿女的那样一种生活，而“恨不得放弃此生活”，那可真是思家太苦、想人太苦的一声长长的叹息！没有人喜欢和家人长久的分离，巨晓林更是一个多情男儿。在他的心目中，妻子宋小平就是天下最好的、最美的和天仙一般的女人。自从那次舅舅带他走过从前唐太宗来来往往去九成宫的那条古道，阴差阳错、鬼使神差，让他今生遇上了这个女人，他觉得，他的全部生命都重新有了意义！而他，想她最苦！结婚仅仅十天左右，他就去了石家庄车站接触网施工工地，从那以后，一年只能回家一到两次，春节和夏收，更多的时候夏收大忙时节他也回不了家。家里本来有十一亩地，后来又有了弟弟的七亩地。弟弟分家后，兄弟四人中，排行老三的巨晓林一直和父母两位老人生活在一起，为父亲养老送终，如今还赡养着八旬老母。说是“三儿”巨晓林赡养老人，实际上却苦了妻子宋小平，因为，照顾年迈的两位高堂和养育两位幼小孩子的重任，全部落在了妻子宋小平瘦弱的肩上……

巨晓林的母亲与妻子

俗话说：“家有贤妻万事兴。”

让巨晓林最为感动的人是宋小平。

2010年巨晓林成为“感动中国”的人。而你问巨晓林，感动他的人又是谁？巨晓林一定会回答你：“宋小平。”而当有一天，巨晓林离别这个世界的时候，你问他，在这个世界上他最想感谢的人又是谁？巨晓林也一定会回答你：“宋小平。”甚至可以说，这个世界上没有宋小平，也就不可能有今天的巨晓林。一个好妻子，生来就该是这个男人的女人。宋小平对巨晓林来说，也就是这个意义上的那个“女人”。她使他的人生充满了意义，使他的生活充满了向上的动力。她承担了本该他承担的几乎所有的家庭责任，而把巨晓林完整地交给了社会、交给了他所热爱的职业和事业。巨晓林在履行和完成他对国家和社会的责任时，没有后顾之忧，这或许就是宋小平的存在对巨晓林所具有的特殊意义。

生女儿的时候巨晓林不在妻子身边。那时，他在鹰厦线接触网建设工地。

生儿子的时候巨晓林不在妻子身边。那时，他在大秦二期接触网建设工地。

巨晓林母亲得了一场大病，住院四十多天，大多数日子里照顾生病老母的重担落在了妻子宋小平的身上，而那个时候，女儿三岁，儿子才刚刚一岁多。家里除了地里的活儿，还要养猪、养羊。养猪是为了赚钱贴补家用，养羊是为了两个幼小的孩子有羊奶吃。

1997年夏天，巨晓林在山海关火车站接触网工地施工时，得到消息说，72岁的父亲一天从地里回家，走到院门口时突然晕倒在地。父亲得了脑溢血，从此瘫痪在床。那年过年时，父亲还好好的，父子两个在一起总有说不完的话。巨晓林非常爱自己的父亲，他从小受父亲的影响，父亲喜欢写字、画画、作诗，他也喜欢写字、画画、作诗。

父子俩因为有共同的爱好，相互间也就比一般父子亲密得多，等到巨晓林24岁那年离家去了铁路，一年比一年衰老的父亲也就越来越多地念叨长年在外的儿子。每次儿子来信，昏花的眼睛越来越看不清儿子的字迹，父亲就叫儿媳一遍一遍读给他听，似乎儿子的每一句话他都百听不厌。而每当和村子里的老人提起自己的儿子时，父亲似乎总有说不完的话，心中充满了对儿子的骄傲和自豪……可是突然间，父亲病倒了。父亲病倒后住院、看病、吃药，他一概不在身边服侍，等到几个月后再见父亲，从前和他有说有笑的父亲却张嘴无语，想说话却怎么也说不清楚了。

巨晓林那时候看着躺在床上再也起不来的父亲心如刀绞！

请来父亲的一位好朋友、西安的一位老中医，诊断后得出结论说，病情只会越来越重，唯一需要注意的就是，只要照顾得好还能多活几年……这次回家，巨晓林只在卧病在床的父亲身边待了十几天。十几天后，他去了哈大（哈尔滨到大连）线接触网施工工地。想父，念父，在紧张的施工中，巨晓林总是思念着父亲。此后三年，从1998年到2000年，巨晓林的全部身心都献给了这条哈大线，就是那条首次系统引进具有世界领先水平的德国电气化铁路技术的哈大铁路，就是那条世界上第一条投入运营的高寒地区哈大电气化铁路。哈大铁路施工的三年，也是巨晓林父亲病情一年比一年重的三年，而在这整整三年时间里，他一共也只回去了三次，三次都是在一年一度全中国人都会回家过年的农历春节。1998年春节回家，父亲已经口齿不清。1999年春节回家，父亲又大不如前。2000年春节再回家时，父亲再也说不出话来，看着自己的儿子，眼角默默淌着混浊的泪水。巨晓林这次回家，心里已经有了预感，这恐怕是他与父亲的最后一次见面、最后一次相聚。这个时候，其他人已经无法弄明白父亲喉咙里发出声响时表示他需要的是什么，包括巨晓林，只有母亲和妻子宋小平能够明白。临走前，姐姐和妹妹问他：“眼看着父亲越来越不好，看样子已经时日不多了。万一，你走没几天，父亲就走了，怎么办？”

是啊，怎么办？

就这么扔下生养自己的父亲？

就这么和父亲一别永年？

就这么放弃自己今生最后一次为父亲尽孝的机会吗？

可是，哈大铁路！

哈大铁路上那些在极度的严寒中与世界上最长一条高寒铁路日夜相伴的工友们、战友们！巨晓林，你怎么能够在这种时候逃离战场、离开他们？虽然，你只是一个合同工、农民工。虽然，也许你根本说不上是“逃离”，你只是请假为生命垂危的父亲尽孝……因为，你是儿子！

巨晓林这次离家举步维艰。

母亲说：“三儿，你还是走吧。你爸的病，也就这样了。你爸要是能说话，也会让你走。你是工程上的人，工程上活儿紧，你该回去。走吧，三儿。”

巨晓林明白母亲，也明白父亲。他的父亲、母亲虽说都只是岐山脚下的普通农民，可他们从来都深明大义。不错，父亲一直都以他这个儿子为骄傲，他也从来不愿意辜负了父亲，虽然这一走，将生死永隔，可父亲的意思也一定是让他不要尽孝，要去尽忠！巨晓林想起父亲最爱画的杨家将题材的水墨画儿，最爱画的杨家将大战金沙滩，在金沙滩一仗，杨业和八个儿子死的死、伤的伤，或为国捐躯，或为国尽忠。而父亲每当画杨家将时，笔端也格外饱蘸感情。巨晓林最后为父亲洗洗手、洗洗脸、洗洗脚，一步一回头地离开了家……

三

巨晓林回到了哈大电气化铁路施工工地。

仅仅一个月以后，2000年3月的一个午后，哈大线哈拉哈车站的气温降到了零下15摄氏度，大雪扑面。此时，正是哈大线铁路电气化施工的关键时期，接触网浇筑基础工程刚刚开工，为了加快工程进度，工地上一时间充实了大量工人。巨晓林的徒弟、刚从技校毕业的杜志波也在带领着一班人马紧张施工。突然，风雪中只见工地队长急匆匆赶来对巨晓林喊道："快！巨师傅，别干了，陕西老家电话，你父亲病危，速回！赶紧回家吧！"

巨晓林心里"咯噔"一下。

他是个孝子，父亲因他孝顺曾经把他的名字改作"孝林"，是他更喜欢"晓林"这名字里蕴含的意境，才又把名字改了回来。他深知，不到万不得已家里人绝对不会给他打这个长途电话，不会让他从几千里之外的东北穿越半个中国往家里赶！是父亲不行了，是父亲快要辞别这个人世了，是父亲在呼唤着他，想要见他最后一面……是的，是的，巨晓林此时恨不得插上翅膀马上飞回陕西，飞回岐山！队长通知他的同时也紧急做了安排，把在不远处施工的杜志波叫了过来，让他顶替他师傅干完正在干的活儿：用混凝土浇筑接触网钢柱基础。

巨晓林对徒弟杜志波稍作交代，便匆忙小跑着出了站台。

巨晓林走了，刚工作一年多的杜志波犯了难：钢柱基础师傅才浇筑到一半，这可不是谁都能干的活儿。谁都知道，浇筑基础对技术的要求很高，这支了一半的模子，万一报废了可怎么办？不仅会造成损失，还会耽误如此紧张的工期，自己可怎么负得起这个责任？杜志波脑子里七想八想。正在这时，远处的雪地里冒出了一个人影。当这人影越走越近时，小杜惊讶得瞪大了眼睛。

他几乎不敢相信自己的眼睛："师傅，你没有走？"

巨晓林跑着跑着放慢了脚步。这个钢柱基础绝对不能出一点儿问题和差错，如果因为自己而让工作受了损失，如果因为自己耽误了工程，他想，就是父亲到了另外一个世界，也绝对不会原谅自己，自己也永远不会原谅自己……他回来了。巨晓林闷着头，又干了几个小时，直到亲手把这个基础完全浇筑好。这时，已经到了晚上，等他在风雪中赶到车站，这天的最后一班列车已经开走了……

他日夜兼程终于赶到家时，踏进家门的那一刻，巨晓林号啕痛哭。他晚了一天，父亲已经去世。妻子哭着对他说："晓林啊，爸爸临终前一直呼唤你的名字……"

四

父亲脑溢血后瘫痪在床，能奇迹般地多活三年，如人所言，是因为家人的精心照顾，而替巨晓林床前尽孝的，是妻子宋小平。父亲去世后，替他照顾年迈母亲的，还是宋小平。别人家的婆媳两个往往争执不断，可巨家婆媳几十年相处下来几乎没有红过脸、吵过架。这在如今的中国农村，也几乎是个奇迹。婆媳两个之间唯一的争执，总是发生在巨晓林短暂回家的时候。巨晓林的母亲在他还小的时候得过一场大病，从此就不能再干重一些的体力活儿，不能劳累。宋小平自从被娶进这个家门，自从做了巨晓林媳妇的那一天起，丈夫长年在外，家里的活儿，地里的活儿，几乎全都由宋小平一人承担。随着年龄的增长，巨晓林母亲的身体也一年不如一年。年迈多病的老母亲平时不爱说话，开口说话，说到最多的就是自己最牵挂、最操心的三儿晓林。每逢巨晓林的生日或其他年节，老母亲都会念叨自己的儿子，不知道吃了没有，喝了没有，刮大风添没添衣服，病了的时候有没有人管……每当这个时候，老母亲都会问儿媳宋小平："不知他是怎么过的，是不是还在工地上干活啊？"每每看到远处有人在塔吊上施工，老母亲就会凝视许久，然后问宋小平："晓林现在在哪里干活啊？"

如此疼爱自己儿子的老母亲，当然会有"偏心"的时候。

巨晓林难得回家一次，只要回家，恨不得身上长出十双手来替妻子多干些活儿。但是遂愿的时候总是很少。一来他几乎不会干农活儿了，他所有的技能都属于电气化铁路接触网工程，比如说，让他去捆些柴火，他不去用草绳而用了铁丝。二来，他不认识自己家的田地。宋小平做过一次大手术，因为左腿股骨头坏死，这年夏天夏收的时候，巨晓林自告奋勇地说，他去地里干活儿。

宋小平揶揄他说："好啊好啊，可是请问晓林同志，咱家的地你认得不认得？哪块是咱的？哪块是左邻右舍的？"

巨晓林傻眼了。

宋小平又说："你连咱家的地都不认得，你怎么去割麦上粪？"

听媳妇如此"数落"自己的儿子，在一边的老母亲不愿意了。

老母亲护着儿子说："你就不能少说两句？我儿好不容易回来一次，你就不能让着他？"

宋小平说，每当这个时候她都会"败"下阵来，不吭声了。两口子再好，也会有磨嘴皮的时候，而老母亲护着自己儿子，也在情理之中。因此，巨晓林在家里，从来都占上风。好在宋小平完全能够理解老母亲说的那个理由"我儿好不容易才回来一次"，每每都会针刺般刺痛着她的心，她何尝不是这样想？这样心疼自己的丈夫？这次"吵嘴"，夫妻两个最后达成协议，因为宋小平手术后腿上还打着石膏，巨晓林就搞了个电动车，把自己媳妇宋小平载在车上，来到地里，让她指给自己看，哪块地是自己家的、哪块地是弟弟家的。因为平时，自己家的十一亩地和弟弟家的七亩地都是宋小平一个人操持收种、春耕夏耘。

这其实还不算什么。最让人想不通的，尤其是让巨晓林的同事和工友们想不通的还是下边的这些“家事”。巨晓林结婚的时候没有新房，我们从前边引用的宋小平写给巨晓林的信中得知，两人1988年结婚，一直到了1996年，结婚八年之后还没有盖上新房，宋小平这才在信里告诉丈夫说：“你走后西庄姐夫帮咱买到了100根小椽，价值170元，现已拉回家中。”这是说，直到此时，他们还在为盖房子准备建筑材料。

是巨晓林收入太低盖不起房?

那个时候，20世纪八九十年代，正是中国电气化铁路发展的黄金年代，中铁电气化局包括巨晓林所在的一公司接触网的员工，收入颇丰。企业效益好，企业也把实惠给予了每一个员工。巨晓林又几乎是一个无欲无求的人——除了买书学习和技术钻研的需求，他在生活中是一个真正“一无所求”的人。他不吸烟，不喝酒，不打牌，一年四季，身上永远不变的就是印有“中国中铁电气化局”字样的天蓝色工作服。工友们从来没有见他穿过任何别的衣服，家里人和亲戚朋友也没有见过。巨晓林的衣着，就像苹果之父史蒂夫·乔布斯一样，成了他的一种标志性“行头”。乔布斯不换装的原因，是他专注于苹果产品的创新，舍不得为衣着花费时间，而巨晓林不换装，我们猜想，主要是他认为没有换装的必要和他非常热爱中国中铁、热爱他的职业，他把职业当成了一份光荣，他喜欢穿他的工装！这个永远穿工装的人，这个几乎从来不为自己花钱的人，他挣的钱都干什么去了？因为以他当时的收入状况还不至于给自己盖不起几间房!

我们现在的生活，信息很发达，联系很方便。一个电话，一条短信，一封电子邮件，不见面，该说的话也都说了。可是，发现没有？人们相互之间却变得有了隔膜，看起来很熟悉的人，实际上彼此之间却很陌生。但在我所接触的中铁电气化局的铁路建设者中间，你会发现，他们过着与我们几乎完全不一样的另一种生活。由于长年与家人分离，由于一个班组、一个队、一个段，大家长年累月地工作和生活在一起，过着一种准军事化的集体生活，白天黑夜，日日夜夜，除了春节和极少数的日子，大家吃喝拉撒睡都在同一个环境里。为了排遣寂寞，也为了寄托对家人和亲人的思念之情，休息的时候，闲来没事的时候，工友们就在一起侃大山。说些什么？说说父母亲人，说说媳妇孩子，说说家长里短，久而久之，大家简直就像一家人一样熟悉，你家我家他家，工友的家事差不多也都跟自己的家事一样。

在这样一个环境里，很难有谁的家事能瞒得住工友，也差不多谁都没有了“隐私”。

即使像巨晓林这样不太爱说话的人，他的家事，在一公司和网六段，大家也同样如数家珍。在我还没有见到巨晓林之前，在北京中铁电气化局一公司的那次座谈会上，出乎我意料，大家似乎都和巨晓林非常熟悉，其中，有人就说到了巨晓林的“家事”。这个人，就是公司宣传部副部长王凤群。王凤群是我后面要讲到的人。因为，从北京出发往安徽合福客专施工工地的这一路上，我多了两个朋友，一个是中铁电气化局宣传部的王晓红，一个就是一公司宣传部的王凤群。座谈的时候，王凤群第一次把巨晓林的家庭情况呈现在了我的面前，他感慨万端地说：“巨家这家人一家子的传统美德和优点！巨晓林夫妇盖了新房让给兄弟结婚。老丈人生病住院巨晓林前后花了几千块，老丈人还不起这笔钱，说家里还有一大一小两头牛，让巨晓林就把那头小牛牵走抵债，巨晓林说什么都不牵牛……”

而当我们到了安徽铜陵合福客专网六段施工工地，见到巨晓林的“顶头上司”网六段党总支书记朱凯时，关于“巨晓林让房”的故事又有了一个新的补充版本。朱凯说，在他们网六段流传着巨晓林兄弟之间这样一个故事：巨晓林夫妇结婚三年后辛辛苦苦好不容易才有了自己的新房，夫妻俩心里美滋滋的，想着选个好日子搬家。而就在此前后，有人给巨晓林的弟弟说亲了，而且很快就订了婚。弟兄四个，最小的一个快要结婚了，这对全家来说是一件大喜事，却也带来了愁事。弟弟的未婚妻提出，结婚一定要有新房，否则就不结婚！这样的要求在如今的农村也是合情合理的。没过门的弟媳妇看上的就是老屋对面新盖起的那一院房。如果没有这院新房，那就必须重新盖房。要盖房钱从哪儿来？这个时候，全家人中大哥、二哥已经分家另过了，家里只有老三、老四，还有就是巨晓林的小妹。女孩子将来出嫁不需要盖房，因此，家里所有的经济问题只涉及巨晓林和他弟弟兄弟两个。

按说，弟弟的新房应该是父亲想办法给儿子盖。

老房对面的那一院三间房子，向村子申请批庄基地的时候是以巨晓林的名义批下来的，盖房的那几年，地里的庄稼收成不好，盖房的钱和全家人的经济来源主要是靠巨晓林的工资。虽然此时他和弟弟没有分家，可谁都心里明镜似的，这院新房就是巨晓林夫妇的。巨晓林的父母那时候全都愁容满面。不用说，父母虽然也心疼三儿，可常言说得好，百岁老，爱的小。老人肯定更偏心自己的小儿子。小儿子的婚一天不结，老两口就一天也吃不香睡不好，就是躺进棺材里也合不上眼！可是，这话怎么能跟三儿开口哩？更别说跟儿媳妇开口！

看着父母一脸的愁容，巨晓林和宋小平心里也沉甸甸的。

思来想去，两口子终于做了一个决定，就是把新盖好的房子先借给弟弟结婚用，等弟弟挣了钱再还。但有一个条件，就是希望弟弟结了婚成了家住上新房的时候，也能把父母接去一起住，便于日常照顾老人。弟弟答应了，巨晓林的父母也觉得这样合情合理。谁住新房，谁赡养老人，天经地义。就这样，一家人达成口头协议，新房给了弟弟，巨晓林一家仍旧住在旧房子里。

光阴荏苒。

一晃，七八年过去了。

巨晓林老家的院落

这期间，弟弟不但没能清偿哥嫂盖房的钱，自己的日子还越过越拮据，越过越糟糕，越过越不顺心。原因是婚后这两口子经常闹矛盾。常言道，家和万事兴，家里总是吵吵闹闹这日子能过好吗？可就在这年，父亲却病倒了，患脑溢血，一病不起，从此瘫痪在床。巨晓林是孝子啊，难过得眼泪往肚子里流，封封家书字字带泪问老父的病情。

巨晓林想要赡养自己的父母，可当初说好了谁住新房谁赡养老人，他如何向妻子开口呢？

宋小平太了解自己的丈夫，老人得不到很好的照料，那就等于在剜巨晓林的心，巨晓林会日日夜夜时时刻刻用不能在父母跟前尽孝这件事来折磨自己。于是，宋小平默默地把两位老人，包括这时已经瘫痪在床的公公，一起接到了自己家中悉心照料……

五

朱凯说，在网六段和巨晓林所在的班组，每每聊起家事，常在一起的工友们都觉得巨晓林太难为自己、太亏！家里兄弟四个，他家的生活条件最差，新房给了弟弟，老人留给自己，就劝他应该和其他兄弟商量一下，共同分担照顾老人的责任才好。可巨晓林却说："照顾好父母，是自个儿的事，不管别人怎么做，尽好自己的孝心就好。"

还不仅如此。朱凯说，除了"巨晓林让房"这件事，巨晓林其实还有其他让工友们觉得他特别"吃亏"的事情。他弟弟的事情还没有完。就在宋小平把两位老人主动接到自己家里赡养，把巨晓林的父亲养老送终后不久，常年吵闹的弟弟两口子最终离婚了。弟媳妇走后，留下了两个年幼的女孩儿，一个8岁，一个才6岁，弟弟要外出打工，两个孩子的日常生活就成了问题。巨晓林的母亲，当然也是孩子们的奶奶肯定不会不管，孩子们没有饭吃，就来奶奶家里——奶奶家也就是巨晓林和宋小平的家。无形中，家里就突然多了两个孩子两张嘴，加上自己的两个孩子，一下子，宋小平就有四个孩子和一个老人需要照顾！

关于巨晓林和他老丈人之间完整版的故事大体是这样的：

巨晓林的老丈人，也就是宋小平的养父，最早反对这个女婿的原因是嫌他个子太低，配不上自己女儿。这翁婿两人的关系因此也多少受点影响。可是，世事难料，天有不测风云。就在宋小平婚后两三年，一天，老丈人上山去打柴，不幸拉柴火的牛车翻了。如果只是翻个车，倒也没什么，要命的就是，在翻车之前发狂的牛狂奔着一头撞倒了主人，牛车从老丈人的身上碾了过去……宋小平父亲两条腿被压断了，从此残疾，躺在床上再也没有起来，一年多之后，老人去世。农村人最怕天灾人祸，天灾人祸里最怕的是家中有一个长年卧床的重病病人，这样可能就会从经济上拖垮一个家庭。宋小平的养父母家里从来都没有富裕过，从养祖父起就是宋小平生父母家里的长工，新中国成立后虽说政治上翻了身，可经济上却并没有翻身。家里一直都比较贫寒，而当这场灾祸发生的时候，宋小平的两个弟弟，大弟在家里种地，小弟还在上学，本来就没有多少经济能力的宋家这下又雪上加霜。没有办法，老丈人要看病，看病的钱只能从女婿巨晓林那里借。老丈人去世后买棺材、办丧事这些钱，丈母娘还得问女婿借。等到宋小平的大弟要结婚，娶媳妇送彩礼的钱，怎么出？还得找女婿巨晓林。这一来二去，借债越来越多，可谓债台高筑，旧债未还，又借新债，似乎永远也还不起……宋小平的母亲为难了。

农村人穷，但人穷志不穷。

自古以来，借钱还债，天经地义，即使是借女婿的钱。丈母娘没有办法了，思前想后，这一天，把自家的牛牵上，翻山越岭，来到了女儿女婿家，说是要“以牛抵债”。因为，除了这条干活儿的牛，家里边再没有值钱的东西了！

这牛，巨晓林绝对不可能要。

巨晓林母亲拉住亲家母的手，两个老太太，你哭一句，我哭一句，一个要把牛留下，一个坚持不留。当然，最后还是闷声不响的巨晓林找了个车把牛又送回丈母娘家。巨晓林对丈母娘说，所有借的钱从此一笔勾销，永远都不要再提起！这件事巨晓林做得漂亮，两个老太太高兴，妻子娘家人高兴，关键是，宋小平满意。结果，这两家亲家越走越近，渐渐地，几乎过成了一家人。宋小平的母亲年纪也越来越大，从麟游翻山越岭地来岐山，往返一百多里，不方便。不方便，那就多住些日子，经常一住就是几个月。两个老太太相处甚欢，吃过饭，两人躺在巨晓林母亲房间的炕上，头对着头，躺着，说话，聊天。有时候，两个老太太一人搬只小板凳，到院门口坐着，和村里的老年人说着闲话打发时间。而我到巨晓林家里的那天，见到的就是两个老人：巨晓林的母亲和巨晓林的丈母娘。

“工友们笑，”朱凯说，“工友们都说巨晓林不容易，一养养了两个妈。”

朱凯被调到网六段当党总支书记的时间是2007年8月，那个时候，李红江是网六段段长，他们两人搭班子。第一次知道巨晓林也是从李红江的口中，朱凯说，他记得李红江在讲了许多巨晓林对接触网施工中工艺工法进行革新和创新的小故事后，用欣赏的语气说了句：“这小老头儿，还真行！”

“小老头儿”，就是李红江给巨晓林的一个昵称。

当然，它只用在段长和书记两人聊天的时候。

李红江说这话的时候，巨晓林大概也就45岁。这个年龄，正是一个男人年富力强的时候，假如走仕途，还应当是“春风得意马蹄疾”“好风凭借力，送我上青云”的大好年龄。可是，在电气化铁路接触网的施工工地，这个年龄，就已经算是“年事已高”了。接触网施工，由于是高空作业，由于是重体力劳动，由于施工条件往往非常苛刻，由于业主方总是给予很短的时间，工人们经常节假日不休息连轴转就基本成了一种常态，所以，它要求施工队伍必须是年富力强的。德国工人的工作效率也许在世界上首屈一指，可是，德国工人不加班，要加班，加一天班一万马克，你出得起吗？如果出不起，对不起，工人根本就不会来。所以，修一条70公里的铁路，在德国需要6年。同样标准的铁路，让中国工人修，一条130公里的铁路只需两年！70公里6年和130公里两年，你比较一下，就知道什么叫“中国速度”。

这是普铁。说到高铁，中国的速度也同样惊人，国外一条高铁一般周期为8年，而中国，大概也就三五年!

这样的速度当然不得了。

高强度的劳动和过于紧张的工作，致使接触网行业的队伍更替比其他行业更加频繁。一般而言，四五十岁的人几乎很少再留在施工一线，一线员工大都是二三十岁的年轻人。相比这些年轻人，巨晓林可不就是个“小老头儿”？当李红江给朱凯讲巨晓林这“小老头儿”发明创新故事的时候，巨晓林在接触网施工工地已经干了二十个年头，而这个时候他的事迹也才刚刚被李红江发现，他这个人也只是“小荷才露尖尖角”。

六

见到巨晓林和朱凯在一起的人大概都会哑然失笑。这一对人物，从外形上看，的确反差很大：一个一米八五，一个一米六〇。一个腰杆挺得笔直，一个总是腼腆地、憨厚地笑着。从形象到气质，你会发现，这两人是绝配。真不知道老天爷是怎么想的，把这两个人在这个时间和空间里整合在了一起。不过，也还多亏有了朱凯这位各方面都能够为劳模全面服务的党总支书记，这才让巨晓林有了一个能更好发挥作用的平台和舞台。

我们到达安徽省铜陵市的那天，天下着蒙蒙细雨。铜陵是中国著名的铜都，它有一座山叫“铜官山”，从铜陵出产的铜占到全国铜产量的百分之五六十。有着如此丰富的铜矿资源，这个城市的富裕程度就可想而知。在我们眼里，这个人口只有四五十万的小城建设得相当漂亮，简直有点花团锦簇，风光旖旎，颇有些江南水乡的韵味。到达宾馆的时候，来接我们的小张说，这天是网六段的党代会和职代会，会议还没有结束，所以让我们先休息。我们趁此机会到了宾馆对面的一个湖景公园。此时，正好雨过天晴，湖光山色，景色迷人。我们沿着湖畔踱步，这时，有人喊我们说，会议结束了。推开房门，我们同时见到的就是这一高一矮两个人：朱凯和巨晓林。

他们是从会场直接赶过来的。

第一次见到巨晓林，说心里话，我有些目眩。我这里说的“目眩”，不是生理上的，而是精神上的一种迷惑或困惑。在来此之前，我做过一些功课，而在北京，许多人同我谈起过他。因此我知道，这是一个被无数光环所笼罩的人。尽管在北京中铁电气化局一公司座谈的时候，那些来自党政群口的各部门的人也给我解读过巨晓林，公司工会办公室主任谢伟强说巨晓林是一个“情感丰富，心有大爱”的人，工会女干事冯洋说他“出名前是个平凡普通的人，出名时是个淡定而大气的人，出名后仍然是一个爱接触新事物、与人交往还是那么亲切的人”。还有人，比如公司行政办公室的宫济杰评价巨晓林说，他“是一个从来没有脱离现场的人，一个出名但不张扬的人”。尽管如此，尽管有了这么多人这么多带着感情的正面评论和评价，我还是不相信。我不相信一个普通的劳动者在骤然成名之后，在突然之间被无数的鲜花、掌声，被无数的荣誉和无数的光环包围以后，竟然不被这些迷人的东西所“捧杀”。我知道，人可以经得起逆境的考验，但人很少能经得起一夜成名的心理考验。在巨大的荣誉面前，许多人会心理失衡，再也不知道自己是谁，再也找不到北，这其中包括一些相当了不起的大人物……

可眼前的巨晓林却叫我目眩。

他衣着朴素，面容和善，为人谦虚。在他的脸上，永远挂着那种来自黄土地、来自乡村、来自最普通劳动者的不加修饰的朴素而憨厚的笑容。你在这种笑容中感受到的，就是它无时无刻不在告诉你，眼前的这个人，永远在真诚地感谢社会，感谢人们，尤其是感谢他的企业，他的工友们。他的确热爱他们，热爱企业、热爱电气化铁路事业，当然，还有妻子宋小平和他的家庭。他爱他们，他爱所有的人。

爱，可以让人幸福。

别人是不是这样想我不知道，但巨晓林的确是这样想的。他愿意为所有他所爱的人去付出，去流泪流汗。他辛辛苦苦盖的新房弟弟住了，他和妻子宋小平却把父母双亲接到自己家中赡养，为父亲送终，为母亲尽孝。岳父出了车祸，看不起病，住不起院，他花钱为岳父看病以至最后养老送终。还有，弟弟家里两个幼小而失去母亲照顾的孩子，他年迈孤独的岳母……巨晓林给自己的肩上扛了多少？而他，就像他在《观花》那首诗里写的，永远都以微笑面对生活，永远以浓香的衷情回报社会。这是一种生活态度和生活姿态，是付出和索取之间的辩证法。当然，也是一种做人和为人的境界。我也曾经想过，为什么会有巨晓林这样的人？巨晓林的出现对于我们今天生活的意义是什么？如果说，在上世纪五六十年代甚至七八十年代，我们的生活中会有巨晓林这样“付出太多得到太少”的人，我们也许还能够想得通，因为那时候整个社会风气都趋向于为他人和为集体，提倡为大我而牺牲小我。这种观念对不对我们且不说，但是，那时候的人如果不孝敬父母、不友善兄弟、不善待朋友和家人，就会受到社会的普遍谴责。像巨晓林能做到的这些，在如今社会环境下极为罕见，不说绝无仅有，起码也是凤毛麟角，相当难能可贵。

在中铁电气化局一公司宣传部部长李朝臻的办公室里，挂着一幅“社会主义核心价值观”内容的条幅。李部长指着条幅对我说，如果用社会主义核心价值观来衡量，巨晓林就是一个遵守公民基本道德准则的模范。

“爱国、敬业、诚信、友善。”

我仔细品读这八个字。

不错。

的确不错，巨晓林可以毫无愧色地接受李部长对他的这八个字的评价。

然而，关于养育了巨晓林的土壤，关于巨晓林为什么会出现在中国中铁而不是出现在其他地方或其他行业？这个问题的答案，最重要的，我想，也许就是中国中铁电气化铁路建设者们所特有的生活环境和工作环境——他的集体、他的伙伴们和他的工友们造就了巨晓林。

第五章
◎泪水和汗水

一

后来我曾无数次地想过，在今天我们享受如此现代化、如此快捷、如此方便的生活时，最应该感谢的是谁？如果不说其他方面的现代化，而仅指我们的铁路现代化，如我们的电气化铁路，我们的动车，我们的高铁。这些遍布祖国大江南北，使我国幅员辽阔的土地上有了堪与世界上最发达国家相媲美的方便而快捷的铁路线、铁路网，如果仅指这一方面的生活内容，我想，我们最应该感激的，是我们的铁路建设者——常年奋战在铁路建设一线的巨晓林们。在和他们相处的那些日子里，我越来越感到，当我们享受着这样的生活的时候，却从来没有想到过他们和感激过他们……

说心里话，我们甚至从来没有留意过我们生活中发生的这些变化。

我们只是心安理得、自然而然地接受和享受生活中的这些变化，似乎觉得拥有这样的生活是天经地义的。因为时代发展到了这种时候，时代发展到了动车时代、高铁时代……

在此之前，我曾乘坐西安至北京的高铁进京参加会议，也曾乘坐西安到宝鸡的高铁参加社会调研，还曾乘坐京沪高铁经南京到安徽去采访巨晓林……不知不觉间，乘坐高铁已经成为我们的一种出行方式。然而我们似乎从来没有深思过，是谁带给了我们这些生活的变化？人类社会的进步从物质文明的角度而言，最大的进步莫过于人们在吃住行方面发生的变化，而其中，出行的进步也许是最深刻的进步。人们从最早的骑马到马车，再到汽车，再到火车，再到地铁。而火车，如今又有了动车，有了高铁，还有了磁悬浮列车……人类真的能够把自己变得无所不能和无所不有！我们的古人或许从来没有想过人可以“日行千里”，可我们今天，“日行千里”早已经不在话下了。从西安到咸阳，我们那天乘坐高铁，有人看了腕上的手表，仅仅11分钟！多快，这简直就是飞的速度！从西安到宝鸡，从前我坐过普客，最少也需要四五个小时，可乘坐高铁只需一个小时，仅仅一个小时！

这的确太让人惊讶了。

然而，我得坦率地承认，在没有接触中国铁路的建设者们，没有接触中铁电气化局以及中铁电气化局一公司网六段的建设者们，像巨晓林、王凤群、朱凯，还有我后面马上要说到的赵荣有、王占利、刘进等人之前，我可能这辈子也不会去留意我们所乘坐的高铁沿线铁轨两旁笔直矗立的直杆——在巨晓林他们口中叫作支柱、我们平常叫作电线杆的东西。当然，我同样不会注意我们所乘坐的高铁铁路沿线上空以及高铁车站上空那些密如蛛网般张开着的电网——“接触网”。

没有其他原因，高铁实在是太快了！快到你根本来不及观察那些电线杆的存在。比如京沪高铁，设计时速为每小时380公里，而飞机起飞的速度是每小时480公里，这样的速度差不多赶上飞机起飞的速度了。多快？一秒钟83米！这可只是眨眼的工夫，眨眼间就差不多快百米了。

那天，我们几个人聊天。网六段书记朱凯先说到他们接触网的建设者们，他说：“我们接触网施工者就是用钢铁绣花的人。人们以为，我们干的活儿只是‘傻大笨粗’，一个坠砣就50斤，一个瓷瓶也至少十多斤，更别说我们要挂的上下部固定绳，一扛就是二百多斤。可是，就是这么粗笨的东西，我们接触网施工要求的精度现在已经达到了毫米级。这不就是‘用钢铁绣花’？”

朱凯话音刚落，巨晓林说：“再过几年，那就是纳米级！”

赵荣有紧接着说道：“我们的火车现在是插上翅膀就能飞起来，是陆地飞虎！”

他们每个人的脸上都带着自豪和骄傲。

那一瞬间，我突然感到，他们是我们这个时代“最可爱的人”。

二

“衡水老白干，喝出男人味。”这是我们耳熟能详的一句广告词。

陪同我一起到安徽京福客专（安徽段）一公司网六段接触网施工工地的是公司宣传部副部长王凤群，他的家就在衡水。他毕业于中铁电气化局所属的衡水技校，又娶了个衡水的媳妇，于是家也就安在了衡水。但他不是衡水人，他是河北保定人。如今，他的户籍所在地还是保定。这是铁路员工的一个特点。比如巨晓林，他这辈子无论在铁路上干多久、建设过多少条铁路、走过多少个地方，他的家和他的户籍所在地仍旧是陕西省岐山县。再如朱凯，朱凯的家在石家庄，他的户籍所在地也是石家庄。这就是说，一般情况下铁路建设者们基本上都处于“人籍分离”的状态，你的家和你的户籍所在地并不随着你工作地点的变动而变动，你在来铁路或中铁电气化局之前属于哪个省哪个市哪个县哪个村，将来你仍旧回归那里，通常叫“哪儿来哪儿去”。说这话主要并不是说户口问题，那毕竟还只是纸上的东西，而是说，这样的状况使得他们必须承受长年与家人分离的痛苦……

因为对电气化铁路建设者来说，工作性质决定了他们必须长年以工地为家。工程是流动的，工点是临时的。每项工程和每个工点少则一两年，多则两三年，他们就会离开。因此，他们从来不可能稳定下来，动荡和漂泊是他们的生活常态。如果你还不能理解，那就请你听听他们的歌。

中铁电气化人的歌。

他们的企业之歌——《添翼的路》：

爹娘的心中总惦记着我/妻子她想我看不见我/孩子在梦中呼唤我/团圆的时候常常少了我/我在哪里/你可知道我/我在广袤的大地上/我在时间的长河中/我在建设的铁军里/我在母亲的怀抱中……

每当唱起这首歌，中铁电气化人说，他们都有一种想要流泪的感觉。

前面说过，中铁电气化局的核心业务是为电气化铁路提供“四电集成”，即牵引供电、电力、通信、信号。巨晓林和他的工友们干的活儿是四电集成中牵引供电的接触网，而保定人王凤群从前的专业是四电集成中的通信。虽然专业不同，但施工的条件以及他们常年的生活状况却基本一样。

那是在号称“火炉”的长沙。

七八月的骄阳下，他们必须抢时间完成电缆的铺设任务。骄阳似火，往工地走的路上几乎看不见人影，农民都躲在家里面吹风扇了，偶尔能看见三两个人，那也是在树荫下面边扇扇子边喝茶乘凉呢。气温高达四十多摄氏度。他们在电缆坑里干活儿，凉水两三分钟就变成热水了。这还不算什么。在四十多摄氏度的高温下，他们还必须打着喷灯作业。我不知道什么叫喷灯，王凤群给我解释说，所谓喷灯，有点儿像一个小型的火焰喷射器，因喷出的火焰具有很高的温度，所以利用它对工件进行加热。它的火焰，温度可达800℃~1000℃。

“800℃~1000℃？”

“是的，”王凤群说，“所以你就想象，本来人在电缆坑里就不透风，再拿个800到1000摄氏度高温的喷灯干活儿，这罪，真不是人受的。可我们怎么办？工程在那儿摆着，时间也在那儿逼着，只能在这种条件下施工了！”

我当然可以想象得出，此种情景可能比唐僧师徒过火焰山好不到哪儿去。

“最难受的还有下雨。你的电线电缆刚铺设下去，突然来了场大暴雨。怎么办？”王凤群透过眼镜的镜片盯着我，“我们跑到房子里去躲雨吗？那是不可能的。电线电缆不能被水浸泡，我们经常宁肯自己淋着雨，让大雨把全身浇透，浇得像个落汤鸡似的，也要用雨衣或雨伞保护电线电缆的接头接口。”

1997年夏天在长沙施工了一个多月以后，那年二十六七岁的王凤群有了一个假期，他回到了衡水的家。那时候他新婚不久，妻子是衡水一所学校的教师，在家门口，很巧，两人正好碰见。他叫她，她开始瞪着眼睛看他，不出声，只是瞪大了眼睛，像是不认识他，又像是在努力回忆她记忆中他的模样……丈夫被妻子的样子搞蒙了，也呆呆地站在那里。两口子就这么你看着我，我看着你。不知道过了多长时间，突然，妻子笑了。妻子笑着笑着，突然哭了。王凤群怔在那里，妻子先笑后哭，让他感到莫名其妙。

他不知道她为什么会这样。

终于，妻子哽咽着说：“你怎么变得又黑又瘦？凤群，这才一个多月，你就变得……”

他晒掉了几层皮，晒成了个“非洲黑人”，是妻子认不出他了呀！

说完那句话，妻子抱着他号啕大哭。

没嫁给他之前，她不知道当一个电气化铁路职工的家属意味着什么。嫁给他之后，她知道了。她知道，这意味着他们这一生都将聚少离多。这也意味着，看见丈夫吃的苦和受的罪，她要愁肠百结，她要柔肠寸断！后来有一次，妻子和儿子到他施工的地方看望他，看到他们在工地上干活儿时的艰苦和拼命程度，妻子心疼了，拽着他的胳膊哭着说："咱不干了，凤群，这钱咱不挣了！咱回家吧！"

王凤群说着这些，很难过。有几次，这个喝衡水老白干的男人眼睛里有了一层闪亮的泪光……

这就是王凤群，电气化铁路建设中做通信工程的一位技术人员。

在电气化铁路的"四电集成"里，除了接触网以外，其他三项的施工主要是在地面上。仅此一点我们就能够知道，主要从事高空作业的接触网可是要比电力、通信、信号的施工条件艰苦、艰难得多。

关于接触网施工的艰苦程度，若非身临其境，我们也许很难想象得出，但朱凯讲过的一个情景，却让我听了以后难以忘怀。朱凯说，那一年他们在京津港接触网工地施工，因为施工地点非常靠近渤海边，人站在高空作业，海风一吹，带着咸味的海水水珠扬扬洒洒，飘落在大家穿着的大衣上，渐渐地越浸越湿。穿在身上的时候，由于人体的热量，大衣还不那么硬，可是，第二天早上一觉醒来，大家起床一看，乖乖！像是灵魂附体一般，靠墙挂着的所有的大衣都在地上直立起来，人一般地站得笔直！原来大衣上的水全都结成了冰，于是它们跟古代士兵的铠甲一样，硬邦邦，人形而立。我们且不说大衣像着了魔一样直挺挺地沿墙站了一排，我们只要想一想，穿着这么湿这么沉的棉大衣的人要站在几米甚至十几米的高空架设接触网所有的部件，而刺骨的海风卷着水珠扑打在他们的身上、脸上，那会是什么样的滋味？

巨晓林说了个"黑白无常"的故事。

可爱的电气化铁路建设者

那时候他们正在进行山海关港站环线工程，因为是临时增加的活儿，只能在晚上干，而白天，他们还有山海关车站电气化改造工程必须在封闭点完成的任务。因为白天晚上干活，大家已经失去了日与夜的概念，几乎分不清楚自己这会儿是早上还是晚上，吃的是早饭还是晚饭，于是有工友开玩笑说："伙计们，咱们都成了'黑白无常'了！"这"黑白无常"是一种戏谑的说法，本来是中国民间传说中地狱里的两个专门出来抓人的小鬼，现在却被他们借用来比喻工作的辛苦程度：白天和黑夜不再有规律可言。最紧张的时候，就是业主方要求他们用一周的时间把下部固定绳的线全部放完。结果出了件奇怪的事，两个人好端端地就不见了！大伙儿心里着急，正准备分头去找，第二天班组点名的时候这两人又自己回来了。原来，前一天晚上干活儿的时候，他们两个的任务比较轻松：让他们看着大伙儿起锚。两人坐在那里，结果看着看着头一歪，身子一斜，就倒地睡着了。也实在是太困了，这一倒下，躺在地上就呼呼大睡，不知不觉，一觉醒来，天已经亮了……幸亏此时不是冬天，两人露宿一夜，还好，没有病倒。

三

我们在三月底的一个周末到达安徽铜陵，那时候巨晓林和朱凯刚刚参加完党代会和职代会。铜陵其实还不是网六段段部所在地，而是京福客专的一个项目部所在地，项目部的全称是"中铁电气化局京福客专安徽段项目一分部"。要搞清楚和记住修建一条铁路时他们的项目分布、人员配置以及项目和人员的所在位置等，我认为相当不容易。朱凯告诉我说，我们现在所在的位置，即京福客专安徽段项目一分部所在地，也是他的办公位置，其实他身兼两职，既是网六段的党总支书记，也是京福客专安徽段项目一分部的党支部书记。而刚刚结束的他们的"两会"，党代会是项目部召开的，职代会是网六段的职工代表大会。

那么，“京福客专安徽段项目”究竟是一个什么项目呢？

2008年9月20日，中央媒体报道了一则新闻——

中央已确定建设京台高速铁路，其中京台高速大陆段的京福高速铁路将由京沪高铁的安徽蚌埠站引出，经安徽合肥、黄山，江西上饶，至福建武夷山、南平、福州。设计时速300公里以上，是一条电气化双线铁路。将于2010年开工建设。京福高铁预留了出口，为将来的台海通道做足准备。京台高速铁路将在建设时预留沿海中部城市莆田的出口。

据报道，这条“京台高速铁路”将连接北京至台湾，未来可能还要通海底隧道。而京沪高铁已经修到了安徽蚌埠，所以这条“京福高速铁路”——北京至福州的高速铁路，实际所要建设的就是合肥到福州段的高铁了，即“合福客运专线”。因此，京福客专安徽段又简称“合福客专”。

而未来的这样一条快速客运通道合福客运专线，正是一公司网六段正在建设的工程项目。为了搞清楚整个网六段在这条铁路上施工建设的情景，我请朱凯书记专门手绘了一张工程分布草图。网六段一共450人，分第一、第二、第三共三个作业队。工程项目全长220公里，从安徽长江铜陵大桥北岸至皖赣交界处。可以估算一下，把全部450人均匀地分布在这220公里长的铁路线上，基本上是半公里一个人。这就是铁路建设的一个特点，战线长，人员分布广。第一作业队的作业范围从铜陵大桥北岸至宣城旌德县，第二作业队的作业范围是宣城绩溪至黄山市歙县，第三作业队则从歙县至皖赣交界处。

网六段和合福客专项目部的“两会”一结束，我们即和巨晓林、朱凯奔赴安徽芜湖南陵县。芜湖南陵是网六段第一作业队的队部所在地，在他们租用的简易办公楼的门前，挂着两块牌子：第一块上面写着“中铁电气化局京福客专安徽段项目一分部接触网一队”，第二块上面写着“中铁电气化局集团公司接触网六段一队一班”——简称“611班”。这里，就是巨晓林的班组了。

巨晓林到“家”了。

巨晓林简陋的“宿办”合一的房间就在这幢楼里。

在第一作业队的料库院子里，我们见到了一队队长李彦良。李队长是河北人，大高个子，粗壮魁梧。他简单介绍说，一队一共120人，下分四个作业班，611班在铜陵钟鸣镇，612班和613班在芜湖南陵县，614班在宣城泾县。

从芜湖南陵县城驱车七八十里，我们到了611班正在施工的工地。我们所走过的路，除了有一段柏油马路外，多数时候，车都行进在乡间的土路上。尘土飞扬，道路凹凸不平，汽车上下左右颠簸得如同在海浪上翻滚。司机小张告诉我们，这里的很多路，原本都没有，是建设这条铁路的各路施工队伍，来来往往，硬是用车轱辘辗压出来的。建设一条铁路，一定是协同作战，铁路建设的各“兵种”都必须按时按量完成自己所承担的那部分任务。接触网的施工，一般情况下都要在铁轨铺设完成以后进行。有人说，电气化施工是铁路工程的最后一道接力棒，铁路能不能尽早通车，全看电气化施工的效率和质量——既然是“最后一道接力棒”，我当然能够看到铁轨在刚刚铺设完成时的情景。

很少有人有这样的经历。我们可能坐过一辈子火车，可是，我们却很少能够目睹一条崭新铁路线的诞生。当我在四月的这一天，夕阳西下的时候，来到铜陵市钟鸣镇网六段611班的施工工地，呈现在我面前的这条未来将要连接北京和台湾的高铁，我面前刚刚铺就的铁轨——不，不，这里我们必须纠正一个概念，高铁的轨道已经不再是我们过去概念中的“铁轨”，两条延伸到远方的锃亮锃亮的钢轨，而是叫作“无砟轨道”的轨道。

无砟轨道又叫作“无碴轨道”。在铁路术语中，“砟”的意思是小块的石头。常规铁路都是在小块石头铺成的基础上，再铺设枕木或混凝土轨枕，最后铺设钢轨，可是这种轨道不适于列车高速行驶。铁路轨道的“革命”是高铁诞生的前提条件，如同高速公路一样，高速公路的路基路面标准一定高于普通公路。路面不行，再好的车也跑不起来，而无砟轨道就是为高铁应运而生的。无砟轨道的轨枕本身是由混凝土浇灌而成的，路基也不用碎石，铁轨、轨枕就直接铺在混凝土路面上。它的每一块轨道板都不再是工人在铺轨现场铺设出来的，而是由工厂化生产出来的，均由精密机床打磨过，轨道沉降误差以毫米计，标准比F1赛车跑道还要高。

我在611班施工现场看到的就是这样的轨道。

金黄色的夕阳洒在轨道上面，它就像婴儿一般干干净净，恬静地躺卧在皖南的绿色田野上……很美。我意识到，这是一条铁路线的新生儿期。而在新铺设的无砟轨道的另一端，我看到，已经开始在它上面铺设钢轨了，那一端，被临时封闭了起来，像军事禁地。而我们的611班，工长王占利正带领着全班人马在无砟轨道的两侧进行支柱安装……

王占利是巨晓林的老乡，也是巨晓林所在班的工长，他是岐山县凤鸣镇人。历史上“凤鸣岐山”的典故就出自这里。《国语·周语》云：“周之兴也，凤凰鸣于岐山。”而凤鸣镇即以境内凤凰山而得名。凤凰山下有唐代所建周公庙，也是《诗经》里所记载“古卷阿”的所在地。王占利生于1969年，比老乡巨晓林小7岁，但他进中铁电气化局的时间却只比巨晓林晚一年。1988年王占利19岁，高中只上了一学期，他在中铁电气化局工作的哥哥让他退了学，从此成了一个电气化铁路接触网施工工人。比起巨晓林家所在的祝家庄镇，凤鸣镇不但是如今岐山县县政府的所在地，而且自然条件优越。然而，王占利幼年失怙，在他12岁刚上初中时父亲去世，家中兄弟姐妹五人，三个还在学龄阶段，家庭生活一下子陷入困境。在他的记忆里，自从父亲去世后，过年他就从来没有穿过新衣服，平时衣服上也是补丁摞补丁。那个时候，少年王占利已经懂得爱美，穿这样的衣服，让他在同学面前感觉很自卑。但他非常渴望读书，并且想要通过读书来改变命运。上初中时学校条件十分艰苦，大家就睡在一个大木板通铺上，窗户上没有玻璃，只是用塑料布勉强遮挡一下。冬天的时候，北风呼呼地往里灌，宿舍冷得像冰窖一样，每天晚上睡觉成了一件格外痛苦的事情，因为人进了被窝，身体半天暖不过来，冻得怎么也睡不着。这样，每天下晚自习后，他都要和自己"斗争"一番：先到操场上跑几圈，跑热了，再赶紧回去钻被窝。就这样，艰苦的初中三年读完了。他们学校五个初中班，考上高中的只有两个人，跟考状元一样，结果有志少年王占利考上了高中。没想到，高中阶段家里的级济更加困难。上完初中，九年的义务教育阶段就算是结束了，现在他得交学费了。王占利说，高中一学期27块钱的学费他"交不上"，就是说，他交不起这个学费。家里没有钱，买不起闹钟，每天上学只能听鸡叫。别的同学在学校上灶，他连两分钱一碗的面条都买不起，自己带馒头，喝开水。即使是这样的学习生活条件，王占利也很想坚持下去，可是他哥说，27块钱的学费你从哪儿来？

在青少年阶段吃过这么多苦的王占利，"苦孩子"出身，按说，他绝对不会是个吃不了苦的人。从外形上看，他个子中等偏上，体型匀称，属于那种一看就很结实、很健壮、很有力气的人。他皮肤黝黑，是长年在野外工作的健康人的那种古铜色，有着一种自然的釉彩。他显然是个性格比较急、做事干脆利落的人，包括说话，他的语速比巨晓林快了许多。我们在工地上见面之前，我已经听巨晓林说起过他的这位老乡和工长。一见面，他操着一口陕西宝鸡“西府”口音，和巨晓林一样，是“乡音未改”，他正在紧张的施工中。用巨晓林的话说，他这个工长，属于“兵头将尾”，是最基层的一线带班干活儿的人。支柱安装需要他现场指挥，他一时半会儿脱不了身，所以我们也只是跟他打了个招呼。等到再见到王占利时，已经是我离开这里的前一天了。那天，朱凯很用心地把我想要采访的几个对象，包括巨晓林多年的工友和朋友赵荣有、巨晓林的徒弟刘进，分别从他们各自的岗位上召唤过来。最后一个赶来的人是王占利。他来的时候，工装上还带着泥土，一看就知道是直接从工地上赶过来的。在我们交谈的过程中，工地上还不断有电话打来——工程的确很紧张。611班的这个工长，也是最前线的指挥员，不敢说日理万机，但也的确够忙的了。

如果我对你说，像王占利这样特别能吃苦、特别能战斗的人都会有吃不了苦的时候，你相信不相信呢？你又会做何感想？你会不会问，这究竟是怎样一种“苦”？

王占利说：“我拿不动这个钱了……”

“拿不动”，意思就是挣不了这个钱了。

他们说，那是他们在东北哈大线施工的时候。

四

在后来关于巨晓林的报道中，一些中央媒体的记者都会写到一个人——赵荣有。赵荣有和巨晓林前后相处了近十年，这两个人，从脾气、性格等方面来看，都是完全不同的。两人从不相识到相识，从工友到朋友，再到知己，中间有一段很漫长而有趣的故事。赵荣有生于

1972年，比巨晓林整整小了十岁。他是石家庄人，衡水铁路电气化学校接触网专业毕业，在接触网技术方面算是科班出身。衡水技校毕业以后，赵荣有于1993年进入中铁电气化局接触网三段，而巨晓林早已于1987年进入网三段。也就是说，赵荣有参加工作的时候，巨晓林已经是一个有着五六年工龄的"老工人"了。但那个时候，他们并不认识。原因我们可以想象，每建设一条铁路，他们的战线都拉得那么长，朝夕相处的人主要是同班组的工友。网三段或网六段，虽同在一个段，许多人相互间不认识应当是一种比较常见的情况，尤其是在大家干着不同的工程项目的时候。赵荣有先在网三段，以后又到了网六段，和巨晓林有着完全不同的工作经历。他是科班出身的技术人员，是从技校分配来的，因此从身份性质来说，他是正式工而不是合同工。他先后担任过班组技术员、工程队技术主管、工程部部长，如今，他是网六段的副总工程师。

这天，赵荣有是从网六段段部所在地——安徽省宣城市旌德县赶过来的。旌德距离我们所在的芜湖南陵八十多公里，他早上6点出发，两个多小时车程，8点多到了我们的住处。

赵荣有是一个个性特点十分鲜明的人，他体形偏瘦，脸部轮廓刀削斧凿般棱角分明，中等身材，比巨晓林高一些，看上去非常精神。有意思的是，即使巨晓林如今早已"变阔"，不再是从前的巨晓林，而是全国技能大师和光荣的党的十八大代表——用赵荣有的话说就是，他的这位老朋友巨晓林是"把'人名'变成'名人'了"。尽管如此，我看得出来，两人的关系却似乎永远停留在过去。赵荣有还是赵荣有，巨晓林还是巨晓林，工友还是工友。赵荣有说话语速比较快——包括王占利在内，似乎别人的语速都比巨晓林快，只要王占利在说话，或者赵荣有在说话，巨晓林常常就插不进话来。很显然,巨晓林和他们在一起非常愉快，当几个人聊到他们过去的一些话题，尤其是技术性话题的时候，往往是巨晓林好不容易插进来说上一句，就被赵荣有打断了。赵荣有的河北石家庄口音总是能战胜巨晓林的陕西岐山口音，赵荣有不客气地说："你别说，让我说！"

每当这个时候，我发现，巨晓林便真的不再说话了。

两人之间有着一种温馨而默契的关系。那是一种不掺杂杂质的很纯净的关系。而且你能感觉到，它是岁月打磨出来的，也是能经得起岁月考验的一种感情，一种让人感觉很温暖的情谊……

2000年的时候，赵荣有调到了正在哈大线施工的刘建喜、杜志波班，担任了这个班的技术员。一开始，赵荣有根本就没有注意过巨晓林，这个个子矮小又不善言辞的人。到班组时间一长，他渐渐认识了包括巨晓林在内的班组所有的人，感觉巨晓林也就是个普普通通的人。后来有一次吃饭的时候，赵荣有端着饭碗偶尔踱到了巨晓林他们宿舍，发现巨晓林坐着小板凳，趴在床沿上，在本子上专心致志地写着什么，以至于赵荣有已经到了他的身后，他都没有丝毫察觉。赵荣有很好奇，这么个人，在这样的环境里，在施工这么紧张的时候，居然还有如此"雅兴"，写日记还是写笔记？这时候他在网三段已经工作了将近7年，以他所有的经历，他总觉得埋头在写着什么的巨晓林有点儿奇怪和特别……

他很想知道巨晓林在做什么。

巨晓林的床上还扔着其他笔记本，他捡起来，边吃边看……看着看着，他停下了筷子，渐渐忘记了吃饭。又渐渐地，他不知不觉间已经把正在吃的饭盆扔在床上，坐了下来，越看越兴趣盎然。巨晓林的本子上真是五花八门，随意而随性，你翻开来看，一页纸上有的上边写着诗，下边记着施工方案和建议，旁边还画个小人儿，也有一整页都是名字的签名设计……有诗歌，有漫画，有工艺工法的革新方案和想法，还有一些随手记下来的像是灵感似的对于施工中质量或安全问题的思考和念头，那些很容易被时光带走的思绪、想法，因为及时变成了文字、图案，日积月累，渐渐聚沙成塔……

赵荣有沉思起来，眼前的这个看起来普普通通的人，却和很多人有着这么大的不同！翻看那些形状各异、大小各异、颜色各异、新旧各异的本子，最早的笔迹已经是十多年前的了，那是巨晓林刚刚接触电气化铁路接触网专业时，啃专业书籍写下的笔记。

巨晓林一看技术员赵荣有在翻看自己的本子，有些忐忑。

他憨厚地一笑："太乱，可能看不清。"

赵荣有道："不容易！"

巨晓林不知道他是指什么"不容易"，以为是自己写的东西让技术员赵荣有看不明白，就说："是不容易，写得太潦草。"

赵荣有这次干脆打断他："我说不容易，是说你坚持下来太不容易！"

这句本来是表扬和赞叹的话，从性格倔强、有时候还喜欢发发脾气训训人的赵荣有口中说出来，就会让人有些受不了。但赵荣有是真的很佩服，他说的也是心里话。后来，当他特意从一二百里外赶过来接受我的采访时，他这样评价自己的这位老朋友，并说出自己最初对巨晓林的印象。

赵荣有说："巨晓林最大的特点就是执着，持之以恒。我认为，如果谁像巨晓林这么执着，谁都能干出一番事业！"赵荣有欣赏和赞赏巨晓林的其实就是他身上所具有的一种"工匠精神"——执着和专注。

的确是这样。在北京座谈的时候，许多人都说到巨晓林的这个特点。公司党办主任王文功说："巨师傅纯朴而坚韧。二十多年的坚持，对理想和对人生追求的一种坚持，让人无比感动和佩服。我们当中恐怕很少有人能坚持写二十多年的笔记、日记，坚持二十多年对技术的钻研和学习，坚持二十多年对工程中遇到的困难和问题进行革新，孜孜不倦，勤奋执着……”

当如今的中铁电气化局一公司工程部部长李凤祥接触巨晓林的时候，当如今的工会办公室主任谢伟强接触巨晓林的时候，当如今本身也成为一个发明家、创造家的中铁电气化局集团公司工会办公室主任张世永接触巨晓林的时候……还有许多许多普通人，当他们接触巨晓林的时候，都被眼前这个普普通通的劳动者身上散发出来的对理想和梦想执着追求的精神所深深地打动……

张世永被认为是巨晓林的又一个知音。他说，在他最早接触巨晓林的时候，他深深地为巨晓林的事迹而感动。巨晓林的事迹充分说明，只要有梦想、有奋斗，人人都有人生出彩的机会！

五

巨晓林感动、激励了赵荣有和张世永，他们后来也都在技术发明和创新方面取得了自己的成就。这是后话。而2000年冬天的时候，巨晓林还没有走进张世永的视野。即使是巨晓林身边的赵荣有，在发现了巨晓林迥异于人的地方后，从那天开始，轻易不会佩服人的他也对巨晓林另眼相看。两人在一起的时候，巨晓林会和他探讨一些自己想到的工艺工法革新的可操作性问题。可是尽管如此，两人在精神层面的交流却还是有一些隔膜……

赵荣有说，直到有一天——

2000年春节放假前夕，哈大线冰天雪地，寒风凛冽，大雪飞舞，天地间白茫茫一片。整个哈大线工程期间，施工条件都非常艰苦。这条世界上最长的高寒地区电气化铁路，从他们开始施工的1997年11月到2002年10月，整整五年时间，松辽平原上漫长的冬季都是他们最难熬的时候。在此期间，他们先后完成了三个火车站和两个区间的电气化铁路接触网的安装工程，德惠站、虎市站和德周站。每个车站的施工都是一场硬仗，一块难啃的硬骨头……然而，最艰难的一场战役，也是他们此生难忘的，是2000年冬天在德惠站的接触网施工工程。

德惠位于吉林省中北部，地处松辽平原中部腹地、长春市以北。这年冬天，德惠的大雪甚至暴雪一直下个不停，积雪没膝，有些地方达半人多深，一不小心，可以把人“雪藏”起来。当地人说，德惠虽然冬季很冷，可也十几年没有这么冷了，白天的温度都在零下二十六七摄氏度，到了夜晚，气温会骤降到零下三十多摄氏度。那是赵荣有、王占利、巨晓林他们记忆里最寒冷、最可怕的一个冬天。王占利说的那句“我拿不动这个钱了”，指的就是这个冬天，在德惠火车站的施工工地。

冷到什么程度？

松花江上的冰面有一米多厚，上工收工时候，他们往返的大卡车可以直接从冰面上开来碾去。那时候，从住地到施工现场开车一个多小时，往返路上的三个多小时是他们最痛苦的时间。大卡车上面既拉着施工用的零部件和材料，也拉着一个班二十多个人。人就像南极冰天雪地里的企鹅一样，一个挨一个挤成一团，在零部件材料上坐着、站着，硬生生地挨着冻。说是刺骨寒风，那时才真切地感受到了什么叫刺骨寒风，骨头缝里似乎都充满了寒冷。说是风刮得像刀子一样，那时才真正地感受到了刀割似的滋味，身上穿的棉大衣、头上戴的棉帽子，简直像纸一样薄，风一吹就透……

王占利说：“那真是一种可怕的冷！戴两层棉手套，手还是被冻伤了。风刮得鼻涕直流，可连鼻涕都吸不住，为什么？鼻子冻僵了，没知觉了！裹着大衣滚下公路，被风一吹，大衣上面形成一层硬壳，都可以在地上当皮桶滚！皮肤好像都是脆的，玻璃纸一样，一碰就破！”

赵荣有说：“是嫩！嫩得不敢碰！碰了就流血！”

王占利说："对，我们把螺母小件叼在嘴里，一拿，嘴皮扯掉了！螺母上全是血，人也一嘴唇血。血刚一流出来，就不流了，冻住了。"

赵荣有补充道："我们那时干活儿都'武装'到牙齿了，手里拿着工具，两脚踩着线，小零件叼在嘴上。就只一会儿，零件就和嘴皮粘在一起了，可不一扯就破？"

王占利说："我的能力，我的身体状况，我受不了了，我达不到了！那时候我就想，给我钱，我都拿不住！这是达到人身体的极限了！真的是这样！"

赵荣有接着讲道，也就是这一天，他记得非常清楚，已经接近年关，农历腊月二十，第二天就要放假，大家都忙着准备回家过年！这可是一年才一次的年假，人的心也早就飞回家了！他也想准备准备回家的东西，可作为技术员，他当时责任所在，必须在全班撤离前，在工程临时封闭前，进行一次全面的隐患排查。所谓排查，就是沿着他们施工的线路全部走上一趟，一旦发现隐患，要立即通知，谁负责的谁去处理。赵荣有在风雪中沿着铁路线艰难地挪动着脚步。"那天，"他说，"雪打眼睛！太阳一照，眼睛被雪光刺得很疼，要是拿上个照相机，照相机都会蹦了！"风大，雪大，白晃晃的雪光刺得他的眼睛像是要得雪盲，但他还是努力地睁大眼睛，沿路仔细查看。从一个车站走到另一个车站要30多公里，赵荣有从天一亮就出发，一直走到中午快要吃饭的时候，这时，他看见前方的电线上像是有个黑点儿……

赵荣有努力加快了脚步。

他心想，不会吧，都这会儿了，这样的天气，还会有人干活儿？

等到他艰难地踏过没膝深的积雪，越走越近时，透过雪幕，他看见了一个让他简直难以置信的情景。他看见了巨晓林：一个浑身上下被冰雪覆盖着，如同戴着冰盔冰甲的冰人巨晓林。如果不是赵荣有熟悉他和他所特有的全班最矮的身材，根本认不出来那个高高地挂在电线上的人就是巨晓林。巨晓林头上戴着棉帽，身上裹着棉大衣，由于天气实在太冷，呼出来的热气马上变成了“雾凇”，他的眉毛、额头、脸颊上白花花的，脸像被罩在了一个冰盔里，只剩下两个眼睛、一张嘴巴和两个鼻孔……

巨晓林这是在干什么？

他这是站在挂梯上处理安全隐患。

挂梯悬在空中离地面有五六米的样子，大约有两层楼房那么高。巨晓林腰上系着安全带，从支柱（也就是我们平常说的电线杆）上攀爬上去。接触网的导线有上下两根，挂梯上端有个挂钩，这挂钩钩在上面的那根导线上，人沿着导线上到挂梯上，然后开始作业。赵荣有仰头望去，他看明白了：巨晓林所处理的隐患就是给导线增加悬式绝缘子。悬式绝缘子也就是我们通常所说的“瓷瓶”，一个大约三公斤重。加绝缘子的目的是为了增加导线的长度。原来，在前边的检查中，技术人员发现已经安装好的导线太紧，坠砣太高。接触网的导线本身会热胀冷缩，如果气温还持续下降，过于寒冷的天气会让导线变得更紧，那就有可能把导线绷断，在这种情况下，就必须给导线上增加绝缘子。

这项工作任务赵荣有当然知道，可这任务是布置给巨晓林小组里四个人的，怎么会只有巨晓林一个人在干活儿？当时赵荣有没有问，后来他才知道，是巨晓林让他们小组的另外三个年轻工友收拾东西赶当天的火车早点回家，他一个人留下把任务全部承担下来，沿着铁路线检查了十几公里，给所有该加绝缘子的导线增加绝缘子。此时，在挂梯上的巨晓林干得认真，在下面的赵荣有看得有些鼻酸。冰天雪地中，悬在半空中的挂梯被大风刮得来回摆荡，巨晓林的整个身体也随着挂梯的摆动而在寒风中晃动……

赵荣有说，他看见挂在半空中冰人似的巨晓林，首先想到了一个字：冷！

看这情形，巨晓林已经在上面干了好半天了。看着看着，不知不觉赵荣有的眼睛有些潮湿了。他仰脸朝着上面喊道："巨师傅，天冷，不行的话下来跺跺脚！"

巨晓林伸手把脸上的那层冰壳揭掉，他的脸这才露出来。

他说："不行，还得抓紧干呐！赵工，你跑到这儿干啥？"

赵荣有说："检查。你还是下来跺跺脚吧！"

"没关系，赵工。晚上危险系数大，还是得抓紧干，明天咱们回家！"

巨晓林仍旧把自己悬在挂梯上面，继续给导线上增加绝缘子。赵荣有说，巨晓林在上面一干一天，一个人把四个人的活儿全部干完了。"这么多年，这件事我依然忘不了。"而这件事也是真正令他感动的地方，从此以后，两人成为无话不谈的好朋友。那时候的赵荣有不知道，到这年春节，巨晓林的家里，他的父亲已经瘫痪在床三年了！他多么想念已经一年没有见面的父亲，他恨不得插上翅膀早一天早一分钟回到家里，回到父亲的身边——而后来，这一年的春节，也成了他和父亲一起度过的最后一个春节。

其实，巨晓林所做的这一切，并没有人要求他这么做。可他为什么要这样？为什么？

在很长一段时间里，赵荣有都在想这个问题。

赵荣有没有回答这个问题，其实，他也不必回答。和巨晓林一样，赵荣有、王占利以及年轻一代的巨晓林的徒弟刘进等，他们都在以实际行动诠释着中国电气化铁路建设者所特有的一种精神追求和职业情怀。这就是，他们非常热爱他们的企业，他们由衷地爱岗敬业。赵荣有也有让巨晓林感动的地方。2008年赵荣有做过一次大手术，那次手术的原因还要追溯到数年前。当时，他们对老京沪线进行电气化改造。中国铁路从1997年到2007年，历时十年，实施了六次大提速。其中，京沪线电气化工程是加快中国铁路现代化的重点工程项目，也是当时的铁道部实施铁路跨越式发展战略的重点工程项目之一，同时又是铁路第六次大提速中的关键项目，作为中国南北大动脉的京沪铁路电气化改造，在当时是我国铁路发展史上一件具有重要意义的大事。这个工程既然如此重要，这条线路又是中国最繁忙的铁路线，给予电气化改造施工的时间就非常紧迫。赵荣有一天到晚奔波在工地上。一天，他像往常一样沿着铁路线检查施工中的质量问题，因为是改造工程，其他施工队伍也在同时进行着铁路轨道的改建，钢轨下面的石砟子被掏空了，原先铺在枕木上的钢轨也拆除了，整条铁路线上只剩下了光秃秃的枕木，这种情景，乍一看就像一条被剔了肉的大鱼的干巴巴的骨架，无奈地横陈在广袤的原野上。这样的“路”，走起来就有些困难。赵荣有只能踩在枕木上，一个枕木、一个枕木地跨着走。或许是那些天太疲劳了，或许是心里着急走得太匆忙，一不小心，一脚踩空，人突然就掉进了枕木与枕木之间的道砟里。道砟就是个深坑，少说也有一米多深，这一跤跌下去，赵荣有眼冒金星……

等他忍着剧痛从坑里爬上来，发现自己的膝盖已经肿成了个大包。他想：里面一定有什么东西坏了？怎么从来都没有这么疼过？但工程这么忙，怎么可能去看病？

同样的事情也曾经发生在巨晓林身上。

巨晓林那次从几米高的支柱上摔下来，摔伤了屁股，师傅林鸿要他休息，他硬是一天也没有歇工，而是在“家”里给工友们做吊弦。那是他刚刚当上一名接触网工人的时候。还有一次，巨晓林在用钢筋搣弯器做地线的时候，一不小心把中指指甲夹掉了，指甲盖生生地被搣弯器扯掉了，鲜血直流。人常说十指连心，指甲盖被揭掉的疼，那可真不是一般人能够忍受的，古时候审犯人用的酷刑之一就是把犯人的指甲盖给拔下来。疼啊，实在太疼，他只好把手放在头顶，两条胳膊紧紧地抱着头在院子里转圈儿，一圈，两圈……陀螺一般。过后，他只是简单地包扎了一下，“轻伤不下火线”，又继续投入到工作中了。不过这件事发生以后，巨晓林就想，这个钢筋搣弯器这么容易就夹掉人的手指甲，那么，能夹掉他的指甲，也就能夹掉工友们的指甲，必须对它进行改进！

后来就有了他的一项小发明，叫“钢筋搣弯器小改进（防夹手）法”。巨晓林写道：

钢筋搣弯器在接触网地线制作施工中，是一个很方便的好工具，但是有的在制造中（多数是本公司加工厂自己做的）不注意，制造的手动把和支撑把一般长，特别是支撑把为小槽钢型，在搣弯用力时，有时钢筋头会突然脱掉或钢筋突然断掉，手动把就会猛地下去与支撑把叠合，容易夹伤手指，特别是小槽钢型的，造成的伤害更大。因此更得要注意，要彻底克服这一缺点的方法有两个：一是把支撑把锯掉20~30厘米，使手动把柄转动下去，使手握处正好落在空中。二是在搣弯器支撑把前边垂直打个孔，安个小调整螺栓，并调整到一定高度，正好顶住突然下落的手动把柄，让其两把之间有充足的间隙（约10厘米），如若发生手动把猛劲下去，也不会伤手。

当工人不可能不受点伤，小伤小痛总是难免。因此，只有工人最懂得心疼工人，搣弯器的改进算不上多么重大的革新项目，可是不在一线干活儿的人，不使用搣弯器的人，永远也不可能有被夹掉手指甲这样的危险和痛苦！巨晓林的可贵，就可贵在他永远是以劳动者之心度劳动者之苦，他为劳动者着想、为劳动者动脑筋、为劳动者贡献自己的智慧，永远都不仅仅是“感同身受”，而是有着“切肤之痛”。因为，他就是他们中的一员！

六

那个时候，当赵荣有受伤后一瘸一拐地回到队上时，巨晓林他们都劝他赶紧到医院去看看，至少要搞清楚膝盖里面发生了什么。但赵荣有死活不去。这个倔强的石家庄人说：“大家不都这样，动不了了才去看病！我现在还能动，就是腿不太方便罢了！”他想，也许只是拧了筋，过上一段日子就好了。可是，情况却越来越糟，疼痛也在不断加剧。原来，他膝盖附近一条韧带受伤了，医学专业名词叫“前交叉韧带拉伤”。这条韧带是连接人的大腿和小腿的一个关键部件，拉伤以后，膝关节就会错位，大腿和小腿就不再在一条直线上了，若不及时治疗恢复，后果严重，人会非常痛苦。我们无法想象赵荣有是怎样忍受这样的疼痛，而且这一忍就是两三年！改造老京沪线的时候膝盖韧带受的伤，一直到了上迁曹线工程的时候，他才真正感到受不了了。

迁曹线是国铁一级电气化双线铁路，位于河北省东北部唐山市境内，起点为迁安市，终点为滦县菱角山镇。铁路起自迁安北站，跨大秦、京山、京秦铁路与滦港铁路菱角山站相接，从滦港铁路滦南站引出，至曹妃甸港区，途经迁安、滦县、唐海三县和曹妃甸工业区，正线全长213公里。这条铁路的核心，是曹妃甸港区和曹妃甸工业区。可以这样说，正是为了“十一五”国家重点工程、河北省“一号工程”——曹妃甸工业区的建设以及解决国家中长期铁路网规划中大秦铁路扩能分流问题，解决北煤南运的瓶颈制约，开辟一条新的北煤南运货运通道，铁道部和河北省才决意建设一条与国家三条铁路大干线——大秦、京山、京秦铁路相关联、相沟通的铁路专线：迁曹铁路。

说迁曹线是一条铁路专线，是从某种意义上来说，这是专为曹妃甸工业区而修建的一条铁路。那么，这个曹妃甸工业区有什么特别之处呢？怎么可能为一个“工业区”而修建一条铁路？原因就是，那个时候，随着2008年北京举行绿色奥运，首钢、北焦化等一些大型企业纷纷落户唐山沿海，环渤海地区经济蓬勃兴起，对港口和铁路运输的需求日益扩大。为此，港口与铁路成为影响经济发展的至关重要的因素，必须把两者——港口和铁路连接起来。于是，曹妃甸成为解决这一切问题的一个“战略要地”。

曹妃甸，渤海湾的一颗明珠。

它地处唐山南部的渤海湾西岸，位于天津港和京唐港之间，地理位置优越，“面向大海有深槽，背靠陆地有滩涂”，是一个大型天然深水良港。在此发展临港工业，当然有着得天独厚的优越条件。这样，一个深水良港——曹妃甸港区，一个国家重要的临港工业区——曹妃甸工业区，一条铁路——迁曹线铁路，三位一体的格局就此形成。

赵荣有拖着一条病腿干完了老京沪线电气化改造工程，本来想，干完这个工程就可以喘口气，也可以有时间去看看腿了。没料想，紧接着又上了迁曹线。迁曹线接触网施工工程不比老京沪线轻松，似乎更加紧张。那时候，赵荣有已经升任网六段一队的技术主管，整个网六段的战线拉了200多公里，光他们一队的战线就长达70多公里。每天，他都要在这条长长的战线上往返奔波，深入现场发现和解决问题。这是一个技术主管必须尽到的责任。赵荣有记得，走路走得最长的一天他走了50公里。如果腿没问题，这也不算什么，可是，这样的奔波劳累，最终让他的腿再也坚持不下去了……

一天，他疼得龇牙咧嘴的被工友们扶回了住地。

到医院一检查，医生皱着眉头告诉他，他的韧带已经拉到了极限。如果再不治疗，韧带有可能完全断裂。

“断裂！懂吗？”医生问他，表情严肃得可怕。

赵荣有被医生的表情吓住了，问：“很可怕？”

医生说：“当然！你的腿会一辈子残疾！”

那时，赵荣有年仅三十五六岁，他当然不想面对这样的结局。2008年8月，他在河北省一家大医院做了手术，手术后按照医嘱他必须休养一年到一年半。可是，赵荣有总共在家只休息了两个月，就再也待不住了。原因是，迁曹铁路接触网的施工让他没法儿不返回工程现场。赵荣有那时候除了是队上的技术主管，同时还兼任副队长。队长叫常亚军，比他稍大几岁。一开始的时候，常亚军打来的电话还是以问候为主，要他“好好在家养病，队上的事你放心”“不要操心，工程上没什么，比较简单，处理起来我们还能应付”等。

可是赵荣有心里清楚，他们在迁曹线上要干几个大车站，如曹北站、曹西站、工业站等。其中一个大站，如果把蛛网似的线路扯开了来计算的话，加起来长度可达50多公里。这样的大站，在技术要求上很高很复杂。赵荣有心里有数，也总放心不下。果真，常亚军那边打来的电话，越到后边就越“变味”了。

他说：“荣有啊，你伤养得怎么样了？好些了没有？能不能下地走走？”

赵荣有给他说，还在恢复阶段。

他开始吐苦水了：“工程现在是越干越复杂了，前边施工也还能扛得住，现在呢，后边越干越紧张了……荣有，你伤快好了吧？”

这话已经有了催促的味道。

再到后来，常亚军干脆连“伪装”都去掉了，语调里有了焦灼不安，也有了乞求的味道。他说：“你赶紧把伤养好，赶紧回来！荣有，你回来，哪怕你躺在这儿，大家干起活儿来心里也有谱，也踏实！”又说：“你觉得怎么样？你看，你不在，干不好了就窝工、返工。你就回来，给咱躺到这儿！反正你在家是躺着，在这儿也是躺着……我给你收拾出个地方，你就躺着，给咱指挥，如何？”

赵荣有也牵挂着队上和大伙儿，以他对队长常亚军的了解，不到万不得已，队长不会这么逼他。肯定是队长压力太大了，山一般的沉重，压得他喘不过气了，队长才这么几乎“不近情理”地让他躺也要躺在迁曹线的接触网施工工地！赵荣有决定返回工地。那天早上，媳妇为他整理好了行李，送他出了家门，伸手为他挡了辆出租车。当他拄着双拐在凛冽的寒风中走向出租车，回头望着站在马路边的媳妇时，天太黑（冬天天亮得晚，这时才早上6点，启明星都还挂在天空上呢），昏暗的路灯下，他看不清媳妇的脸，不知道她哭了没有。他想她应该没有哭。当一个电气化铁路接触网建设者的妻子，他想，她已经习惯了这样的分离——刚结婚的时候，他在香港施工，整整一年没有回家。和巨晓林的妻子宋小平一样，她也是新婚守空房。后来，他到了广深线，离家太远，也是一年半载回不了家，家里老人孩子也全是她一人照顾。她坚强，从来不哭，不掉泪。他想，这次她还不至于会哭吧？

然而赵荣有错了。

他的妻子直到现在对此事都无法忘怀，不能原谅。无法忘怀那天早上他拄着双拐离她而去，不能原谅他拄着双拐去了迁曹线，去了工地。如今赵荣有仍旧不能提起此事。只要提起迁曹线他拄着双拐上战场，提起一次，媳妇就抹一次泪。后来他才知道了媳妇的真实想法。那是一次过年，媳妇和亲戚谈到了这件事，他坐在一边，媳妇说道：

“你那么个样子还拄着俩拐走？我那么说你，不让你走，你还走！咱家里不差这三千两千元……我那么劝你不要走，你还要……走！”媳妇说着说着又开始掉泪。

赵荣有这才知道那件事对妻子伤得有多疼！

所以他后来猜想，妻子那天早上是落泪了……

打出租到了石家庄汽车站，从石家庄坐汽车到唐山，再从唐山坐汽车到唐海县，再打出租到工地。这一路上，赵荣有拄着双拐，感觉越走越冷，本来离开石家庄的时候，十一月的石家庄已经进入冬季。可是从石家庄越往北走，气温也越来越低。那个时候，曹妃甸港区和曹妃甸工业区以及曹妃甸区都还在母腹中躁动，曹妃甸也还只是一个名不见经传的、渤海南部海域总面积大约16平方公里的一个带状小岛。曹妃甸所在的当时的唐海县位于渤海海边，海风一吹，格外刺骨。赵荣有这天早上天不亮就出发，一直到晚上8点多才赶到他们的队部所在地——唐海县的一个农场里。

车到的时候，黑黝黝的农场里一片寂静，只有一间小屋亮着灯光。那是队长常亚军接到他的电话，听说他回来，特意把他的徒弟留了下来，徒弟已经给他铺好了床，让他躺下赶紧休息。而队长常亚军和全队的人，一直到了这会儿还在施工工地没有回来。迁曹线的工程的确非常紧张，工友们夜以继日、加班加点地抢工时干活儿。以赵荣有的急性子，他回来了就根本躺不住，每天在施工现场拄着双拐蹦来蹦去。2008年冬天，赵荣有拄着双拐回到迁曹线接触网施工地，2009年3月，已经在迁曹线干了三年的赵荣有接到了一个调动通知：他要从一队调到三队。虽然还是网六段的人，一队和三队却相距上千公里。一队在河北省的曹妃甸，三队在内蒙古的呼和浩特。一队在渤海边，三队在北方大草原。大海和草原，就是那时候的赵荣有跛着一条腿所要跨越的距离。听说赵荣有要走，巨晓林非常难过。他和赵荣有之间已经结下了深厚的友谊，尤其是在迁曹线施工的这三年时间里，在唐海县，在曹妃甸，由于一件特殊事情的发生——这件事和一本书有关，一本巨晓林编写的书《接触网施工经验和方法》，让他和赵荣有两人心的距离越来越近……他舍不得赵荣有的离开，尤其是赵荣有的腿还没有好利索，走路还一瘸一拐，他更是心里难过，依依不舍……

那几天，巨晓林一直在给徒弟闵庆炜念念叨叨："你说，这么好的人要调走，送些什么？"

徒弟对他说："赵工不是一直喜欢你画的画儿、写的诗吗？"

一句话提醒了巨晓林。

祝　福

——送别赵荣有于曹妃甸

每一天早晨，
把梦中一个个祝福，
用白云丝穿起来，
挂在东方的天边，
让第一束阳光照射成彩霞，
映红你住宿的天地，
使幸福、快乐充满你的心田，
过好每一天！

友：晓林

2009年3月12日于曹妃甸

在这首诗的落款处，巨晓林特意写着："友：晓林。2009年3月12日于曹妃甸"。情景定格于这天的晚上，曹妃甸的海风刀割似的刮在大家的脸上，一队所在的农场里有一种淡淡的离情别绪。这天，队长常亚军特意让大家晚饭后不再去加班，说是要送别他们的赵工。三队那边，因为赵荣有腿的特殊情况，给了他一个特殊待遇，专门派了一辆皮卡来，把他的行李和人一起拉到呼伦贝尔大草原。三队在那里，也在干着一个大项目——大包线电气化铁路的接触网施工。从曹妃甸到呼伦贝尔，车程要十五六个小时，三队派了两个司机，将日夜兼程地把赵荣有送到他的新岗位上。分手的时间到了，等大家把行李都搬上了车，赵荣有瘸着腿正准备上车的时候，人群中，巨晓林一手递上一页纸，另一手递上赵荣有落在宿舍里的一个杯子盖。

那页纸是巨晓林送给好友的离别礼物：一首诗和一幅漫画。

这幅漫画，画着一个小和尚在专心致志地敲木鱼，旁边写了上面那首《祝福》的小诗。赵荣有在路途中看了这幅诗配画的作品，眼眶潮湿起来。曹妃甸已在身后，巨晓林和一队工友也离他越来越远，但那些友情和难忘的岁月以及工友们对他的祝福，都浓缩在了这幅珍贵的漫画诗歌作品里。赵荣有很仔细地把它夹在自己的笔记本里。而对巨晓林来说，曾经给予过他珍贵帮助的赵荣有，他从来都不曾忘记过——我们在后边还将说到。包括赵荣有在内，所有帮助过他的人，巨晓林都不曾忘记。巨晓林是一个极其重情重义的人。在很长一段时间里，每当他的徒弟闵庆炜在聊天的时候提起赵荣有，巨晓林还总是反复念叨："他怎么调走了？他怎么调走了？"只要地球上还有铁路，有电气化铁路，有动车和高铁，电气化铁路建设者就会天涯海角，四海为家。巨晓林当然知道这个道理。后来，赵荣有又不断调动，手机换了号码，巨晓林总会通过其他工友要到赵荣有的电话，时常打个电话，问候一声。

七

在我采访期间，我感到巨晓林最快乐的一天，就是赵荣有、王占利和他的得意徒弟刘进分别从各自的岗位上赶过来，大家一起聊天的这一天。这天，他的脸上挂满了笑容，也似乎比平常更想说话。比如，当赵荣有说到队长常亚军催促他带伤归队，他拄着双拐赶往迁曹线工地的时候，巨晓林不失时机地插了一句话：“责任所在，身不由己。”而他的徒弟刘进也紧接着说了句：“也能体现自己的价值。”这师徒俩性格还真有点儿像，只要赵荣有和王占利说话，他们两个就基本插不上嘴，有点儿笨嘴拙舌，却有些内秀。

在和他们聊天时，我发现，有一个话题他们最爱说起，而且有时候还会为此发生争论。这就是当他们每每说到自己的家人，说到与家人的感情，尤其是说到自己的媳妇和孩子的时候。而每当这个时候，就连一公司宣传部副部长王凤群和网六段党总支书记朱凯也都会加入进来。

大家的话题集中在一个问题上——

当一个电气化铁路的建设者，长年背井离乡，长年与家人分离，那么，是家人苦还是自己苦？是自己欠家人的，还是自己并不欠家人的？谁欠谁和为什么欠？

说心里话，来此之前我从来没有想到过。当“神八”已经上了天，当我国的载人飞船已经把航天英雄杨立伟等人送上了太空，当我们在大城市里过着非常现代化的生活，当我们非常方便地在这个城市和那个城市之间坐着高铁一日千里的时候，有人——这些电气化铁路的建设者们却还在讨论着一个这么“古老”的话题！

这样的话题，与我们相去已经多远了啊？

两地分居，长年夫妻分离，长年照顾不了年迈的父母、年幼的孩子。和父母见上一面，和妻子见上一面，和孩子见上一面，怎么就这么难？妻子生孩子的时候自己不在身边；孩子幼小的时候、长大成人的时候自己不在身边；妻子有病的时候，父母有病的时候，孩子有病的时候，自己不在身边；甚至，父母辞世的时候，自己还不在身边！想想，亲爱的朋友，如果这样的话题，说在改革开放之前，说在从前的那个封闭的、人员不能轻易流动的社会，我们也许并不奇怪。毕竟那个时候很多家庭都面临着这样的问题。但如今，在21世纪的今天，2014年4月的一天，当我坐在芜湖南陵的一个房间里，听着他们这样的讨论和争论，有那么一会儿，我甚至感觉像是不大真实，感觉有些困惑，此情此景，是发生在我们的现实生活中吗？

赵荣有说："我最愧疚的就是对不起我儿子。我儿子从小到大，现在长到17岁了，上高二了，很少交流……和儿子很陌生。你跟他在一起，就是不知道该说什么……"

赵荣有有些伤感。

王占利说："最难过的，就是对子女的义务尽不了。"

王占利的女儿今年高考，别的家长在这时候为孩子做的事情，他一样也做不了。好在女儿还算听话，让他现在最发愁的是儿子。儿子12岁，正值青春叛逆期。就在采访的中间，王占利先后和儿子通了几次话，不知道在苦口婆心地对儿子说着什么。一次我出门，看见在走廊里和儿子通电话的王占利，满脸焦虑，一边对着手机说话，一边不停地走来走去。可能是儿子惹妈妈生气了，可能是儿子又在学校不听老师话了。做父亲的王占利唯一能做的，就是对儿子进行"远程教育"，这种"远程教育"有没有效果，恐怕很难说。

这就是王占利的无奈。

王占利是巨晓林的老乡，又是他所在班的工长，所以他对巨晓林比别人更关心也更熟悉。在他刚刚和他儿子也许在电话里发生了争吵以后，他想到了巨晓林面临的几乎是和自己同样的问题。

王占利说："有时候听他在电话里训孩子买了个太贵的手机，让儿子不要乱花钱，儿子不听。儿子上初中时迷上了上网，他打电话教育，儿子说：'你整天忙工作，我像个单亲家庭长大的，这会儿管我呢！'我看他最难过的，就是孩子不听话。"

这是这几个做父亲的共同的伤感和无奈。

朱凯的情况稍微好点，他和儿子之间不存在太大的隔膜，他说，这是因为他经常在电话里和儿子沟通。朱凯的话立即引起了其他几个人的“反驳”，大家一致认为，朱凯儿子教育的功劳主要应归功于他找了个心理咨询师的媳妇。朱凯的爱人既是获得了执业证书的专业心理咨询师，还是一个办学校的教育家，在学校教心理学。朱凯“近朱者赤”，有时候还和我聊起接受美学，说看电视是单向思维，是灌输，而读书是双向交流，是主动思维。这是朱凯从妻子那儿得来的“枕边教育”。说到谁欠谁的问题，朱凯坚决认为，是自己欠家人，尤其是欠媳妇的。赵荣有和王占利赞同他们总支书记的观点，也认为是自己没能尽到一个做父亲和做丈夫的责任，有愧于家人。

王凤群却不认为自己欠家人的。

他说：“我不认为我们欠家里人的。我们在外边，想家人的时候，一个都看不见，一个都不在眼前！家里人想我们，只想一个。我们想家里人，却想一家，想爸想妈想老婆想孩子……”

王凤群说，从前没有手机的时候，想家里人只能靠写信，鸿雁传书，虽说可以解决一些思念之苦，却总觉得不够方便。后来有了手机，他花几千元给自己和媳妇一人买了一个。实在太想了，就打个电话。可是有一次，他在烈日下面的电缆坑里干活儿，汗如雨下，休息的时候，他打通了媳妇的电话。媳妇问他：“你在哪儿？”好一会儿他不知道该怎么回答。他在旷野上，他在烈日炎炎的电缆坑旁。头顶上没有一片云，周围没有一丝风，大地像一个大火炉，蒸腾着滚滚热浪。电缆坑像一个大蒸笼，似乎蒸掉了他全身的水分，他口干舌燥。这时候，他真的想找个地缝钻进去。可他能对媳妇说实话吗？

听见媳妇的声音，他突然想流泪。

他强忍着泪水，硬是装作很轻松、很愉快地说：“我在一个风景优美的地方给你打电话。这儿绿树成荫，鸟语花香，还有一片很美的

巨晓林的漫画：送儿进城上大学

湖水……我想你了，就想听听你的声音。你好吗？”

媳妇真的以为他是在“一个风景优美的地方”给她打电话，于是说：“这样就好，这样我就放心了。”

放下电话，王凤群的眼泪夺眶而出！

有意思的是巨晓林，我很想知道巨晓林会站在哪一边。

巨晓林说：“我也认为我们不欠家里人的。我们出来干活儿，要养活家里人。我们不干活儿不养家，家里人又靠谁去养活？靠农业收入肯定不行。家里盖房子，给父母养老，供孩子上学，要是守着家，这些就都不行。”

巨晓林说得很实际。没有人愿意抛家别子、远离亲人、长年漂泊在外，但他们是男子汉，是家中的顶梁柱，是男儿，就必须承担起养育妻儿、赡养老人、养家糊口的重担。是男儿，他就只能苦自己，而把欢笑留给自己深爱的亲人。

我们也许真的不理解那种独自在外思念亲人之苦，不理解只身一人想家想亲人会想到怎样一种心痛心酸的地步。人生最苦是别离。而当这种别离成为他们的一种生活常态、一种生活方式的时候，人怎样战胜孤独与寂寞、怎样排遣痛苦与思念，也就成了一门生存与生活下去的艺术。那天，在前去吃饭的路上我问巨晓林：“巨师傅，在这样的环境中你怎么去战胜孤独，怎么会一直乐观向上？”

巨晓林说：“看书，写东西，琢磨技术上的事儿，既是一种休息，也可以排解相思和思念……”

这就是巨晓林的活法。阳光，健康，向上。

无情并非真男儿。

巨晓林其实是一个很多情的人，他情感细腻而多愁善感，敏感而深情，人们也许很难想象他是怎样深爱着他的妻子宋小平的。他给妻子起了许多外号——其实应该叫“昵称”，比如“警察阿姨”，比如

“宋总书记”，再比如“宋小手”……问他为何要叫“宋总书记”，他憨憨地笑：“因为家里的事情都由她做主。”问他为什么要叫“宋小手”，他笑得就有些甜蜜，眼睛弯成了两个月牙，说：“你写‘平’字的时候，把那一竖的尾巴稍稍一拐，不就有点儿像个‘手’字？”

他这样说并没有错，“平”字写得潦草一些再弯一小勾，的确有点儿像“手”字。可是，仅仅如此来解释肯定还不够“小手”，你仔细品品，难道不是有一种特别亲昵、特别怜爱、特别甜美的味道吗？

其实，巨晓林最喜欢的还是他给妻子起的“警察阿姨”这个外号。

问他为什么会起这么个外号。他笑道：“你看看我写的这个小文章。”这篇文章就是《自由真好》。在这篇文章里，巨晓林如此解释妻子这个外号的由来：

> 家人不管谁有难处都爱找她，有广告说道“有事找警察”，此后我就叫她“女警察”；再后来，因家里大小事她都操心，常常操劳、忙碌过度显得有点儿老，且她的个子比我高。有一次我在街上找她，一位小朋友说，阿姨去理发店了。我见到她给她一学，她风趣地说：“那你叫一下我听听！”我叫了一声，她就笑着应了。后来一有事求她，她就开玩笑说叫声阿姨才给你做，我就叫了声“警察阿姨”，她真的就做了。

从这样的描述中我们不难看出，“警察阿姨”的称呼里有着两人的诙谐、幽默，当然更有着巨晓林对妻子的爱与敬。

八

巨晓林和他的“警察阿姨”同样聚少离多。2002年以前他们没有手机时，两人一年至少要写上几十封家书。鸿雁传情，十多年下来，这些家书居然有了几百封之多。这一沓沓信件，见证着这对普通农民工夫妻的缠绵爱情，也寄托着他们相互间绵绵的思念之情。可惜的是，它们中的绝大部分都被烧掉了，只留下很少几封，如前边我们所引用的。我们从这仅存的几封信里，还是能够看得出，他们用信件传递爱情，诉说家事。这是普通人的“两地书”，虽然不像鲁迅和许广平的《两地书》那么轰轰烈烈，却也诉说着一对普通夫妻在平凡、琐碎的生活里那种感人至深的款款深情。2003年哈大线以后，再次离家的时候，巨晓林特地给妻子和自己一人买了个手机。有了手机以后，他们每周都会固定通几次电话。宋小平会和丈夫互通短信，偶尔还会发个笑话给他看看。后来，女儿大了，懂得孝顺了，特意给妈妈买了个带视频的手机。巨晓林有时候会和妻子在网上视频通话。但是不管怎么说，无论是手机短信，还是视频通话，这些现代化的通信工具即便再先进，也代替不了活生生的大活人，改变不了夫妻长时间分离和两地分居的现状。因此，寂寞和孤独仍旧会时时地啃咬着人的心，尤其像巨晓林这样感情真挚细腻、深情而又多情的人。

巨晓林的很多诗歌都是写他思家想家和写给他的“警察阿姨”的。

例如这首《如此想你》：

风不断地刮，
雨不停地下，
水更急地流，
海浪更加汹涌澎湃……
亲爱的，
你是否也如此地想，
如此想你的人？

长子書记画
开学也叫我报到。
妈妈奶奶厨房忙，
我在一旁当裁判。
爸爸爷爷对棋子，
丝瓜架下铺苫布。
各自紧张手中事。
在老家

巨晓林的漫画：在老家

关于这首诗的“写作背景”，巨晓林告诉我说，那天正是“三八”妇女节，他们在迁曹线滦县八里桥接触网施工工地。天下着大雨，而且下得越来越大，风也刮得越来越大，他们没法儿出工。他躺在床上，望着窗外，突然非常非常想念他的“警察阿姨”，于是随手写下了这首诗。

而《相思——给警察阿姨的短信》这首诗，则是春天在黄山施工时，黄山姹紫嫣红的如画美景，勾起了他对远方妻子的思念。于是他随手掏出手机，写下了这首感情真挚、语言朴素的情诗。

“不知是何故，
咋这么相思？”
发信问夫人。
“我也不知道，
今晚看圆月，
我在圆月中！”

除了他随身带着的小本本，巨晓林还常常在手机上作诗。中央媒体采访时，一位女记者就发现了巨晓林和妻子宋小平之间的这个小秘密。她说：

在采访中，我发现巨晓林有一本《通信录》，里面详细记述了他与妻子这两年的短信交往内容。其中，不乏一些甜蜜的小诗。宋小平只有初中文化，这些诗是她写的吗？当我向她求证时，她腼腆地笑了。原来，小平觉得丈夫爱读书，所以只要得空，她就会尽量多看书学习。要是看到喜欢的诗歌，她就随手记下来给丈夫发过去，这已经成为他们俩一种特有的交流方式。

2009年“三八”妇女节那天晚上，作为村里的妇女主任，宋小平正在忙着一个庆祝活动。突然，手机里传来一条短信，打开一看，是丈夫发来的一首诗《我的蝴蝶》：“你是一只美丽的蝴蝶，飞入我的旷野。盘旋着，那翩翩的美姿，永远吸引着我的眼睛，从未有过半点倦意。于是，我情不自禁地绽开了艳丽的花朵，从此你再也不愿飞去，我再也不敢荒废，就与你一起共创出一幅幅美丽风景！”

我问她，当时是什么感觉？她脸一红，很小声地说：“当时没顾上细看，回去一读，心里还觉得挺甜蜜的。”之后有一天，宋小平给丈夫发了这么一条短信：“诗意我不太懂，但我懂得你的心。虽然很累，可不知道为什么，还是有点儿想你。”

多么甜蜜！一种让人羡慕、甚至妒忌的甜蜜和幸福！

而巨晓林记忆最深刻的是《回家过年》那首诗的“写作背景”。

这首诗后面标明是“2006年12月作于滦县八里桥”。滦县八里桥，也就是说，还是在迁曹线电气化铁路施工工地的时候。“2006年12月”，是他把诗歌修改和抄写在本子上的时间。而诗歌真正的写作时间却是巨晓林这一年春节回家的时候。年年春节回家，年年他们非常难过的就是“买票难”。我们几乎很难相信，像巨晓林、像王占利他们这些差不多修了一辈子铁路的人，给铁路插上“腾飞翅膀”的人，让中国铁路一次次提速的电气化铁路工人，他们想在自己流过汗水甚至泪水的铁路线上乘车回家，居然也会遭遇“一票难求”的尴尬。每次，他们几个陕西人结伴回家。这些年，他们修建的铁路几乎都不在陕西境内，没有从家门口经过。网六段的河北人多，大多是石家庄人或保定人、衡水人，对于他们来说，有京郑线、京沪线，离家的路程也相对短一些，这回在迁曹线施工，又是在河北省境内，春节回家相

巨晓林与妻子宋小平在老家合影

对也就方便得多，买不上火车票还可以坐长途汽车回家。可是巨晓林、王占利他们这些陕西籍的人就没这么幸运了。有时候他们排上两天队才能买到一张车票，有时候还只能买到站票，一站站十多个小时甚至更长时间。单位规定春节和节假日期间是双倍工资，春节假期一般是二十多天，如果这二十多天里留在工地加班，可以赚到比平时多一倍的钱。不用说，这笔钱对巨晓林和王占利这样的家庭该多么具有吸引力。但即使这样，回家，他们还是想要回家！

这样，他们也就汇入了每年春节回家过年的人流中。

从20世纪80年代开始的“民工潮”，带来了每年春节中国大地上的一次人口“大迁徙”——民工们要回家过年。

所谓民工，就是“农民工”。

在这个时候，穿着蓝色工作服，背上印着“中国中铁电气化局”字样的巨晓林和他的工友们，挤在火车站售票大厅人头攒动的人流中，挤在潮水一般的人群中，他们也和周围所有那些农民工们一模一样，脸上挂满了焦灼和渴望。每次春节回家车票都难买，而最难买的这次，就发生在迁曹线。他们早上从工地出发，下午赶到了火车站，整整排了一下午队，接着又排一夜。排队排到第二天早上天亮的时候，一个消息传来，说是当天没票，第二天也没票，要过三天才有票。巨晓林、王占利他们三个人傻眼了。这消息在当时他们听来简直就是晴天霹雳。三天！他们要在火车站熬过三天三夜！这还不算痛苦，最痛苦的，就是在这三百六十五天中的三百四十多天的思念中又增加了三天，而和父母妻儿相聚的日子又少了三天！

他们觉得无法忍受。

家人在望穿秋水，他们也在望穿秋水。

他们能求助于谁？万般无奈之下巨晓林拨通了他们“常队”的电话。“常队”就是第一作业队队长常亚军。在春运期间这种非常时候，一个工程作业队的队长能有什么办法？常亚军唯一能为他们做的，就是帮他们找到了一个票贩子，这个票贩子说，一张票加50元，而且还是“站票”。站票的票价是150元，也就是说，他们得多出票价本身三分之一的钱才能拿到这张票。这的确有点儿太狠。可是票贩子要他们赶紧决定，说这样的票也会在眨眼间被人抢光！

三个人到一边商量，结果三人一致同意：就是买这“黄牛票”也要回家！

他们又在火车站熬过一夜。

第二天，千辛万苦，他们踏上了回家的路。席地坐在火车车厢的过道上，挤在再也不能更拥挤的人群中，在要上厕所、要上车下车、来来往往的人们的吆来喝去中，在各种气味的交织混合与各种声音的嘈杂吵闹中，在火车车轮碾出的巨大轰隆声和剧烈颠簸中，巨晓林的鼻子有些发酸。他思绪万千，一行行诗，如同打开了闸门的潮水汹涌而出……他赶紧从口袋里掏出随身带着的小本本，伏在膝上写下了这首《回家过年》：

那么，那么遥远的路途，
那么，那么拥挤的人流，
那么，那么短暂的假期，
那么，那么贵又难买的车票，
还有，还有那么诱人的值班政策，
可是，可是我还是要回家，回家，回家……
回家，看看养育牵挂我的父母，
回家，亲亲贤惠操劳的妻子，
回家，抱抱学习成长的孩子，
回家，走走长时间没见的亲戚朋友，
还有，还有回家溜溜家乡的田间地头，

巨晓林的漫画：新年好

树林池塘……

把我的爱撒下，

让她陪着春天开花，秋天结果，岁月焕然！

而2006年这次过年回家，对于巨晓林来说还有一个特别的意义，这就是在他长达十九年默默无闻的奉献之后，第一次被公司评选为“经济技术创新标兵”，受到公司隆重表彰。在公司的表彰会上，有人看到，巨晓林胸前戴着一朵很大的大红花，脸被红花映得红红的。站在主席台上，别的“标兵”都站得直直的，只有他低下头来，像是爱抚一个婴儿一样，用手轻轻地抚摸着那朵花。当时，旁边一个朋友跟他开玩笑说：“巨师傅，你结婚都没戴过这么大的花吧？”巨晓林只笑不答，笑容极其灿烂！而这个观察到这一幕、此后又久久不忘的人，不是别人，正是公司的宣传部部长李朝臻。李朝臻说，他当时真该把它拍下来！也就在这一年的农历腊月二十八，在经历过买“黄牛票”等事的折磨后，巨晓林怀揣着大红证书，终于风尘仆仆、高高兴兴地从工地赶回了家。

他想了一路，迫不及待地想和妻子宋小平一起分享属于他们俩的、这来之不易的荣誉。他最想对她说的就是那句话：军功章上有我的一半也有你的一半。可是，推开家门，居然只有母亲一个人在家。

“小平呢？”他问。

母亲说：“小平生病住院了……”

“住院？怎么不给我说？”

巨晓林撒腿就往车站跑。

他知道事情不好。他的媳妇他知道，这个宋小平像是铁打的一个坚强、刚强的女人，不到病得十分严重她是坚决不会去医院的。到了县医院，眼前的一幕让他鼻子一酸，差点儿掉下泪来。此时，妻子宋小平正静静地躺在病床上打着吊针，正在上高中的女儿手捧课本，歪在床头睡着了。巨晓林埋怨妻子为什么不早点儿告诉他，女儿撇着嘴说："给你说你也不可能回来！"这是真话。不单是巨晓林，在电气化铁路施工人员中，没有谁能够在妻子或家人生病住院的时候请假回家。

巨晓林无言以对。

沉默了半天，他说："那……至少给打个电话吧？"

女儿说："想打，妈妈不让给你打电话，说你经常高空作业，怕你干活分心发生危险。"巨晓林望着妻子憔悴的脸，心里感到非常的自责和难过。

九

在这种聚少离多的漫长岁月里，让巨晓林感觉最为幸福的时光，是建设京沪高铁期间在江苏常州的那段难得的团圆日子。2011年春节，正值京沪高铁施工最紧张和最繁忙的时期，工程一天也不能停，进度一点儿也不能缓慢下来，他们必须为中国这条迄今为止最伟大的高速铁路争分夺秒，争取黄金一般的宝贵时间。这样说没错，中国电气化铁路的建设者们可以为一条铁路的顺利开通做出自己的贡献和牺牲，而且，他们从来都是如此，从来都是以国家利益为重，以国家铁路建设的大局为重。比如，他们会经常牺牲掉自己的飞机票。网六段总支书记朱凯给我讲过他们"打飞的"回家的故事。

"打飞的"？

他们居然阔气到了这种地步，可以把飞机当作出租车来"打"！

朱凯笑了，他解释说，那个时候京沪高铁施工一直非常紧张，回家探一次亲机会难得，时间很仓促。如果坐火车或其他交通工具，等于把时间都浪费在路上了，非常不划算。后来，他们工友中有人发现了"红眼航班"的一个秘密。这种航班，往往提前一两个月可以预订到“超低价格”的机票，最便宜的才9块钱，稍微贵一点儿的也才190元。这是从上海虹桥机场起飞到石家庄机场的“红眼航班”。当发现这个秘密的时候，他们乐坏了，这可比打出租车甚至比乘坐其他任何交通工具都要便宜呀！大家纷纷上网抢购这种机票，有时候真就抢到手了，美滋滋地等着享受“打飞的”的特等待遇。可是，这种美好的愿望常常泡汤。因为临时会接到通知，说工程紧张不放假了。遇到这种情况，他们也只能叹息一声，把好不容易抢到手的机票作废，然后很痛心地给家里人打个电话：不能回家了。

他们随时都会被取消假期，这似乎早已习以为常了。然而，这次不同。

这次，是一年一度的春节。

天南海北的中国人都要在这一天赶回家和家人团圆，年夜饭更是一年一度最大的期盼。没有了春节的阖家团圆，没有了年夜饭，会让人在这一年中的任何时候想起来心里都感到失落和难过，自然会影响大家的情绪。网六段的领导思来想去，感觉员工的幸福感和京沪高铁的建设一样重要，于是他们做出了中国电气化铁路建设史上从来没有过的一个创新之举：员工们回不了家，那就让家属们来铁路施工工地过年！

这叫“反探亲”。

这是他们创造的一个专有名词。

2011年春节，宋小平来到了工地上。这是她二十四年来第一次以一个普通电气化铁路工人妻子的身份，见证和体验了丈夫的施工生活。正值寒冬腊月，一年中常州最冷的时候，常州的冬天空气湿润，但气候阴冷。陕西的冬天，陕西人说是“干冷”，是刀子割在皮肤上的一种感觉。而这里冬天的冷，是一种很潮湿的冷，是“湿冷”，北方人会觉得这种冷更让人喘不过气来。但能和丈夫一起在这里共度新春佳节，所有的家属都非常兴奋。网六段一队为家属们包了一个普通旅馆，一家一户地安顿了下来。然而这个春节，一队所有员工的全部春节假期只有一天——大年三十下午和大年初一上午。而这顿年夜饭，也许是他们所有的人这一生一世都无法忘记的。大年三十晚上，队长李彦良在当地一家饭馆里宴请全体员工和来队探亲的家属，一共四五十人满满地坐了四五桌。酒菜不算高档，但这顿饭，这个大家庭吃得其乐融融。队长李彦良一次次高举酒杯，一次次感谢家属们这么多年对铁路电气化事业的理解和支持，他说："这支队伍是一支铁军，一支特别能打硬仗的队伍，可是，如果没有我们电气化铁路所有员工家属的支持和理解，想一想，整天在高空作业的接触网施工者，心思稍不集中就会出现重大的事故！只有你们能安定我们的军心，能让我们的员工无后顾之忧，谢谢你们，真的谢谢你们！"

李彦良眼睛湿润了。

所有人的眼睛都湿润了。

或许是精神力量的作用，第二天大年初一，早上吃过一顿饺子后，第一作业队的全体人马整整齐齐集合上了工地。家属们站在门口，像送别上战场的战士一样，目送着他们迎着凛冽的寒风，踏上专门接送他们上下班的电力车。春节期间，大风一直刮个不停，高空作业的他们感觉风比在地面上还要大，工作起来也更加艰难和辛苦，然而，因为有家属在身边，心情就不一样。对于巨晓林来说，在施工工地上能和妻子宋小平每天相见，那就和在天堂里过日子一样。何况，因为他吃不惯米饭，两人买了电磁炉、案板和锅碗瓢盆，妻子专门给他开起了"小灶"。在寒风中冻了一天，回到这个幸福的小窝，妻子给他端上可口的饭菜，香喷喷的岐山臊子面，还有他爱吃的各种面食……这是他二十多年长年野外生活中难得的享受，有妻子，有岐山的面食，就好像把家乡搬到了常州。这种甜美的生活随着春节假期的结束而结束了，终于到了分别的那一天。临行前，宋小平留恋地说，我做饭的这些东西一样都不要丢啊，留着，明年我还来这里给你做饭。

而对巨晓林来说，这段生活还有着一个特殊意义，这就是他说的："两个'家'合在了一起。"当他说这句话的时候，我发现，他笑得格外甜蜜。不用说我也知道，他说的其中的一个"家"，就是他全心全意钟爱着的企业。爱自己的企业和工友，就像爱自己的家乡和亲人一样，这对巨晓林来说，的确是"二位一体"的一个整体。当他只能拥有其中一个"家"时，他强烈思念着另外一个"家"——在施工工地，他想念家乡和亲人；而在家里，他又想念工地和工友们。巨晓林常常是在心疼媳妇和牵挂工作之间痛苦辗转。那年在黄山施工，农忙时赶回了家里，家里的地和弟弟家里的地，加起来将近二十亩，宋小平一个人忙不过来。可是，他还没帮着家里干几天活儿，工程上的事情又召唤他回去。走的时候，宋小平难免会有几句怨言，说他："农药还没打你就走了！"

这句话像针刺一样刺痛着巨晓林。

巨晓林心里难过，回来在本子上写道："在家的时候，黄山下雨；从家来到这里，家里下雨。"我问巨晓林，"下雨"是什么意思？他不好意思地笑，说："就是相思的意思。"相思，就是"回到家思念工地，回到工地又思念家"。

巨晓林这一生注定要被这两种感情所撕扯。

我问他："你说的企业这个'家'，除了你的心在这里以外，难道还有什么东西会让你那么挂心——让你和亲人在一起时，还会念念不忘、牵肠挂肚？”

他说：“四个箱子，我写的资料、手稿、荣誉都在箱子和书柜里。”

他这样的回答，让我马上理解了他和企业之间，除了无形的东西——感情和爱作为纽带以外，还有有形的东西——他的手稿、他的技术创新成果。这些耗费了他无数心血、随着岁月的流逝而越积越多的手稿、资料和书籍，这些伴随着他转战南北的所有他珍爱的“家当”，正是让他离开它们就没有办法不去想念和思念的东西。

这些，才是他魂牵梦萦的东西。

第六章 ◎是金子总会发光

一

一个人一生命运的转折点，也许就发生在人生的低谷时期、人生最困难的时候。当你心灰意懒的时候，当你万念俱灰的时候，当你感觉自己此前所有的努力都要付诸东流的时候，当你对前途、对事业、对未来几乎丧失了希望的时候，当沮丧、失望、失意甚至绝望的情绪充满了你的心房、你都快要无法面对的时候……这个时候，假如你放弃了，你可能真的会永远失去——失去哪怕是万分之一的成功的机会；但是这个时候，假如你坚持下去，你可能真的就得到了——得到那也许是你一生中唯一的一次成功的机会。可是，你一定要记住，在这种失去和得到之间，看似“一念之差”，实际上却绝对不会是“一念之差”。

它一定是你全部精神世界的一次“大起底”。

它一定是你内心世界的一次总曝光。

当你在取舍之间做出决定的一瞬间，其实已经决定了你未来的走向。因此，不要说巨晓林的成功是一个偶然，可能有偶然的因素，但一定有必然的原因。也不要说为什么单单巨晓林会在中国几亿农民工中脱颖而出，而不是其他人呢？因为，你所不知道、不了解的巨晓林，有着一个无比丰富和强大的内心世界。

2002年的冬天，当时世界上最长的一条高寒地区电气化铁路哈大线通车，在欢庆哈大线全线通车的锣鼓鞭炮声中，随着火车汽笛的一声长鸣，巨晓林和他的许多工友们却迎来了他们生命中最痛苦的时刻——他们被解雇回家了。当工长向大家宣布这个消息的时候，大家虽然并不意外，但却相当难过，所有人的眼睛里瞬间溢满了泪水……多么不容易啊，哈大线的诞生是多么不容易啊！在哈大线施工的每一天、每一时、每一刻，似乎都是对人的生存能力和生命极限的一种挑战。从1997年冬到2002年冬，长达五年的时间，他们和这条铁路朝夕相处，他们的生命也似乎和这条铁路融合到了一起，似乎已经和这条铁路同呼吸共命运了！这条铁路，就像他们的亲人和他们亲手养育的一个可爱的孩子，可是突然间，所有这一切都结束了。他们和这条铁路，还有他们的企业，突然间都没有关系了。他们要离开铁路，离开中铁电气化集团，离开公司和网三段。

他们被解雇回家了！

对于巨晓林来说，留在这条铁路上的，有他的父亲的身影。哈大线接触网施工期间，父亲突患脑溢血瘫痪在床上，三年病榻，他总共只回去了三次，而最后一次，为了哈大线的工程质量，他拖着沉重的脚步在风雪中返回工地，因此而失去了见父亲最后一面的机会。从来有泪不轻弹的男儿巨晓林，那次坐在火车上泪如雨下。还是哈大线，在零下二三十摄氏度的低温下，赵荣有看见了无边的风雪原野上挂在半空中高空作业的巨晓林，整个成了一个“冰人”，让即使是铁石心肠的人也会感动得落泪……这些情景还历历在目。哈大线，让从小苦孩子出身的王占利都忍受不了那样的痛、吃不了那样的苦，从而说出一句如此经典的话："我拿不动这个钱了！"其实，对巨晓林、王占利他们来说，还不仅仅是哈大线，他们的记忆中还有北同蒲线、京郑线、鹰厦线、大秦铁路二期工程，等等。巨晓林从1987年穿上电气化铁路工人那身蓝色工装，到这个时候，已经过去了整整十五年，他也从一个24岁的年轻人变成了39岁的中年人——他这是把他一生中最美好的青春年华献给了共和国的电气化铁路事业。

我曾经注意过巨晓林的手。

巨晓林的这双手是我从来没有见过的一双非常特别的手。手掌不大，但厚度，我敢说在我的记者和作家生涯中采访过和接触过的劳动者中，这双手掌的厚度是绝无仅有的。把人的手比喻成熊掌，想来我们大家并不陌生，但真正的熊掌，其厚度却是人的手掌所难以企及的，巨晓林的手掌不敢说堪比熊掌，但却是我见过的手掌中最接近于熊掌的，会让你非常容易地联想到一双浑厚有力的熊掌。他的手指节也与众不同，每个手指的每段指节都像一枚饱满的红枣，鼓鼓的，几欲撑破一般。这样的一双手，如果不是太艰苦的劳动，如果不是长年累月地手握老虎钳或其他工具的话，是不可能磨炼出来的。可以说，当你仔细观察这双很不一般的手时，你甚至都可以听到他用扳手去扳某个铁家伙的时候发出的嘎吱嘎吱声。那是他与铁的较量，也是他与自身身体条件的较量。

我后来知道了他还有个雅号，叫"葫芦王"。

据说"葫芦王"的雅号，最早还是工长周永新送给他的。手扳葫芦是接触网施工中的一种特殊工具，同时也被视为接触网施工中的一件宝贝。它的关键部位是手扳葫芦的开关，落锚受力后，用紧线器和手扳葫芦配合，才能达到落锚的目的。如果开关稍有松动或不慎被磕碰，就会发生安全事故，必须有专人保管。收工时，一般都是两个人一起抬上车。巨晓林对于手扳葫芦非常爱惜，为防止磕碰，他不许别人随便动，也不顾钢丝绳上脏兮兮的油泥，总是亲自将重达30公斤的手扳葫芦背上车；到达住地，又小心翼翼地背进料库放好。不仅如此，巨晓林除了善于保管，他还特别擅长使用手扳葫芦。在接触网施工中，落锚柱在受力后，时常出现角钢下滑、锚柱倾斜、坠砣不到位等现象。传统的解决办法是先在锚柱上安装一个临时下锚角钢，打上临时拉线，将原承力索拆下挂在临时下锚角钢上。这是一个费时费力、令人头痛的活儿。巨晓林经过反反复复的试验，摸索出一套新的安装方法，凭着两根铁管、一个滑轮组、几个钢丝绳套子和一组手扳葫芦的配合使用，一组承锚角钢、导线坠砣和拉线锚柱很快就全部调整到设计标准，比传统的施工办法提高了三倍工效。一般来说，放线、下锚，得两个人换着紧。而有一回，工长周永新发现巨晓林居然可以一个人干完这一整套活儿，他兴奋地说道："你一个人可以紧，真是葫芦王了！"

从此，"葫芦王"的雅号就被工友们叫开了。

而当人们这样赞美巨晓林的时候，他们可能很少去想，这样一个重达30公斤的工具，就是一个壮汉恐怕也很难一个人使用自如。当巨晓林用手扳葫芦一个人干着两个人的活儿时，他实际上是在透支体力，挑战着自己身体的极限。我们不知道他付出了多大的意志和毅力，忍受着怎样的肉体折磨和痛苦，可是他异于常人的格外粗壮的胳膊和他同样异于常人的格外厚实的手掌，都在默默地向我们诉说着他日复一日、年复一年的负重劳动。我们也可以想象到，他像珍爱自己的心肝宝贝一样把30公斤重的油腻腻的手扳葫芦背上背下、背进背出，保护着它丝毫不受损，那是他像战士热爱和爱护着自己的枪一样，热爱和爱护着他们施工的宝贝工具。

一个不爱枪的战士不是一个好战士。

一个不爱自己生产工具的工人不是一个好工人。

巨晓林一定热爱他的岗位、他的工作、他的企业。否则，他不会如此热爱他的劳动工具，不会成为“葫芦王”。

面对被解雇的结局，“葫芦王”巨晓林怨恨他付出过这么多感情、这么多心血、这么多青春热血的企业吗？他没有。许多年以后，回忆起这段经历，他说，那个时候，中铁电气化局正式职工多而合同工少，比例大约是70%的正式工和30%的合同工。企业面临困难，正式职工都没发工资，单位骨干也只能上半个月的班发半个月的工资。所以，他心里再难过也只能离去。那么，当时他们的企业究竟面临着什么样的困难？

应当说，那是企业面临变革前的一次阵痛。

这次阵痛的时间前后持续了三年，从2000年到2003年。而它的实质，则是从计划经济走向市场经济所必须经历的一场变革，也是告别旧的经济体制前的一次痛苦的分娩。在享受了“皇帝女儿不愁嫁”的“铁老大”的好日子几十年以后，2000年下半年开始，拥有80万从业大军的铁道部所属中国铁路工程总公司、中国铁道建筑总公司等正式与铁道部“脱钩”，转属中央企业工委，实行自主经营。在这次战略性重组中，原铁道部电气化工程局随中国铁路工程总公司脱离铁道部，更名为中铁电气化局集团有限公司。走向市场后，就像与母亲相连的脐带突然被剪断，企业有了一段“新生儿期”的不适应，失去了来自国家的固定资金投入，失去了特殊的政策保护，尤其是，再也不是“独家生意”，有了竞争对手，行业竞争开始变得激烈和残酷起来。到了2002年的冬天，当哈大线电气化铁路接触网施工结束的时候，企业的这次战略重组尚未全部完成，新的工程项目没有承揽到手，旧的项目又已经干完，企业的资金链和工程链突然出现了断裂。这种情形，就像一个庞大的机器瞬间停止了运转。

那个时候，没有人能知道企业的前途。

巨晓林当然更不清楚。

尽管企业领导告诉他们说，企业的优势还在，企业的雄风不倒，尤其是企业多年储备的电气化铁路人才、技术、装备和管理优势，在走向市场后，电气化铁路施工技术优势依旧明显，市场占有优势依然强劲，困难是暂时的，前途是光明的，改革一定能使企业走上良性发展的快车道。可是，这在当时，对于那些含着泪要离开企业的人来说，只能是一张“空头支票”，能不能兑现，也都很难说。而对于巨晓林、王占利他们来说，更为残酷的现实处境就是：其一，他们是合同工，是农民工。当企业面临困难效益不好而需要裁员时，比起正式工，他们肯定首当其冲地被裁掉。其二，他们的谋生能力受到了限制。巨晓林也罢，王占利也罢，他们所有的技术才能都属于电气化铁路，属于接触网专业，这叫“专有技术”。这种技术和特长，不具有职业的普遍性。专业的独特性，使得他们离开了电气化铁路便一无所长，甚至不如一个泥瓦匠、一个卖糖人的小贩更有能力和本事养家糊口。

巨晓林很清楚，他回到家里以后就会面临这种困境。

然而临行前，巨晓林却很仔细地把他进入电气化局从事接触网工作这十多年来所有的日记本、笔记本以及有关电气化接触网方面的书籍整理到了自己的行李箱里。这可不是增加了一点儿行李，这几乎就是他全部的行李。巨晓林生活很简朴，他吃住在工地，春夏秋冬永远都是一身工作服，不喝酒，不抽烟，没有任何不良嗜好，也很少为自己多花哪怕一分钱。因此，当他整理行装的时候，工友们惊讶地发现，巨晓林除了那些他自学技术的书籍和他的笔记本、日记本以外，他个人的生活用品简直少得可怜！他令人惊讶地几乎没有个人的物质生活，令人惊讶地几乎完全是个生活的苦行僧……没有人问他，都这个时候了，你还要这些书本、笔记本干什么？还要把它们带回家干什么？和他熟悉的人都知道，不用问，也不用说，这些东西才是巨晓林真正的宝贝，是他十六年来全部心血的结晶和他青春岁月的全部记忆。

把这些东西一本一本放进行李箱的时候，巨晓林的心情极为复杂，他不知道此去会不会一去不复返，会不会从此就永远离开了他心爱的企业和他心爱的电气化铁路接触网事业。他的徒弟刘建喜，技校毕业生，当然也是正式工，同时还是他所在工班的工长，看师傅难受，边帮他整理行李边给他说了一句话："师傅，你先回，等有活儿了，就找你！给你发电报或打电话。"

巨晓林把这句话死死地记在了心里。虽然他也知道，这句话并不具有"法律效力"，他有可能回来，也有可能回不来。但是巨晓林知道，无论他回来还是回不来，有一个梦想他必须完成——他要著书立说。

不可思议，的确让人不可思议。一个只有高中文化程度，一个并不是接触网专业科班出身，一个连正式工都不算的、本人身份只是一个合同农民工的人，却想到要写一本书，一本关于接触网施工工艺工法的书！而且就在这个时候，在他即将含泪离别自己工作岗位的时候！

这就是巨晓林。

一个有理想有追求的人。

巨晓林写过一首诗《献给理想——我要这样》：

我要尽可能用眼睛、耳朵
从周围摄取一切美的、丑的东西
用脑子去思考一个个问号
用心血去创造一个个财富
用财富去富裕人民，富强祖国，富足世界

我还要用温暖去团结一切可以团结的人

共同去摄取，去思考，去创造

虽然他有可能永远离开那个工作岗位，但是，巨晓林相信，只要世界上还有铁路，只要世界上还有电气化铁路，只要电气化铁路的施工中还有接触网，那就一定会有人像他在过去的十六年里干过的一样，去干那些同样的活儿，出同样的力和流同样的汗。他早就有了一个心愿，但愿以后干接触网的工友们能够比他干得更好，同时比他少流一些汗，少吃一些苦，少走一些施工中的弯路。这就是巨晓林的心愿，这也是巨晓林的梦想。他一直想把自己在长年累月的接触网施工中探索出来的一些零零碎碎的施工经验和方法、技术发明和创新整理成一本书，书名他早就想好了，就叫《接触网施工好经验和好方法》。他想将这本书留给他所深爱的电气化铁路施工事业，以便将来的工友们，特别是年轻工友们能够尽快掌握和提高工作技能，标准、安全、高效地干好电气化铁路建设工作。至于这样做对他巨晓林本人有什么好处，他倒没去多想。功名和功利，对一个将要失业的农民工来说，还都谈不上。

平时，他想整理他的手稿，可总是没有时间。他心想，这次歇工回家不正是个很好的机会？行囊背上了肩，也和工友们一一做了告别，带着依依不舍的感情和满心满眼的泪水，巨晓林离别了冰天雪地的东北，踏上了回家的漫漫长途。火车一路走，他一路想，十六年了，这还是他第一次如此两手空空、如此心里空落落地回家。他突然感觉到，离开了企业，离开了电气化铁路接触网施工，他在这个世界上仿佛就变成了浮萍，没有了天，也没有了地，没有了来路，也没有了去路，没有了前程，也没有了归程，天地之间仿佛什么都没有了，真的有点儿像《红楼梦》里所说的，“落了片白茫茫大地真干净”……

不，不，巨晓林心想，人只有在失去的时候，才会倍感得到的珍贵。他现在才知道了，在过去的那些岁月里即使再辛苦，比起现在，那都是一种幸福。他清清楚楚地明白了，他离不开电气化铁路建设事业，离不开他的伙伴们、工友们，也离不开那样的生活。他想，也许只有赶紧把手稿整理出来，心里才会好受一些！

他盼望火车快点到站。

回家的第一天晚上，巨晓林把带回的所有笔记本和有关书籍统统拿了出来堆放在炕头，坐在炕头上开始一页一页地翻看起来。妻子宋小平坐在他身旁，边看着电视边和他有一句没一句地聊着天。要是在过去，巨晓林无论如何都会主动配合妻子聊天，这是做丈夫的他必尽的一个义务，也是一种乐趣。但这次不同。这天晚上，无论妻子宋小平说什么，他都心不在焉地"唔唔"两声，眼睛一直不离本子，全部心思都在那些笔记本上，还不时地想起什么在上面写写画画。这样过了一会儿，宋小平越来越气恼，火气也越来越大，最后生气地关了电视，歪过身子，倒在炕的一头，自个儿睡去了。巨晓林丝毫没有觉察出妻子生气了，他一直工作到深夜十二点多，实在太困了，连衣服都没有脱，便倒头昏昏沉沉睡去了。

这一睡，就睡到了第二天早晨八点多钟。

醒来，他第一件事情就是望向炕头。这一望不要紧，吓了他一大跳！昨天晚上还堆放得好好的一沓沓、一排排的书和本子全都不见了！不见了？怎么会不见了呢？他愣愣地想了一会儿，可能是妻子喜欢整洁，不愿意让他把书本堆在炕上，给他收拾起来了？他跳下炕就去找。可是，东找找，西找找，把几个屋子里可能放书本的地方都找遍了，竟没有找见。

宋小平坐在沙发上缠毛线，见他找得不亦乐乎，也不理不睬。

他问她："我的书和本子呢？昨晚还放在这儿好好的，咋就不见了？”

宋小平不吭声。

他有点儿失魂落魄了，再找一圈，还是没有！

他再次问妻子：“你见没见我的本子和书？要是你收拾起来了，就还给我！”

这次，不等他话音落下，宋小平从沙发上“腾”地一下子站起了身，扔下手中的毛线团，怒气冲冲地对他说道：“我把它烧了！都扔到炕洞里烧了！你要知道，这是你的家，不是你的工地！你在电气化干了整整十六年了，中途只回了五次家，加上过年，总共不到三个月。而且，每年春节放假，你都是迟迟回来，早早离去！晓林呐，你整个心思都扑在你的事业上，扑在电气化了，可到头来却让人家解雇！下岗回家了！”

宋小平说着说着，由怒转悲，呜呜咽咽哭了起来。

看着妻子伤心的样子，巨晓林也难过得说不出一句话。

“更可气的是，你还说什么‘心已经走了，身不得不随它而去’，既然你的心已经不在这个家里了，你还待在家里干什么？”

巨晓林这才知道妻子的火是从哪里来的。宋小平引用的那句话，是他昨天晚上在整理笔记的时候，想到曾经的热火朝天的工地，非常怀念那时候的工作生活而随手写在一本笔记本封面上的一句话。他有随手记下自己思路的习惯，没想到，正是这句话惹恼了妻子。可他，的确怀念那里的一切。

那是他的“家”。

他的另外一个同样重要的“家”。

他说：“小平，对不起，你可能不明白我的意思……”

宋小平哭道：“我明白！我怎么不明白？可你再爱它，人家还不把你给解雇回家了！你还总结什么经验、什么方法？你一个临时工，只要把钱挣回来就行了。管它什么事业好与不好，贡献那么多好方法，又不给你加钱！你是傻了呀，还是呆了呀，回来头一天就入了迷一样地写呀写呀，和我说话聊天的时间都没有。可你想着工作，工作想你了没有？你呀你呀，真让人难过……”

宋小平说着说着，扑进丈夫的怀里伤心地哭了起来。

巨晓林抱着妻子，抚摸着她的头发，心里的确非常酸楚。嘴里像吞了黄连，苦涩不堪，连一句安慰的话也说不出口……从那天开始，巨晓林再也不敢提他要整理手稿和写书的事了。妻子许多话说得也完全在理，没有人会在单位都把自己打发回家了还想着给单位总结什么施工经验、搞什么技术革新之类，这是人之常情。可是尽管如此，白天，他努力争着抢着干家务活儿，陪妻子聊天；到了晚上，躺在床上，听着身边妻子均匀的呼吸，他却翻来覆去，无论如何也睡不着。他发现，他还是放弃不了自己的那个梦想。这天深夜，他披衣下床，踱步到了院子里，在凛冽的寒风中，他仰望月朗星疏的夜空，一瞬间，一句句诗跳进了他的脑海里。他进屋伏案疾书：

梦

冬天里，
我把一个
最美妙，
最美妙的梦，
种在心田，
抚育着，抚育着，
希望它早点发芽，开花……

写完诗，他若有所思。他说的这个“最美妙的梦”，妻子能知道、能理解吗？这个“最美妙的梦”，就是他含蓄地表达的他未来的那样一本书，是他献给他所热爱的电气化铁路建设事业和他现在的以及未来的工友们的一本书。他把它种在了心田，希望它早点发芽、开花。如果他的这个梦想能够实现，他想，他就是这个世界上最幸福的人。他希望妻子能够看到自己的这首小诗，也了解他内心的渴望和他的梦想。平时，妻子宋小平最爱读他写的诗，那么，或许她读了他这首诗，还真会对他的态度有所转变呢！想到这里，巨晓林把写着诗的这页纸放在了家里最显眼的地方——沙发前的茶几上，再用一只杯子压在上面。

做完这些事情，他睡觉了。

一觉醒来，他发现妻子坐在他的身旁。他心里窃喜：“有门儿了。”

果然，宋小平见他醒了，脸上荡漾开了一汪笑容。这是从两人闹矛盾以来，她第一次“雨过天晴”露出的笑容。

巨晓林心里一阵轻松：看来，他的“计谋”起作用了。

宋小平笑着对丈夫说：“我把你的诗改了一下。”

说着递过来，巨晓林接过来一看，只见妻子把“冬”字改成了“春”字。

他一下子明白了妻子的意思，却故意问：“为什么？”

妻子说：“春天是发芽的季节，当然也是希望生长的季节。我想通了，你爱你的事业没有错，支持你！”说着，从沙发底下取出那些笔记本和书放在桌子上，有些不好意思地说：“前天早晨我起床，看到你穿着衣服，手里还拿着本子，睡得呼呼的，我的气就不打一处来。当时抱起炕上的书和本子就到后院炕洞里一本本地烧，心想，给你全烧了，看你还迷它不迷！”

巨晓林抚摸着他这些劫后余生的书和本子，有些后怕地问：“那你怎么……”

妻子告诉他说，当烧到第三本时，一张照片从笔记本里掉出来，是她和两个孩子的照片，那时候，女儿三岁半，儿子一岁。当时，她的心揪了一下，再也烧不下去了。“原来，你心里不但爱着你的事业，也爱着这个家。我呆呆地坐在那儿想了半天，你在家都这么忙，在外面一定很辛苦。可又一想，咱俩长年分居，好不容易在一起，多说说话聊聊天该多好啊，所以我就把你的书和本子又藏了起来。对不起，有两本已经烧了，你恨我吗？”

巨晓林满眼泪水，一下子把妻子揽进怀里，说：“有你理解我、支持我，就是没有这些书本，我也一定能写好！”

从这天以后，巨晓林大约用了两个多月时间，一边整理手稿，一边出去打些零工。所谓零工，也就是村子里或附近谁家盖房子了，他就去给人家打小工，和泥、供砖供瓦。这样的小工收入当然低廉。时光流逝，转眼间到了2002年底，再转眼间，冬去春来，又到了2003年的春天。

春天还真的是希望生长的季节。

这年4月的一天早晨，宋小平接完一个电话后，走出屋子，对在院子里干活儿的巨晓林幽默地说：“告诉你一个既高兴又不幸的消息。”

巨晓林见她这么说，心里倒紧张起来。

他问她：“什么消息叫既高兴又不幸呢？”

宋小平略带微笑地说：“高兴的是，你热爱的电气化三段打来电话，通知你4月23日到山西侯马集合上班，你可以去干你的事业了。‘心已经走了，身不得不随它而去’——这回好了，你心、身可以一起去了。”

巨晓林的心一阵狂跳，他问：“是谁打来的电话？”

“你的工长兼徒弟刘建喜。”

啊！果然如此。他该回去了！真该回去了！从去年冬天到今年春天，他日日盼夜夜盼、日思夜想的，不就等着听这一声召唤吗？不就盼望着，有一天，他能够重返战场重新披挂上阵吗？他眼睛里含着热泪，轻轻揽过妻子的肩膀，喃喃道：“太好了，真是太好了……”

妻子幽幽地说：“不幸的是，你我又要分开了。”

是的，他们将再次成为牛郎和织女。临走的那天晚上，妻子为他准备好了背包，特意告诉他说：“我把你的那些书本都装在你的大包里了，你可背好你的宝贝！”巨晓林望着妻子的笑脸，感慨地说：“你的支持和关怀才是我最大的宝贝！”

这里的“宝贝”当然指的是“财富”。

这话不错，宋小平对他的理解和支持才是他最大的精神动力。

二

巨晓林这次返回的地方是山西侯马，参加建设的项目是侯月线电气化铁路接触网改造。在经历了一段短暂的“歇工”以后，巨晓林的生活似乎又回到了从前，侯月线之后是山海关站接触网施工，再之后，又是哈大线接触网改造工程，再之后，是渝怀线、京沪线、迁曹线……仍旧像从前一样繁忙，也仍旧像从前一样马不停蹄地转战南北。有活儿干、有任务，说明企业的发展状况良好，事业兴旺发达。这当然让人非常高兴和满意。情况确实如此。中国中铁以及它下属的中铁电气化局集团，在经历了凤凰涅槃般的重生之后，经历了从计划经济到市场经济的重组转型的阵痛之后，大约从这时候起，还果真像他们的领导曾经预言的那样，企业走上了良性发展的快车道。随着中国铁路事业的发展，尤其是中国铁路六次大提速和中国高铁事业的发展，中国的电气化铁路迎来了一个前所未有的发展机遇和美好时期。到了2006年春，就如同快速长大的孩子再也穿不上从前的小衣服，中铁电气化局进行了一次大的人员和机构的扩充与调整。巨晓林从原来的中铁电气化局一处三段调整到了中铁电气化局集团一公司接触网六段。实际上，这次扩充和调整，一项重要内容就是专业分工更细和专业化程度更高。而让巨晓林感到非常高兴的是，和他同在网六段一队的有老朋友赵荣有，还有和他不但在一个队还在一个班组的老乡王占利。

巨晓林、赵荣有、王占利三个人相聚在迁曹线。

这一时期，可能是巨晓林这一生中最快乐的日子。他的创新成果日渐突出、日臻完善。他的人生也似乎进入了一个收获期，在长达二十年的默默无闻和默默奉献、长达二十年的任劳任怨和不求索取、长达二十年的不断进取和不断追求以后，上级开始发现和注意这块朴实无华的珠玉了。关于巨晓林的被发现，是一段长长的感人的故事。我相信，当你读完这段故事的时候，你会发现，这不仅仅是一个巨晓林从农民工成长为全国技能大师的个人故事，也是一个优秀团队的故事。你会想象到一根长长的链条，在这根链条上的每一个人都是一枚小小的珠玉，正是这些珠玉连缀到了一起，才成就了这个伟大时代的一个人的梦想、一个人的故事、一个普通人的中国梦……

关于迁曹线，关于曹妃甸，巨晓林有着太多美好的记忆。因此这一时期，也成为他诗歌创作和漫画创作最为丰盈的时期。

曹妃甸

你是一颗璀璨的明珠，
闪亮在渤海岸边，
也闪亮在我的心间，
于是，我也绽开美丽的梦想，
与你共同创建出一幅幅壮美的风景，
——曹妃甸经济开发区！

巨晓林的漫画：同一个梦

巨晓林的漫画：万众一心

从这首诗里，我们看到的是一个意气风发、踌躇满志的巨晓林。在这首诗里，他把曹妃甸的经济腾飞和自己的“美丽梦想”联系到了一起。从某种意义上来说，曹妃甸让他感受到了国家的梦想和他个人的梦想在此有了一种象征意义上的契合，一种暗喻，一种惊人的相似。曹妃甸有梦想要实现，巨晓林也有梦想要实现；当曹妃甸梦想成真的时候，巨晓林也将实现燃烧了他二十多年青春岁月的那个梦想——也就是妻子把“冬天”改为“春天”的那个“梦”。

这就是他要著书立说的梦。

当巨晓林他们在2006年3月来到迁曹线曹妃甸的时候，这里还是一片未开垦的处女地，一个中国渤海湾南端的荒芜岛屿。曹妃甸的得名，传说源于一段凄美动人的爱情故事。相传，大唐盛世的时候，唐太宗李世民东征路过此岛，因躲避风浪邂逅了当地渔女曹娴儿，两情相悦。后来，这名侠骨柔情的渔女为治疗唐太宗的眼疾勇闯险滩，捕捉海鳗，不幸身中蜇毒，不治而亡。唐太宗李世民感其一片痴情，追封曹娴儿为妃，并颁旨在岛上建祠塑像，赐名“曹妃殿”。曹妃甸由此而得名。名字的确很美。这样一个荒凉的地方却有这样一个美丽的名字，尤其是还和雄才大略的唐太宗李世民扯上了关系，让巨晓林和他的工友们印象颇为深刻。然而，那个时候，曹妃甸一点儿名气都没有，整个岛上除了传说中的那个“曹妃殿”以外，就是一个作为海上导航标志的灯楼。这个仅有16平方公里的带状小岛，那时候属于唐山市唐海县。而这个唐海县，如今的中国地图上已经查不出来。说它是个“县”极为勉强，因为它是一个特殊历史时期的特殊产物。它最早的历史可以追溯到“文化大革命”时期的1968年。那一年，经“河北省革命委员会”批准，国营柏各庄农场改名为柏各庄农垦区，行使县一级权力——一个农垦区享受县一级的行政权力。于是，1982年，国务院正式批准柏各庄农垦区改建制为唐海县，也就是一件顺理成章的事情。唐海县实行县管农场体制，同时仍保留“国营柏各庄农场”的名称。但这个唐海县的实际寿命却极为短暂，前后顶多二十年就寿终正寝了。2012年7月，国务院批准同意撤销唐海县，设立唐山市曹妃甸区。原先的唐海县成了曹妃甸区下属的一个镇——唐海镇。而原先那个名不见经传的小岛曹妃甸，摇身一变升格成了唐山市曹妃甸区，规格为副地级。

这样叙述有些复杂，但作为我们故事的背景却不得不说。

其实，我们只需记住这样几个概念即可。其一，唐海县是个曾经存在的地名，在迁曹线铁路建设期间其行政建制尚还存在，而那个时候，曹妃甸只是它管辖内的一个小岛。其二，这一地区从历史变迁来说，它曾经是河北省国营柏各庄农场或河北省柏各庄农垦区。也就是说，它早期是“围海造田”的产物。因此从性质上来说，它原本是一个以养殖或农垦为主的区域。正因为这样，当曹妃甸新区应运而生的时候，它的行政区划为下辖三个镇、十个农场、两个养殖场。这已经足以说明它的历史和现状。其三，从唐海县升格为副地级的曹妃甸区，说明曹妃甸地区的经济对河北省、环渤海地区乃至全国的经济社会发展具有的重要作用。在当时，曹妃甸经济开发区的建设，毫无疑问是河北省国家级沿海战略的核心。

搞清楚了这些，我们也就明白了他们当时的施工条件和生活条件。

一个原先只有一座灯塔和一个国有农场的荒凉小岛，如今要把它建设成为一个滨海新区、一个重要的经济开发区、一个临港工业区。而这一切的前提，自然是迁曹线铁路的建设。迁曹线铁路从一开工就注定是一场紧张的大会战。那个时候，眼看着2008年北京奥运会日益临近，首钢、北焦化等一些大型企业必须尽早迁移到曹妃甸工业区。

然而，多专业交叉施工和齐头并进的大会战，有时候会带来一些调度方面的失误。比如，当网六段一队全体人马已经开进了菱角山站接触网施工工地，才发现本该铺好的铁路线尚未铺通，大家一下子傻眼了。没有铁轨，怎么测量？怎么挖坑立杆？一般情况，接触网的施工都必须在铁轨铺通的条件下进行，而现在，没有铁轨，没有前提没有基础，干不成！干不了！他们一队这三十多号人就要窝工，干等着兄弟施工单位把铁轨铺好再干活儿。可这要等多久？

时任迁曹线电气化工程项目部常务副经理、如今的一公司总经理张立志，面对紧张的施工工期和复杂的施工环境，将目光投向了技术难题的破解和攻关上。在全线开展QC（即品质控制）活动，充分调动一线作业班组创新的积极性。

谁都知道迁曹线施工任务会越来越紧，耽误了今天，等于透支了后天，后边的施工就会越来越被动。所以，所有人都心急如焚。如何在铁路线不成型时也能确定接触网基坑的坐标位置，从根本上解决现场施工的这一难题呢？按说，这不是巨晓林该操心的事儿，这是一个需要单位领导组织技术科研人员进行技术攻关的课题和问题。说到底，是指挥中心协调的问题。可是，工友们已经习惯了“有问题找‘小巨人’”。

大家说：“‘小巨人’，看看你有没有办法？”

大伙儿焦灼的样子和期待的眼神让巨晓林感受到了前所未有的压力。他想，他必须解决这个卡脖子的难题，必须搬掉这个拦路虎。他们已经不是第一次遇到这个问题了，这种情况和这个问题是他们电气化铁路施工中经常会遇到的一个问题。每次遇到，都让工友们一筹莫展，最终影响到任务的完成和工程的进度。不行！这次他决心背水一战，一劳永逸地解决掉这个问题，为以后的施工扫清障碍！工友们看见，他们的“小巨人”那些日子走火入魔了。白天，他手上比比划划，口中念念叨叨；晚上从睡梦中惊醒，借着清冷的月光，跑到料库摆弄工具和测杆……几天下来，草稿纸堆满了床头。功夫不负有心人，在推翻了十几种方案后，巨晓林终于研究出了利用等腰三角形原理测量定位的“正线任意取点平移法”。用他研究出来的办法，在迁曹线还没铺设铁轨的情况下，他们就展开施工，提前挖坑立杆109根，抢回工期19天。

这个“正线任意取点平移法”又叫“基础坑位平移法”，彻底解决了在新修建一条铁路线的时候，在其他施工单位还没有铺设铁轨的情况下，电气化铁路的接触网施工可以提前介入，提前挖坑立杆的问题。而不必像从前一样，必须等到铁路的铁轨铺设完成以后，接触网的施工才可以进行。应当说，这不仅仅是工艺工法方面的创新和进步，准确地讲，这是颠覆了过去铁路建设的那种一成不变的模式。它让从前绝对不可以平行进行或次序颠倒的施工作业，如今可以平行进行、可以次序颠倒。这应当是一个革命性的进步。想想看，假如整条铁路线都能如此安排施工的话，施工速度、建设速度将会提高多少？而又将节约多少因“窝工”而造成的经济损失？在巨晓林之前，还没有人想到或解决这个问题，而巨晓林想到了，并且，他成功地解决了！

到了迁曹线东港站施工的时候，情况更加糟糕。这里，从前就是渤海的海域，是人工填海造田填出来的一片陆地。汽车开到这里，导航会不停地对你呼叫：“你已开入海中，你已开入海中……”听得你毛骨悚然。原来，地图上标着这里本来是大海，本来就应该是一片蔚蓝色的大海。导航并不知道人的伟力可以把大海变成陆地。但既然是人工填海造田的产物，它就不大可能是正常的陆地，开挖下部基坑时，麻烦就大了，一挖，是一块大石头！再挖，怎么还是一块大石头！这些大石头，其实就是当初人工填海时填进去的，这回好了，让巨晓林他们在接触网施工中真正遇到大麻烦了！

开挖基坑时，工长罗江宏安排两人为一组，新分来的大学生杨策给巨晓林当徒弟，当然也就和师傅巨晓林在一组。杨策挖基坑，辛辛苦苦挖到一半时，发现一块大石头。这石头挖出来肯定很费事，杨策就想干脆算了，他试探性地问巨晓林："师傅，跟您商量点儿小事儿。咱们别挖了，就差半米，石头留在坑里多省事儿啊。"

但话音未落，巨晓林脸都变了："不行！"

杨策不高兴，说："怎么不行？不就一块石头？"

巨晓林说："是一块石头，可你知道石头下面是什么？填海造田导致这里的地理环境和地质条件非常复杂，下面一层如果是软沙，必然会塌方，还是掏出来可靠。不然，地基都不牢，将来怎么跑火车？"

没有办法，徒弟杨策只好噘着嘴，和师傅巨晓林一起再往下挖。谁知道果然让巨晓林说中了，下面真是软沙，挖了不到半米，坑里面就塌方了。杨策这才心服口服。他想，如果不是师傅的坚持，很可能会给这条铁路留下一个安全隐患。这件事对杨策的教育意义十分深远。他庆幸自己刚一参加工作就遇到了这样一位堪称"技术导师"的师傅，遇到了这样一位责任心如此之强和对安全质量问题如此较真的师傅。杨策不久后成为网六段一队的安全质量监督员，也像他师傅一样对安全质量问题特别"较真"。

其实，正所谓千里之堤溃于蚁穴。一座耗资十几亿元的大桥建成通车后不多久即面临严重质量问题而"屡坏屡修、屡修屡坏"，其原因就是当初修建这座大桥时一个铆钉或一块水泥不过关，就是修建这座大桥的工人及工程技术人员缺乏对工程质量绝对不含糊、绝对不马虎、绝不允许有任何瑕疵和任何借口的负责精神，一句话，缺乏严肃认真、一丝不苟、精益求精的"工匠精神"。而缺乏"工匠精神"最终损害的必然是社会利益和国家利益。巨晓林不然。巨晓林以他强烈的责任心与主人翁精神绝对不会允许一点一滴工程上的瑕疵从他眼皮

巨晓林的漫画：安全重于泰山

下漏过，并且以这种无所不在的“工匠精神”感染教育和影响了许多人。杨策把他和师傅的这件事广为宣传，这之后他们所遇到的每一块石头绝对会清除干净而绝不给工程质量留下“隐患”……

杨策遇到的那块石头还不算大，一天，他们遇见了一个真正的“大家伙”。这块石头，面积比一个大方桌还要大，厚度也大约有一米多。以前遇到这么大的石头的时候，可能会用炸药去炸，然而，现在要想买来炸药雷管，非得折腾个十天半月还不一定能够批下来。所以，这个念头必须放弃。要是换个坑位呢？不行！不要说这个坑好不容易已经挖了两米多深，再挖一米左右就可大功告成，问题还在于，这么大的石头，在这样一片几乎到处都是人工填海填出来的区域，不会只遇到一两块。今天遇到一个换个坑位，明天遇到一个再换个坑位，如此下去，必然会影响到施工进度。所以，与其长痛，不如短痛，必须一劳永逸地解决这个问题。也就是说，必须下决心摸索出一套对付这类巨石的办法。工长罗江宏把全班人马招呼过来，二十多个人围绕着大石头想办法。

罗江宏说：“必须想办法把石头弄出来！”

大家在坑边看来看去，结果发现，难，实在太难！

由于紧靠海边，坑里已经浸了半坑海水，人没法儿站在坑里作业。开始有人说，抡大锤凿。这么大个儿的石头，人又使不上劲儿，结果只在石头上凿出了一些火星，大石纹丝不动。又有人说，那就用大绳往上拽。六个人一人拽上一个绳头，呼儿嗨哟！呼儿嗨哟！喊了半天号子，再看石头，仍旧没有任何想要松动的意思。对这大石头还真没办法了！这可怎么办？二十多个人整整折腾了一个上午，费了九牛二虎之力，一点儿进展都没有。到了中午吃饭的时候，大家像打了败仗的士兵，垂头丧气，愁眉苦脸，一筹莫展。

当然，这期间也有工友不停地问巨晓林：“看我们的‘小巨人’

有没有什么办法?”巨晓林不吭声，整整一个上午，他只看不说。工友们知道，他这是在用心琢磨。工友们着急上火，巨晓林也同样心急如焚，但他必须冷静地思考。这顿饭，巨晓林基本没有吃，像往常遇到棘手的问题和困难时一样，他拿着他的小本，独自一人在上面写写画画。

到了下午，巨晓林开口了。

他对工长罗江宏说：“不用拽了，咱用导链葫芦拉上来。”

“葫芦王”说用导链葫芦拉上来，工长忙问怎么操作。

巨晓林把自己画的示意图拿给工长看，大伙儿也都围拢了过来。

巨晓林说：“我们一般遇到大石头时需要用大绳绑住提上来，可是现在提不动。我的办法就是，你看，先用钢丝套子勒住石头，坑口横一根支起来的粗木杠子，然后用导链葫芦起吊到坑口，再然后七八个人一齐把它移到坑口边缘。做到这一步，下面的事情就好办了。”

罗江宏点头说：“好，那就试试。”

大伙儿全都围拢在基坑边，屏气凝神地看着眼前的一幕。“葫芦王”还真是名不虚传，就凭着一根横在坑口的粗木杠子和他手中的导链葫芦，随着一阵阵沉重的嘎吱嘎吱声，大石头果真松动了起来，接着，一点儿一点儿升空，一点儿一点儿升空……所有的人都捏了把汗，只见巨晓林如同怒目金刚一般，大瞪着两只眼睛，浑身青筋暴突，两只手臂稳稳地操作着手中的导链葫芦……成功了！巨大的石头被起吊到了坑口，大家一起用力把它移了出来。

战胜了这块大石头，工长和工友们都非常高兴。

罗江宏说：“走，今天得好好庆祝庆祝！”

全班二十多个人在食堂里喝了些啤酒，热热闹闹地吃了顿晚饭。当晚皓月当空，稍稍多喝了点啤酒的巨晓林吹着略带咸味的海风，看着身边这些朝夕相处的工友们一张张笑盈盈的脸，突然间，感觉昨日旧景恍若重现：那是一个下雨天，他第一次发明“附加线滑轮新挂法”以后，工长、工友们很高兴，当时工长霍立军刚好看到大桥下一个卖冰棍的，就把人家一箱冰棍全包了，还对大家说：“大家可要知道这是奖励巨晓林的。你要吃了这根冰棍，就要向巨晓林学习。”巨晓林自然也分到了一根冰棍。就是这根小小的冰棍，成为激励他不断进取的第一份奖品。从那时起，他的工作服口袋里永远多了一个小本子、一支笔和一把尺子，从大秦线到北郑线，从哈大线到如今的迁曹线，在他参加的这十几项国家重点铁路工程建设中，不管碰到什么施工上的难题，他都记下来，想办法改进。

时光荏苒，那根冰棍的味道仿佛还留存在舌尖上，怎么一晃就过去二十年了？不错，巨晓林觉得自己这二十年过得不错。有过付出，也有过收获；解决了不少施工中遇到的各种技术难题，也赢得了工友们的尊敬。“小巨人”　“葫芦王”，那都是大家赠给他的美称，就像“美猴王”之于孙悟空！他甚至感谢命运让他姓“巨”。自从在福建施工时在桥头遇见小书亭里的老先生，他拜了师，从此喜欢上了硬笔书法。后来，他在街上看到有人摆摊给人进行“签名设计”，他又迷上了这个。只要有点儿空闲，他就开始给自己的姓氏“巨”字进行设计，光这个设计的草稿就已经有了一厚沓……不错，真的不错，巨晓林对自己感到相当满意，日子如果就这样过下去，一直过到自己告老还乡的那一天，平平淡淡回到家乡岐山县祝家庄镇杜城村谢家坡，他感觉也相当不错，和妻子一起耕种家里那十多亩田地，真的也相当不错！

巨晓林脸上漾出了笑容。

旁边的徒弟杨策看着师傅脸上的这种笑容，知道他此时有点儿醉了。但不是酒醉，而是酒不醉人人自醉。师傅这是真的很高兴！

这个时候是2007年的冬天。

巨晓林的生命中正在发生着一件事。

这件事，在当时的巨晓林看来，包括当时的工长罗江宏看来，也包括后来的赵荣有看来，甚至包括最初发现巨晓林的人——当时网六段段长李红江和当时网六段党总支书记朱凯看来，或者巨晓林身边所有的工友们看来，都是一件再普通不过的事情。谁都没有想到，巨晓林后来会走得那么远，那么远，从迁曹线，从曹妃甸，一直走到了北京，走进了人民大会堂……

三

那是2006年5月的一天，在迁曹线滦县菱角山车站以南的一个变电所——六里桥变电所，巨晓林正带着徒弟在一个水泥杆下面接地线。天，下着毛毛细雨，给5月的曹妃甸平添了一丝温婉与柔情，空气清新，沁人心脾，花红柳绿，景色格外宜人。巨晓林干得专注，没有注意到有人在仔细地观看着他手上的动作。接完地线，巨晓林抬起头，这才发现段长李红江在蒙蒙细雨中一直注视着他。这是2006年3月中铁电气化局集团一公司机构改革后不久，也是网六段刚刚诞生不久，也是李红江到网六段当段长不久。他们并不熟悉。一来，李红江刚来不久；二来，在迁曹线施工，如同他们在所有铁路线接触网施工一样，往往战线拉得非常长，一拉就是一二百公里。人员分布在铁路沿线，平时大家认识和交往起来就比较困难，一同工作了好些年的人彼此不认识也是常事。李红江这次就是下来深入各班组调研和检查工作的，到了这里，偶然看见一个小个子工人正在从避雷器上接地线。李红江看得津津有味。人常说，内行看门道，外行看热闹。李红江是内行，他是电气化铁路专业科班出身。他发现，这个小个子工人动作娴熟，准确而利索，而更重要的是，他接地线的这种方法自己从来没有见过。

等巨晓林接完地线，李红江问：“你这方法，好像和别人不一样？”

李红江一看就像个知识分子型的技术干部，他中等个子，脸稍圆，鼻梁上架着副眼镜，人看上去也很和蔼。巨晓林一听他问的问题，就知道这位新段长是个懂技术的人。

巨晓林说：“我这是创新的方法。”

“创新？”李红江问，“怎么叫创新？”

巨晓林说：“我给这种方法起了个名字，叫‘地线直角并接法’。原来的方法是用一段钢筋两个并股线夹直接并接。我的方法是，在需并接的这段钢筋两头安装并股线夹处顺一个平面方向成个直角，与上、下钢筋并接。这样做的好处就是，工艺简单、美观，上、下杆时也不挂衣裳。”

巨晓林边说边比画，李红江听得直点头。

“你还有别的创新吗？”李红江很感兴趣。

巨晓林说：“有，多着呢……”

“在哪儿？”

“本子上。有的在本子上整理出来了，有的还没有整理出来……”

“大概有多少？”

巨晓林说：“没统计过，反正不少。”

“好，好，你能不能抓紧整理出来？”

巨晓林很高兴：“能行！”

这是第一次有人关心他的技术创新成果，巨晓林当然非常高兴。在这之前，他虽然也很珍视自己这些小小的发明创造，珍视这些在生产实践中不断对工艺工法的革新和创新，并且，他也曾经有过著书立说的梦想——2002年歇工在家的时候，他曾写过那首叫作《梦》的诗，之所以说是“梦”，是因为那是他的一个理想，一个梦想，他想写一本供工友们在施工时可以参考借鉴的书，把他用青春和汗水换来的这些经验奉献给他所热爱的电气化铁路事业和他的工友们。可是，在家歇工的日子还得打小工，他得养家糊口，不可能真的像个技术人员那样有专门的时间去做这件事。在家时虽然做了一些整理，但还只能算是草稿。回到工地以后，他也不可能静下心来专门做这件事。所以，一直到这个时候，虽说整理出了一部分，但那个“梦”也还只是种在他的心里……

再说李红江。

李红江那个时候对巨晓林也不了解，偶然发现了这件事情，如果他转过身就忘记了，也很正常。毕竟段上有那么多工作，迁曹线是国家重点工程，网六段也有几百号人，作为一个刚刚组建起来的团队，需要他操心和处理的事情真不少！但是，李红江是个有心人，他是个对事业有心、对人也有心的人。和巨晓林雨中见面的情景，他始终无法从脑海中抹去，巨晓林那憨厚的笑容，不知为什么，一下子就触碰到了他心里某个地方……后来，有人说李红江是发现巨晓林的“伯乐”，此话不假。

唐代大文豪韩愈在《马说》里说：“世有伯乐，然后有千里马。千里马常有，而伯乐不常有。”是说伯乐对于千里马的重要性。是伯乐，肯定就能慧眼识珠，巨晓林这块来自西周王朝龙兴之地周原，却又深埋多年的璞玉，能焕发出它本来的光彩吗？

见过段长李红江后没几天，滦县菱角山车站接触网施工工程就全部干完了，他们又移师滦南县。到了滦南县，才刚刚安排好了住处，徒弟杜志波来了。如果我们没有忘记的话，让时间倒退六年，2000年冬天哈大线那个大雪扑面的日子，巨晓林就是因为放心不下徒弟杜志波一个人处理刚刚浇筑的基坑，而耽误了赶回家的火车，没有见到父亲最后一面。杜志波事后非常难过。然而，师傅为事业尽职尽责的精神从此刻在了杜志波的心上。有师傅这样的榜样，杜志波成长很快，如今，他已经是网六段的办公室主任了。

杜志波说，是段长李红江派他来看看巨师傅本子上的那些方法。

有的工友围了过来："小杜，你是徒弟你还不知道？"

杜志波说，他还真没有完全搞清楚。巨晓林整天在本子上写写画画，二十年下来，日积月累，还真不知道有多少哩！

说话间，巨晓林抱过来了一些笔记本："我的方法，有些在这上边，有些还散乱地写着，别的本子上也有……"

杜志波翻看了一会儿，说："这么多！好，我回去就向李段汇报！"

李红江这是让杜志波摸底来了。杜志波回去怎么说，不知道。李红江听了以后说了些什么，不知道。然而第二天，杜志波就从几十里外的网六段段部赶了过来。这次，他带来了十六开的稿纸、笔、尺子等文具，说这是段长让给巨师傅送来的。这次杜志波来，还有一个任务，那就是李红江让以段上的名义通知巨晓林所在的班组，要给巨晓林整理他这些技术革新方法尽可能地创造一些条件。这是李红江的细心，当然，也是李红江的用心。还有，就是李红江在听了巨晓林的"故事"以后被深深地感动，他要设法为这位可敬的人创造一些条件。李红江究竟被什么感动了？后来，党总支书记朱凯才道出了个中缘由。原来，这个时候，李红江已经了解到了巨晓林在被窝里打着手电筒看书写东西，在被窝里打着手电筒进行他的那些发明创造的故事。因此，李红江又让用段上的钱给巨晓林买了个台灯，也派杜志波送了过去。

搬到滦南县以后，巨晓林他们班组住在一所曾经的乡村小学里，看样子小学早就从这里迁走了，这里成了当地村委会所在地。这时，除了工长罗江宏住在从前老师的一间宿舍里，其余二十多个人分住在三个教室里，巨晓林他们六个人住其中一个教室。大家是上下铺，那就只能把有了“光荣使命”的巨晓林安排到下铺，而且这个铺位刚好在教室的一个墙角。有了台灯，还没有桌子。因为从前是个小学校，好在还有一个破破烂烂的乒乓球台子，现在，把台子的一半抬过来，抬到墙角巨晓林的床前，这就算他有了自己的“办公桌”了。

巨晓林对这样的环境非常满意。

当晚，工长罗江宏在点名时宣布了一项规定：从即日起，早上点名，巨晓林除外；晚上其他人必须9点熄灯，巨晓林除外。另外，请大家尽可能保持安静，尽可能不去打扰巨晓林。这项规定一宣布，巨晓林在自己的班组里就享有了“特权”。那个时候，巨晓林是班组的小组长，也是罗江宏的助手和参谋。他们干的迁曹线那部分工程，这时已经进入接触网的调整阶段，相对来说，比开挖基坑和安装上下承力索等要轻松一些。巨晓林带领他们小组的人每天主要是装吊弦、安装定位导线等，到了晚上，由于拥有了“特权”，别人熄灯，他可以开着台灯，在教室角落的“乒乓球半边桌”上伏案工作……

这盏灯，经常会亮到半夜。

从春到夏，房间越来越闷热，他汗流浃背，还要忍受着蚊虫的叮咬……所有这些，对巨晓林都没有影响，他沉浸在他的快乐和幸福里。他把自己这么多年智力的结晶总结出来，一条一条地抄写并组织语言，一笔一笔地画着简图……世界上还有比这更幸福的事吗？工长罗江宏很关心他“著述”的进展，每天或早或晚都要过来看看。罗江宏比巨晓林小五岁，是衡水技校毕业生，而且，罗江宏的父亲是中国第一代铁路电气化人，从父辈那里，他也学到了很多经验和知识。巨晓林有了问题就和他一起讨论，有时候罗江宏还一边看一边提出一些修改意见。等到巨晓林完成他的整理工作，罗江宏也长长地松了口气。

罗江宏说：“好不容易！”

巨晓林两眼里充满了血丝，脸色也有些青黄，这是长达四五十天连续熬夜的结果。但他心里很高兴。他心想：真不知道将来能不能出书？如果能出书，工长罗江宏就是我这本书的第一个读者。想到可能会出书，也可能会作为资料印发给工友们，他就想到要写段说明文字，也就是“前言”。这天晚上，他又熬了个大半夜，终于把他这一生中的第一个“前言”写完了。他说：

> 《接触网施工经验和方法》是根据自己在接触网实际工作中，利用业余时间，对施工方法进行探索的一些零零碎碎的记录和回忆选编而成的，是二十年来一直苦苦追寻的梦，每一种方法都力求省力、快速、安全……

“二十年来一直苦苦追寻的梦”，当他写到这句话时，他的鼻子里有些酸涩。想到刚来的时候，在北同蒲线，在石家庄北站，自己什么都不懂，什么都看不明白，看着一张张犹如天书的施工图纸和一堆堆叫不上名字来的接触网零部件，他感到了莫大的困难和压力。是自己骨子里那股倔强劲儿、自尊心和好强心，是临行前父亲的殷殷叮咛：“咱农村人有个工作不容易，三儿，你可要好好干呐！”使自己一路走来。还有，更重要的是工友们对自己的不离不弃，使自己一路前行。工长周永新，师傅林鸿，技术员翟俊科……全都对自己像亲人一般，任何时候都耐心地给自己解释每一个技术上的问题。这就是中国中铁电气化局的一种集体作风和良好的风气。所有的人都亲如兄弟，不管你来自哪里，不管你是城里人还是农村人，不管你是正式工还是合同工、农民工，只要你勤奋学习、努力工作，你就是这个大家庭里受人尊重的好弟兄。巨晓林因此爱上了这个集体，爱上了这个“家”，舍不得这个集体，舍不得这个“家”。爱，产生了巨大的动力。从那时起，他每天拿个本子，师傅说什么，他就马上记下来，不懂就问，问师傅，问周永新。也从那个时候起，《钣金工艺》《机械制图》《电机学》《接触网》等专业书籍就陆续堆上他的床头，其中有一些是大学教科书。这些书，有些是自己买的，有些是师傅林鸿和工长周永新送给他的。送书给他，就是因为看他好学。他爱这些书本，视它们如珍宝，不管工作转移到哪儿，这些书都跟着他。一有时间，他就拿出来如饥似渴地汲取知识的营养……如今，二十年的风雨兼程快要收获果实了，二十年来一直苦苦追寻的这个“梦”可能就要变成现实。然而，没有这二十年的刻苦努力学习，没有这些知识的积累，没有这些理论素养，他的这些技术创新、工艺创新，所有这些工艺工法的革新和创新，都是不可能的。

知识就是力量，千真万确。

在巨晓林的笔记本、日记本上，随处可见这样的格言：

知识就是力量，技能就是本领，岗位就是舞台，努力就有希望！

干得好，才能受尊重。

有本事，就有地位。

知识越多，舞台越大。

看看别人的故事，想想自己的事情；学习他人的思想，鼓足自己的精神；活用人家的智慧，开发自己的头脑。

农民工应该做有知识的人，吃苦奉献的人，祖国建设不可缺少的人。

学就学精，干就干好，努力成为知识型新型工人！

后来有人惊叹地说，一个只有高中文化程度的人，竟然写出了填

巨晓林的漫画：人生

补电气化铁路施工培训空白的教科书！这里有一个误区，高中文化程度，当然不可能写出填补电气化铁路施工培训空白的教科书。巨晓林其实是用意志和毅力，用自我教育，完成了自己的高等教育以及更高级的专业技能教育。

四

巨晓林整理完从前很凌乱的手稿后，又开始用杜志波带给他的十六开纸誊抄一遍。这天，是他们在滦南县接触网工地放完附加线的一天。干完活儿，吃过饭，到了晚上，巨晓林又坐在他那张“办公桌”旁，拧亮了台灯，开始认认真真，如同一个小学生一般地用他练过的硬笔书法，一笔一画地誊抄他的《接触网施工经验和方法》——这是他给他的书起好的名字。这时，院子里响起汽车开进来的声音，不大工夫，杜志波来到了巨晓林的“教室宿舍”里。整个宿舍静悄悄的，只有一盏台灯，灯光映着巨晓林满头大汗的脸。此时，已经是夏天最热的时候了，七八月的天。工友们全都去了其他地方，而把这个空间留给了巨晓林。这是工友们响应工长罗江宏的号召，支持“小巨人”的实际行动。

杜志波来到房间就问了句：“‘小巨人’，完成得怎么样？”

杜志波知道师傅喜欢这个绰号，叫起来亲切。

巨晓林头也不抬：“快了，还有一两个。”

杜志波又问：“今晚能完成吗？”

巨晓林说：“可以！”

杜志波坐到了床沿，师徒两个，一个在抄写，一个在看已经抄写好的稿件。时间过去了半小时、一小时……杜志波也不催，他了解师傅的性格，催也没用。巨晓林是一定要达到精益求精，一个标点符号他都会非常较真，就像他在工程中所有的环节和细节一点儿都不马虎、一点儿瑕疵都不放过一样……

他的这种较真劲儿曾经搞得许多人非常头疼！例如他的徒弟杨策那次开挖基坑遇见一块大石头；再如他的另外一个徒弟刘进关于涂不涂电力脂……这些姑且不说。他还爱管“闲事”，管“闲事”还非常较真。这里所说的“闲事”，当然不可能是真正的闲事，而是涉及铁路工程质量的大事。巨晓林的目标是优质工程，为此，他经常对徒弟们说，既要掌握高精技术，更要有严肃、认真、负责任的工作态度，必须从一点一滴的小事做起，差一点也不行！

正因为此，他成了工程监理方和业主方眼中的宝贝，也成了外请单位或协建单位的眼中钉。在监理方和业主方看来，“巨晓林”这三个字就是免检品牌，巨晓林班组干的活儿从来不用返工。别人的精度在正负3厘米，他们能保持在正负1厘米内，而且效率还比别人高几倍。为此，在2010年中央媒体集体采访巨晓林的事迹时，记者们问到京沪铁路一位工程监理，这位监理深有感触地说：“如果全中国2.3亿农民工都能像巨师傅一样爱动脑子，粗活巧干，社会发展的脚步还会更快！”这是业主方。“打工方”却不一定认为这个倔倔的“小巨人”是个什么“好鸟”，他们有时候非常恼火。打工方就是乙方，就是一公司或网六段请的协建单位，或者叫承包方或外包企业，这个时候，一公司或网六段就成了业主方和监理方，必须负责工程的质量。在电气化铁路的建设中，电杆的基坑开挖更像是一个良心活儿，因为电杆的基坑是个金字塔型，口小，底盘大，底部的尺寸很难测量。有些协建队伍或外包企业为了抢进度，经常偷偷将最底层的面积“缩水”——少挖上一些。这叫“偷工减料”。问题是当大家都不较真时，这样的偷工减料或者缩水也就马虎过去了，大家皆大欢喜，只是给工程留下了隐患。前面说过，中国个别桥梁或高楼坍塌的原因就是缺乏认真与较真的“工匠精神”。巨晓林发现了这个隐患，他就绝不会放过。这个隐患来自两个方面：一方面是外包企业的偷工减料；而另一方面则是己方的技术人员嫌下到基坑里检查太麻烦，干脆不下基坑，即使是比较负责任的技术人员，下到基坑里去检查，也会因为用皮尺测量基坑尺寸时皮尺容易松弛，导致测量结果不准确。于是，巨晓林发明了一种垂直折尺，技术员不需要下到基坑里面，只要把测尺打开拉直，就可以知道尺寸是否达标。这样，检查效率也提高了好几倍。打工方的人因为再难以偷巧耍滑，很生气，经常偷偷地把尺子折断。巨晓林不生气，你折断他再做，如此反复，最后，外协人员彻底“投降”了。

这就是师傅巨晓林。

杜志波耐心等待。等到深夜，房间里其他五位工友都睡了，偌大的教室里响起此起彼伏的呼噜声，巨晓林这才把最终誊清的稿件交到了杜志波的手里。杜志波接过这一厚沓纸时，感觉师傅的眼睛里有一种极亮的光，像是叮咛，又像是期待，仿佛他交到他手里的不是稿件，而是他的一颗心。

杜志波说：“师傅放心，我一定好好地把它们交到李段手里。”

在巨晓林的注视下，杜志波小心地把这一沓稿件装进了自己的包里。巨晓林送他出去，在渤海边夏季的夜幕下，师徒两个默默地站了一小会儿。杜志波在钻进车里发动引擎之前，突然冲着巨晓林说了句：“师傅，我一定向咱李段给你申请稿费！”刚才在灯光下，杜志波发现师傅明显瘦了，比他两三个月以前见到的师傅瘦了一大圈，正是他白天坚持上工、晚上熬夜累成了这样，杜志波心有不忍。这次回去，只隔了一两天，杜志波又来了。这回，他果真带来了巨晓林的稿费：500元钱。杜志波说：“师傅，李段让我转告你，这是咱网六段给你的稿费。钱虽然不多，可这是奖励！”

巨晓林的眼睛笑成了两个弯月牙。

他很满意，从工长最早奖励他的一根冰棍到今天段长奖励他的

500元钱，他觉得自己总算一直在进步，单位和工友们也一直没有亏待过自己。工友们在旁边起哄：“请客！请客！”巨晓林笑眯着眼睛说：“没问题。”在这一片喧闹声中，杜志波又问道：“师傅，还有什么要写的没有？”

这意思巨晓林一听就明白，肯定是段上认为，他整理出来的那一部分还不够，需要他再增加一些内容。这倒也是，一项技术或工艺工法的革新和创新，当时要解决这个问题的时候，往往绞尽脑汁，很难很难，难到让你常常会感到山穷水尽，一筹莫展！可是，等到这些办法想出来以后，有些小窍门简直简单得就像捅破一层窗户纸一样容易，又如同“踏破铁鞋无觅处，得来全不费工夫”，别人用起来没觉得有多么了不起，而自己也好像没几句话就写完了。比如“放附加线滑轮新挂法”。再比如“安装下部固定绳临时悬吊法”，这个简称“SY绳索固定法”的技术创新，在哈大线施工最紧张的时候，解决了当时施工中的大难题，就连德国督导季马教授也竖起大拇指说：“OK！中国的这个小个子了不起！”可这么辉煌的战果，落到纸上也就那么一两百个字！

巨晓林有些苦恼。

这个时候，一直在旁边听着的工长罗江宏突然开口说：“这样吧，我看咱们干什么，你就写什么。”见巨晓林和杜志波还有点儿不明白，他解释说：“你看迁曹线，我们一来就遇到了一个窝工的大问题，幸亏巨晓林想出了一个‘正线任意取点平移法’的办法，才解决了提前确定接触网基坑坐标位置的问题，这个办法还没写进去。而且，我看我们还会遇到不少问题，很快我们就到东港站去，你就从基坑开挖到架线完工，把工艺工法做一个记录。”

这个办法倒也不错，巨晓林和杜志波都点头表示赞同。

五

2007年夏天。

唐海县曹妃甸。

这天晚上吃过饭后，赵荣有一脸的不高兴，回到自己宿舍，他前脚进门，巨晓林后脚就来了。赵荣有说：“你倒是心急，都不让我喘口气？”巨晓林只是笑，把手稿放到了桌子上，像是做了什么对不起赵荣有的事似的，笑容里充满了歉意。的确，如果只是累自己，巨晓林从来不在意，但是现在这件事看来却必须要“连累”好友赵荣有了。还是因为他那本《接触网施工经验和方法》。网六段段长李红江把他的手稿上报给了一公司工程部，工程部技术员、如今的工程部部长李凤祥仔细阅读后发现巨晓林的叙述语言里面有许多陕西方言，巨晓林本人能看懂，可是别人未必能懂。李凤祥说：“我们能看明白了，别人才能看明白。”结果稿件被打回来了。这是一个不好的消息，但紧接着还有一个好消息。把手稿送回来的杜志波又告诉师傅说：“李凤祥说可能要出书！所以，师傅，你得把你的陕西方言好好整整！”

巨晓林什么困难都能克服，唯独这方言他克服不了。这方言的问题以后还会继续折磨他，只是这个时候他还不知道。这个时候，涉及的还只是书面语言的表达问题，他还可以，或者说领导还可以安排赵荣有来帮他的忙；等到以后当他必须面对成百上千人讲演，必须用口语表达的时候，“方言”变成了“口音”，那才是巨晓林真正的“麻烦”！后来，当我和巨晓林聊起他的口音问题的时候，他笑着幽了一默，说：“口音就是做梦都说的那话。”很有意思吧？他接着解释说，这不是他的话，是赵丽蓉和巩汉林在小品《如此包装》里的话。现在我们得先说说，为什么到了这个时候，2007年夏天，巨晓林和他的手稿受到了如此重视，并且“传言”说可能要出书了？

这件事和中铁电气化局集团这时候发生的变化有关。

在经历过变革的阵痛以后，到了2007年，中铁电气化局集团不仅在激烈的市场竞争中站稳了脚跟，而且迎来了它生命中一个最为辉煌的发展时期。这一年，集团公司新签合同额、营业额首次突破“双百亿”，企业的改革发展站在了一个新的起点上。伴随着铁路的快速发展，中铁电气化局集团公司在电气化铁路建设上也取得了辉煌业绩，建成开通了第一条单元重载电气化铁路——大秦线，第一条质量上台阶新线电气化铁路——宝中线，第一条高原电气化铁路——兰武线，第一条引进日本技术、采用AT供电与微机远动控制电气化铁路的电气化铁路——京秦线，第一条信号“四显示”电气化铁路——郑武铁路，第一条引进德国技术电气化铁路——哈大线，第一条时速160公里的准高速铁路——广深铁路，第一条被誉为“精品工程”的电气化铁路——南昆线，第一条独立设计承建的国外电气化铁路——伊朗德卡线，第一条以总承包模式建成的电气化铁路——京沪线，世界海拔最高的高原铁路——青藏铁路……这个时候，没有了生存危机，就可以考虑一下企业发展的后劲问题，抓一抓队伍建设的问题。这实际上就是要发展企业“软实力”的问题。有着抓队伍建设和带出一支铁军的优秀传统的中铁电气化局集团，从这年年初就酝酿着一件事情：他们需要新的榜样、新的典型。企业几十年发展的经验告诉他们，榜样的力量是无穷的，但榜样一定是某一特殊历史时期和时代的产物。

那么，这是一个什么样的历史时期？

他们又需要什么样的典型和榜样呢？

这是中国百年铁路建设史上的一个千载难逢的历史发展时期，一个里程碑式的时期。从1997年到2007年，中国铁路历时十年，实施了六次大提速。这六次铁路大提速，开启了中国高铁发展的恢宏大幕。

2005年7月，京津城际铁路破土动工，而在这一年就同时开工了11条高铁。这样一种发展速度，这样一种发展规模，是从前谁都不敢想象的！而随着中国铁路跻身于世界铁路发展的先进行列，随着高铁的快速发展，中国铁路建设队伍中的确需要大批高技能人才，需要强大的技术工人队伍、技师队伍，需要一批“大国工匠”。技术人才的严重缺乏，一线建设者技能与素质偏低，已经成为制约我国铁路发展，尤其是高铁建设和发展的主要问题。因此，中铁电气化局集团公司希望他们未来的典型和榜样，一定是新型的、知识型的、技术型的人才典型，是这个时代所需要的新型榜样。这年7月，中铁电气化局集团公司党委制订下发了《关于进一步加强先进典型宣传工作的决定》，要求努力形成各系统、各单项工作“推有先进、学有榜样、赶有目标”的工作局面，“争取推出一至两个在集团公司、全行业乃至全国叫得响的先进典型”，并对先进典型的发现、培养、选树、提炼总结、宣传五个方面进行了明确规定。

在这样的背景下，朱凯和李红江两人商量，得找一个跟巨晓林熟悉的人帮他修改。这次修改有两个目标：第一，稿件须图文并茂。第二，语言要书面化。书面化的问题就是要克服巨晓林原稿里的陕西方言。好了，网六段的党政一把手朱凯和李红江亲自把这个光荣而艰巨的任务交给了赵荣有。赵荣有具备两个条件：一来他和巨晓林关系很好；二来他是网六段一队的技术员。巨晓林本来就是他们一队的人，当然事情也就是一队的事。因此，让赵荣有做这件事，他们觉得于理于情都说得过去。

赵荣有碍于书记和段长的情面不能不答应，但心里却是一百个不愿意。他在老京沪线时受的伤——一条腿韧带严重拉伤，到这个时候还一直没有时间去医院治疗。现在迁曹线工程又这么紧张，作为一队的技术员，负责着全队的工程技术问题，每天忙得连气都喘不过来，跛着条腿，忍受着时隐时现、时好时坏的腿疼，在工程现场跑来跑去。李红江和朱凯交代，工程上的事情一点儿都不能耽误，帮巨晓林整理手稿只能放在晚上，地点也只能在他的宿舍。这就是说，这件事情必须全部在业余时间完成，没有一分钱的好处，完全是一项义务劳动。对赵荣有来说，“义务劳动”一点儿问题都没有，作为电气化铁路的建设者，他们一直实行的是半军事化管理，领导交代的任务一向都要无条件地完成。可是，迁曹线的施工到了此时，他们工程的主战场转移到了曹妃甸一带，自然条件的恶劣和施工条件、生活条件的艰苦，即使不额外增加任务，人也差不多已经到了忍耐和忍受的极限了！

前边说过，这里本是大海，是人工填海造田把它变成了陆地。除了以农垦和养殖为主的国营柏各庄农场以外，这里有的只是一座灯塔和传说中的“曹妃殿”，非常荒凉。这个时候，巨晓林他们住宿的地点是一个老旧的农场，四周荒无人烟，附近是一些养鱼养虾的水塘和一排排破旧的房子，到处散发着一股股浓烈的鱼腥味。原来，这里是一个季节性的鱼类加工厂，一年中大概只有某一个季节才会有人在这里加工鱼类，其余绝大多数时间里，这里见不到任何人的影子。

可怕的就是这里的风。

到了这里，所有的人才领教了什么叫海风和狂风。除了自重比较大的轿车和越野车，一般小轿车在这里行驶，会像失去了自重一般，忽忽悠悠，轻轻飘飘，似乎随时都会飘到空中去，开得你心惊胆战。你想想，这连车都能“忽悠”的大风刮跑个人又算得了什么？网六段的总工叫常立召，个子1.85米，体重却只有100斤左右，瘦高瘦高的，人称“马三立”。这位总工“马三立”在施工工地上有一个非常有趣的形象，一手拎一块坠砣，靠手里这两块坠砣增加的分量，他才能站稳脚跟而不至于被风刮走。海边尽是沙砾，大风一刮，飞沙走石，眼睛且不说，连吃饭都成了问题。吃饭时，一不小心就吃进了沙子，是风把沙子刮进了碗里。没有办法，大家吃饭的时候都一个动作：用大衣遮挡住风，把饭碗藏在大衣里吃。海风呼啸，一年一场风。这一场风，是说它从春刮到夏，从夏刮到冬，一年四季，这风，连停都不停。这从来都不停歇的大风已经够可怕了，可到了冬天，渤海边的寒冷虽然不比东北，却也让人欣赏到了另外一种冰海奇景。早上上工去的时候路过的一片海水，因为中午时分起风降温，风越来越大，天越来越冷，等到收工返回的时候，来时的那一片海水已经变成了一片冰面，前后相隔仅几个小时。这说明什么？说明气温的骤降。很多鱼都来不及逃生，就被“速冻”在了海水里。大海成为他们的冷冻箱，他们拿个钢钎到海里凿冰取鱼，倒也别有乐趣。还有更为夸张的“速冻”：起风了，海风卷起海水成为一道如墙的帘幕，高达数丈，甚是壮观，而在它们落下的瞬间，飞溅的水珠就成了冰沫，落下的海水也突然结成了冰。没有办法，许多鱼也就这样突然从活鱼变成了冻鱼。

这样奇特的气候，赵荣有和王占利说他们以前还从来没有见过。

夏天怎么样？夏天会不会好过点儿？一点儿也不好过。这里的夏天，除了大风刮得他们常总工得手拎两块坠砣才不至于被风刮跑，太阳也格外毒辣，人的皮肤只要暴露在外一小会儿，紫外线就会把人灼伤。那些日子，赵荣有每天要爬高上低搞测量，根本没有办法做皮肤防护，不管是强烈的紫外线还是刀割般的风，总之，赵荣有的脸上掉了一层皮，很疼，尤其是汗水一蜇，疼得钻心，恨不得把整个脸皮揭掉算了。

你说人在这样的环境里工作，已经很累很难受了，现在为了巨晓林“有可能要出的书”，甚至连晚上的时间也给剥夺了，赵荣有一想到这儿，气就不打一处来，可面对巨晓林满带歉意的笑脸，他又确实情面难却。赵荣有因为是队上的技术员，所以一人住了一间房子，房子同样破破烂烂，也同样有一股很难闻的鱼腥味，没有更好的环境，他们只能在这样的条件下讨论和修改巨晓林的草稿。人算是找对了，赵荣有和巨晓林朝夕相处了六七年，在这期间，他已经比较熟悉巨晓林的陕西方言，把陕西话转化为普通话，把口语表达转化为书面语，还有工艺上以及操作的合理性问题，两个人一边讨论，一边争论，有时候还相当激烈。就这样苦苦地干了一段时间，房间里的灯光也经常亮到半夜，最后总算完成了一稿别人能看懂的稿件。

这次稿件完成前后，发生了一件比较重要的事。

一公司副总经理毕志峰那个时候到网六段来调研，李红江把发现巨晓林的过程做了汇报。据说，毕志峰听了当时便眼前一亮，用现在一公司宣传部部长李朝臻的话来说，那就是“毕总注意这个人了”！当把赵荣有和巨晓林一起整理过的手稿报送到公司，毕志峰仔细看过以后，就派工程部的李凤祥前来具体指导。李凤祥认为手稿中还缺插图，巨晓林和赵荣有两个人又奋斗一番，把图补了上去。这还没有完。到了2008年夏天，赵荣有又接到任务，他还必须帮助巨晓林把手稿打印出来。一公司这回是真的要出书了，但不能再以“手稿”的面目示人，而必须是电子版。这样，就必须在电脑上进行处理了。可巨晓林一来没有电脑，网六段也不可能给他配备电脑——电脑属于固定资产投资，按规定只能给技术人员，比如说给赵荣有配备。二来巨晓林那时候还完全是个“电脑盲”，根本不会使用电脑。赵荣有这算是粘上“牛皮糖”了，必须帮着巨晓林把这件事进行到底。2008年7月，第一次打印稿出来，这也是巨晓林的手稿第一次变成了印刷稿。他很是兴奋，除了“巨晓林编”和“修改人赵荣有”的署名以外，在封面上还专门打上了一行字：“中国电气化铁道出版社”。当我采访的时候看到这行字，感到很奇怪：“怎么，还有这样一个出版社？我怎么没听说过？”

巨晓林笑道：“那就是这样写上的。”

原来，这是他自己杜撰出来的一个出版社！

2008年10月，由巨晓林编写的《接触网施工经验和方法》首次刊印下发。虽然它的封面上并没有如巨晓林所愿印上某个出版社的名称，而是醒目地题写着“中铁电气化局集团第一工程有限公司”，这表明，它还只是一个内部读物。然而，就是这本小书，后来却一石激起千层浪，从此开启了一个属于巨晓林的时代……

六

是金子总会发光。

是玫瑰花儿也总会散发出属于她的芬芳。

在默默耕耘了二十多年以后，随着巨晓林手稿的被发现和一本书的问世，巨晓林像被人们突然发现的一块瑰宝一样，散发出越来越耀眼的光芒。2006年他被网六段评为“经济技术创新个人标兵”。虽然在此之前他也曾经两度被当时的中铁电气化局三段评为“先进生产者”，但2006年底的这个“标兵”，其意义却全然不同。这回，巨晓林是“技术创新标兵”，是网六段段长李红江在调研队伍的时候发现的一个技术创新人才。于是巨晓林成为在改革开放的大背景下，中国铁路尤其是中国高铁发展的一个特殊历史时期，一个普通技术工人不懈奋斗和追求的典型；成为中铁电气化局集团在这个特殊历史时期需要一个模范人物或榜样人物激励人鼓舞人的时候，恰逢其时地出现在聚光灯下的一个典型人物。

巨晓林编写的《接触网施工经验和方法》

这就是巨晓林的生逢其时。

他遇到了一个最适合他成长的企业环境和社会环境。

2006年至2008年，巨晓林连续三年被一公司评为“经济技术创新标兵”——巨晓林从网六段走向了一公司。但这仅仅是他的开始。在2008年中铁电气化局集团一公司三届二次职代会上，包括巨晓林在内的20名农民工受到隆重表彰。公司领导亲自给他们戴上光荣花、披上绶带，把爱企立功竞赛荣誉证书发到他们手中。2009年，一公司三届三次职代会表彰了24名农民工，巨晓林再次获奖。公司打破常规，给予他们每人2000元奖励。这使他们感到企业是真正把自己当成了主人，自己在电气化局可以体面工作、建功立业。还在2007年的时候，就在中铁电气化局集团下发《关于进一步加强先进典型宣传工作的决定》的前后，巨晓林的名字第一次出现在中铁电气化局集团公司领导们的视线里。这一年，经过层层上报和选拔，中铁电气化局确定了巨晓林等为集团公司“十大先进典型”——巨晓林从一公司走向了电气化局集团。

从一公司走向电气化局集团，也还仅仅是巨晓林的开始。

序幕的开始是2007年12月16日的《科技日报》。是日，该报以《一纸书卷传后人——记中国中铁电气化局集团一公司接触网工巨晓林》为题登载了巨晓林的事迹，正式把巨晓林推向了全国媒体。

2008年10月，巨晓林被北京市总工会授予“知识型职工先进个人”称号。

巨晓林从中铁电气化局集团公司走向了北京市。

这还没完。

有一件事挺有意思，这就是发生在巨晓林和赵荣有之间的故事。

2008年8月初，在曹妃甸那个老旧农场那间充满了鱼腥味的房子里，赵荣有帮巨晓林在电脑上敲完书稿的最后一个字以后没过几天，他就回到石家庄为他拖了两年多的那条伤腿动手术去了。前边说过，手术后才两个多月，在队长常亚军的催促下，他又瘸着一条腿拄着双拐返回曹妃甸。他回来的时候是11月，曹妃甸的冬天。他回来后听到的第一个消息，就是他的好朋友巨晓林成了北京市的先进。赵荣有衷心地祝贺巨晓林。他以为巨晓林的荣誉到头了，因为在网六段在一公司历史上，恐怕还没有出过比北京市先进个人级别更高的先进人物。然而，也就在2009年初的一天，赵荣有像从前他初识巨晓林的时候一样，吃饭的时候端着个饭碗随意踱步到了巨晓林宿舍里，这回，他见巨晓林趴在网六段专门为他配备的一张桌子上写着什么。他探头去看，才发现巨晓林是在填一张表，公司要上报到集团公司的“全国五一劳动奖章”申报表！

赵荣有瞪圆了眼睛：“啊！你还想当全国劳模？”

赵荣有有点儿不相信，不相信从他和他的工友们当中会走出一个“全国劳模”！当然，“全国五一劳动奖章”和“全国劳动模范”是两个概念，前者是由全国总工会评选和授予的荣誉称号，后者则是由中共中央、国务院授予的荣誉称号。可在一般中国老百姓的心目中，这两个荣誉称号的获得者都是“全国劳模”。赵荣有也这样认为。

巨晓林当时恐怕也不会相信自己能当上“全国劳模”。

他嘿嘿笑着，还是他的“秦腔”：“领导让填……”

领导让填，他当然得填。至于填了以后会发生什么事情，巨晓林不会去想。这就是巨晓林的心理素质，填表以后他该干什么还干什么。赵荣有在这件事情还没有结果之前离开了一队，被调到了呼伦贝尔大草原的三队。在临行前的那个晚上，巨晓林送了赵荣有那首《祝福——送别赵荣有于曹妃甸》的诗。

也就在赵荣有和巨晓林分别在相隔数千里的渤海边与呼伦贝尔大草原的前后，另外一个即将和巨晓林发生密切关系的人出现了。这个人就是时任中国中铁电气化局一公司工会副主席的张世永。2008年5月，公司领导安排张世永深入迁曹线对巨晓林进行采访。关于这次采访，张世永后来说，对于他那是“一次心灵的洗礼”。当巨晓林二十年来写下的七十多本、数十万字的工作笔记摊开在人们面前时，没有人不为这位普通农民工这么多年来为了一个梦想而努力追求的执着的精神而感动。这些笔记本，有大有小，有红有绿，有塑料皮有纸皮，五花八门，写在里面的文字，画在上面的图画，整齐的字迹和潦草的字迹，钢笔、铅笔、圆珠笔笔迹，空白的地方画一个红脸蛋，画一株向日葵，随手写下一句格言、一句勉励自己的话……所有这些，让你看到了一个普通人内心世界、精神世界的丰富。

有人说，翻开巨晓林的七十多本或皱皱巴巴或陈旧泛黄的笔记本，仿佛打开了一座丰富的精神宝库。有人说，当这么多笔记本摊开在你面前的时候，当你翻看着上面二十多年岁月流逝的时候，就像是一个人赤裸的灵魂在对你说话。有人说，这七十多本笔记对人们的视觉就是一个冲击，它们在默默地诉说着一个平凡而伟大的普通人的内心世界，近乎完美地诠释了“平凡就是伟大”！

张世永对此深有感触。

在采访结束后，他这样记述自己对巨晓林的认识：

他仿佛是一粒微尘，二十多年默默无闻，不离不弃；他仿佛是一颗螺钉，认准的事情，就毫不动摇地坚持；他仿佛是一棵苍松，心甘情愿地把自己的一点绿荫奉献给社会。他是一个信念坚定、意志顽强的人；他是一个刻苦学习、苦练内功的人；他是一个爱岗敬业、争创一流的人；他是一个团结互助、乐于奉献的人……

此后，张世永熬了三夜，写出了长篇通讯《“五型职工”的优秀代表——巨晓林》。这“五型职工”就是：勤学苦练的知识型员工，巧干会干的创新型员工，恪尽职守的敬业型员工，心系企业的主人型员工，无私奉献的文明型员工。在张世永饱含感情的描述中，在这篇长达7600多字的文章中，一个知识型、具有“工匠精神”风范的创新型农民工形象跃然纸上。

2009年4月26日，《工人日报》在头版头条以《改写施工教科书的农民工》为题，发表长篇通讯，热情报道了中铁电气化局集团公司农民工巨晓林的先进事迹。

2009年4月，中华全国总工会授予巨晓林“全国五一劳动奖章”。

巨晓林成了全国“劳模”！

七

在获得“全国五一劳动奖章”之后，巨晓林又有两项重要荣誉：

2010年3月，巨晓林作为农民工的代表参加了中国中铁的职工代表大会。

2010年4月，北京市政府授予他“北京市劳动模范”。

这两项荣誉之所以重要，是因为中国有2.3亿农民工，中国中铁有180万农民工，巨晓林作为他们——改革开放以来中国新出现的一个重要社会阶层的代表，首次出席了中国中铁的职工代表大会。这不仅仅是一项政治荣誉，还是一项政治待遇。这项荣誉和待遇当然不仅仅是给予巨晓林本人的，还是给予他所代表的农民工阶层的。巨晓林由此成了一个重要社会阶层在一个重要社会行业——中国农民工在中国中铁的杰出代表人物。此其一。其二，北京市政府授予他的“北京市劳动模范”，让巨晓林又从行业先进人物成为首都北京市的模范人物，从行业走向地方。关于巨晓林怎么会成为北京市的劳模，我还颇费了一番脑筋，原来，巨晓林本人虽然不属于北京市户口，但他所在的单位——中国中铁、中铁电气化局集团公司乃至一公司，属于巨晓林的“三级政府”，其办公地点及“户籍”所在地均属于北京市。这样，巨晓林成为北京市的模范人物也就顺理成章。而在此之前，还有两件事情也应当记录下来。

2008年9月，巨晓林实现了多年的夙愿，光荣地加入了中国共产党。

2009年年初，因巨晓林的《接触网施工经验和方法》一书的出版，公司奖励了他3000元，公司工会又奖给他500元。这笔钱说起来虽然不多，却是他二十多年来获得的最大一笔“奖金”了。他很兴奋，他曾经对我说，这相当于他三个月的奖金。而他的兴奋则来源于他可以利用这笔钱实现他许久以来的一个心愿：买一台笔记本电脑。这台电脑让巨晓林从此可以用电脑来处理他的创造发明成果，进行他的漫画、诗歌创作，等等。为了尽快掌握这门“手艺”，巨晓林还特意拜一个年轻人为师，从学习打字开始，经常学习到深夜。

八

2010年5月，在巨晓林作为农民工的代表参加了中国中铁的职代会和北京市政府授予他“北京市劳动模范”后不久，发生了一件相当重要的事情。中央领导在介绍巨晓林先进事迹的新华社《国内动态清样》第1801期《改写施工教科书的农民工巨晓林》一文中做出重要批示：“农民工巨晓林刻苦自学，努力成为知识型新型工人，成为农民工的楷模，应大力宣传他的事迹。”

随着这一批示的贯彻落实，中宣部等部门的领导相继做出重要批示，将巨晓林确定为全国重大典型进行宣传。2010年5月31日，由中央多家媒体参加的巨晓林先进事迹采访活动在中国中铁电气化局集团会议大厅拉开序幕。当来自全国许多重要部门的领导们坐下来细细品味巨晓林的成长道路时，有人说，关键是中国中铁对农民工的一种感情和中国中铁的企业文化给巨晓林的成长提供了一片沃土。中国中铁一位领导这样总结“巨晓林这个典型产生的必然性”，他说：“中国中铁各成员企业在农民工问题上有一个比较高的思想认识，始终认为广大农民工兄弟是工人阶级的一部分，是我们的亲兄弟。广大的农民工兄弟，与现代大生产相联系和以工资为主要生活来源，是中国工人阶级的一部分。我们中国中铁的广大员工和各级领导同志，都深切地体会到我们的祖辈和父辈都曾经是农民，我们中国中铁的员工全是广大农民的后代，所以我们视农民工为兄弟，视农民工为工人阶级的一部分，这是我们一直坚持的一个思想认识。从生产建设的主体来看，我们广大农民工是中国中铁的生力军。中国中铁经过转换机制，深化改革，加强管理，已经改造成为一个管理密集型企业，现在有11万多管理技术人员，施工生产任务主要是靠广大农民工去完成的。”

视农民工为兄弟。

农民工兄弟是工人阶级的一部分。

农民工是中国中铁生产建设的一支生力军。

这些，就是在现代化大生产背景下重新评价农民工这样一个阶层的认识与感情问题。还不仅仅如此。后来，有人这样进一步总结和认识巨晓林及巨晓林现象。中宣部研究室主任胡孝汉说，巨晓林是改革开放三十多年来站在这个时代背景之下成长起来的先进典型，“他不仅是2.3亿农民工的代表，还是高技能人才的代表”。

中组部新闻办副主任宋健认为：“当前，我们国家的高尖端人才很短缺，但是更缺少的是高技能人才。”

中宣部《党建》杂志社总编辑刘汉俊说：“我们今天关注的是巨晓林，但更是对新的社会职业、新的角色、新的社会阶层的关注，是对一种现象、一种阶层文化的关注，是对一个国家、一个社会、一个民族的发展前途或者明天的关注。如果说2.3亿农民工都变成巨晓林，如果说9亿农民都变成巨晓林，大家想想，那会爆发出多大的能量！我们的国家、我们的民族将会发展到一个什么样的程度！当然，这是我们的理想，但是，这是我们努力的方向。”

2010年11月，时任中国中铁电气化局集团公司党委副书记、副总经理张建喜说：“知识型新型工人、农民工楷模巨晓林是中国中铁电气化局集团一公司的一位普通农民工，也是一名高技能人才；尽管他的身高只有1.6米，在工友们眼里他却是顶天立地的‘小巨人’。巨晓林23年如一日，干一行，爱一行，钻一行，精一行，在平凡的岗位上做出了不平凡的业绩。他的成功再次告诉我们一个道理：只要努力，人人都可以成才。”

……

一句话，巨晓林就是我们这个时代出现的一个普通人为实现梦想而竭尽所能努力奋斗的典型，是一个普通农民工把自己融入中国伟大高铁梦的典型，是一个普通人将自己的努力与奋斗契合到国家梦想、中华民族工业强国梦的典型。

九

巨晓林反复说，没有中国中铁的事业，没有中铁电气化局集团这片土壤和这个“家”，就没有他自己的今天。在我们一般人看来，这无非是一个人成名后的谦辞或者客套。然而我要说，朋友们，如果你这样想就错了。这不是谦辞，不是客套，这是肺腑之言，也是客观的事实。要理解这一点，我们甚至可以说句或许有些过头的话，那就是：如果你不了解中铁电气化人的独特生活方式和工作情景，你就永远无法理解巨晓林这个典型诞生的缘由。

实际上，巨晓林的成长里包含了这个行业和这个行业的各级组织以及这个行业众多人的心血与付出。在这次深入生活期间，在和他们的朝夕相处中，我发现，这是一支十分特殊的队伍，和我以前接触过的许多行业都不一样的一支队伍。中铁电气化局集团上上下下各个级别的领导和一线工人之间，其关系的融洽，是一种我叫作“无障碍融合的状态”。领导和工人之间，天然地没有距离，天然地没有隔阂，天然地打成一片，天然地亲密无间，天然地亲切友好，天然地水乳交融，天然地亲如手足……如果说什么叫反对官僚主义走群众路线，不脱离实际不脱离群众，和广大人民群众打成一片，我从前没有太多实际的感受，而这一次，在中国中铁电气化局集团，却深切地感受到了。不要说巨晓林这样一位普通农民工和他的工长、队长、段长、支部书记、总支书记之间根本不存在鸿沟，就是巨晓林和他们的公司经理、集团老总以及和他们的公司党委书记、集团党委书记之间，也同样亲近和亲切，这的确让人有些奇怪。

为什么？

当他们每个人如数家珍般眉飞色舞地、饱含感情和激情地和我谈起巨晓林以及巨晓林的那些光辉业绩的时候，我一直在想的就是这个问题。世界上没有无缘无故的爱。那么，究竟是什么感情让他们如此钟爱甚至偏爱巨晓林？我想，生活中的谜底一定要从个人的生活经历中去寻找。我问，他们回答。后来，我想我终于找到了答案。原来，他们每个人在走上领导岗位之前，都是普通电气化铁路员工中的一员，他们无一例外地都有过巨晓林的经历！

不说别的，他们几乎是清一色的“黄埔生”，全都是中铁电气化局集团衡水技校的毕业生。刘月森是衡水一期生，在他入学三年后的1978年，张建喜、李爱敏一起入学，学的都是牵引供电专业。也许和别的行业有所不同，电气化铁路专业的大中专技校毕业生几乎都要被分配到生产第一线，从最基层的工班干起。张建喜、李爱敏几个“同年”回忆起当年，他们的青春岁月是和一条他们修了四年的铁路——“丰沙大”联系在一起的。所谓丰沙大，就是从北京丰台到河北沙城再到山西大同的一条电气化铁路改建工程。每一条电气化铁路在建设期间的施工条件无不艰苦艰辛。沙城是风口，一年四季刮风，冬天住在帐篷里，前半夜篝火很旺，大家热得要死，后半夜火熄了又冻得要死。这还不算什么，更艰苦的是每天早晚的往返路程。那个时候，从怀来县沙城镇到官厅水库还不通公路，他们唯一的交通工具就是早晚来回坐两站火车去工地干活儿。早上一顿饭扛到晚上，饿，肯定很饿！老师傅们带中午饭，而他们年轻人懒，常常宁肯饿肚子也不给自己带上干粮。一次，张建喜和几个同伴晚上下班爬上了一列运煤的火车，没想到，这列火车在沙城站不停，居然把他们一下子拉到了七八十公里外的张家口，等折腾到半夜好不容易才回到住地，一个个不但满身满脸乌黑，而且又饿又累，浑身酸软……

那个时候，他们把青春的汗水洒在了这条铁路线上，至今还清楚地记得他们所建设的五站六区间铁路沿线上的一草一木。李爱敏回忆说，从沙城站到温泉乘降所区间十公里，他不知道走了多少遍，前几年有一次路过那里，他还特意去看了看留着他太多记忆的“旧战场”，结果惊喜地发现，当年他写在支柱腕臂上的编号如今还依然清晰可见，当年他住过的房子也还留有遗痕。李爱敏后来从班组技术员干起，一步步地干到了如今的集团公司总经理岗位。张建喜除了拥有“丰沙大”铁路建设那艰苦、峥嵘岁月的记忆外，他还拥有一个共青团员的记忆。那个时候，他们所在的工程队有一百多名青年工人，张建喜当了这一百多名年轻人的“头儿”——团委书记。工程队有块板报，之后段上还有份油印小报，办板报和刻蜡版，共青团员张建喜乐此不疲……

我们从中可以看到，他们的青春脚印和巨晓林、王占利以及赵荣有相互重叠。在他们为电气化铁路建设洒下汗水和奉献青春岁月的时候，在他们从最基层干起、一步步奋斗和成长为今天的电气化铁路企业领导者的时候，他们在精神上和感情上已经刻下了深深的烙印，脱下身上的西装革履，拿起工具，他们本身就是今天的巨晓林、今天的赵荣有。如此，我们也就不难明白，他们对巨晓林的理解何以如此深刻，对巨晓林的爱护和帮助何以如此热情，对巨晓林取得的成绩何以如此欣慰与欣喜！

张建喜曾这样对我们说：“晓林呐，有许多可贵的东西，首先就是他爱这个企业，爱电气化铁路事业，合同工本来来去自由，很多人来了，又走了，晓林始终坚持了下来；其次就是他坚持学习，几十年如一日地坚持学习，这很不容易；第三就是晓林总是把学到的东西和实践结合起来，动脑子，他搞的有些发明和创新，虽然并不复杂，但却非常实用，解决了施工中的许多实际问题；还有就是，晓林善于做笔记，把自己的发明创新记录下来……”张建喜如此这般地说着巨晓林，那样一种口吻，不像是集团党委书记在谈自己旗下的一名员工，而像是在谈自己很亲的一位家人……

这着实令人感动。

还有刘月森。

巨晓林出现在一公司，刘月森作为当时一公司的主要领导，像是比自己当了全国先进模范人物还要兴奋。当全国媒体聚焦巨晓林时，刘月森情不自禁喜上眉梢，非常激动、幸福和陶醉。在一次聚会上，他脱口而出“五天五地”：开天辟地、顶天立地、感天动地、铺天盖地和欢天喜地来表达自己的喜悦之情。这是说，宣传巨晓林的层次之高、规模之大堪称中铁电气化局集团有史以来的“开天辟地”；巨晓林的形象“顶天立地”；巨晓林的事迹“感天动地”；巨晓林事迹的报道“铺天盖地”；中铁电气化局集团员工“欢天喜地”。听听，这“五天五地”，如果不是手之舞之、足之蹈之，不是情之所系、兴之所至，能总结出来吗？

正如刘月森所说，当时关于巨晓林宣传报道的情形真的就是这样！

十

曹妃甸，渤海之滨一个名不见经传的小岛，由于中国各大新闻媒体《人民日报》、新华社、《党建》、《光明日报》、《经济日报》、中央人民广播电台、中央电视台新闻联播、中央电视台《焦点访谈》、《科技日报》、《中国青年报》、《中国妇女报》、《工人日报》、《农民日报》、《法制日报》、《北京日报》、人民网、中国共产党新闻网、央视网等近百位记者的到来，注定要成为一个影响全中国的新闻事件的发生地。巨晓林当然是这次活动的主角。这次活动为期三天，由中宣部、中组部、全国总工会、国务院农民工工作办公室、国务院国资委宣传局等五部委组织的各大新闻媒体对巨晓林先进事迹的集中采访，让巨晓林这样一个普通人，平生第一次站在了全国媒体的聚光灯下。

截至此时，23年的光阴中，巨晓林已经在平凡的工作岗位上做出了不平凡的业绩。他潜心钻研技术，锐意技术创新，积累了70多本、23万多字的工作笔记，革新了43项电气化铁路接触网施工工艺工法，创造直接经济效益600多万元。他编写的《接触网施工经验和方法》一书，成为电气化铁路工人施工的“操作宝典”。电气化铁路专家认为，巨晓林这本书，填补了我国电气化铁路接触网施工技能培训教材的空白。他的很多革新项目甚至改写了铁路电气化施工的教科书，巨晓林因此而被誉为“改写中国电气化铁路接触网施工教科书的农民工”。

在曹妃甸巨晓林宿舍那间十几平方米的小屋里，面对着一拨又一拨的记者，面对着记者们的话筒、录音机、摄影机、照相机，以及所有记者提出的各种各样的问题，巨晓林从这天一大早就开始说，一直说到了半夜，嗓子都说哑了。

第二天，在当地一家小宾馆里举行的“中央新闻单位巨晓林先进事迹采访团集体采访会议”上，记者们的“长枪短炮”全都对准了主席台上的巨晓林。看这阵势，跟随记者们一同从北京一路风尘仆仆前来的中铁电气化局集团领导以及一公司的领导们无不揪心和紧张。而其中最紧张的，还是现场主持这次中央媒体集体采访会议的集团公司党委副书记、副总经理张建喜。张建喜后来告诉我说，他当时紧张得手心里都沁出了汗水。为什么呢？原来他担心从来没有见过如此“大场面”的巨晓林会临阵怯场！然而事实证明，良好的文化修养与良好的心理素质，让巨晓林的气场和底气十足。谁都没有想到，巨晓林的表现会那么出色！后来，有人这样描绘当时的场景：

面对众多媒体记者的穷追不舍，巨晓林始终不紧不慢地从容应对，时而反问，以攻为守；时而妙语连连，反应敏锐，应答机智而精彩。言毕，总是咧着嘴朝大家憨憨地一笑。同我们印象中的农民工一样，憨厚、朴实；和我们印象中的农民工又不一样，不乏睿智、诙谐和幽默。在阵阵的掌声中，在场的记者和中国中铁的员工领略了这位知识型新型农民工的独特魅力和别样的风采。

记者问他：“听说你有很多梦想，你最大的梦想是什么？”

巨晓林说：“我最大的梦想是把中国所有的铁路都建成高速铁路。”

采访持续了三个多小时，气氛从开始时的紧张渐渐变得轻松起来。所有人，被采访者巨晓林和采访者中央媒体的记者们，似乎都在享受着这样一个愉快的精神交流过程。陪同采访的集团领导和公司领导早已不再紧绷着神经，而是随着记者们发出的一阵阵笑声，也不由得轻松愉快地笑了起来。

主持现场采访的张建喜也把一颗悬着的心放回肚子里。

中央媒体的集体采访非常成功！

此后，全国媒体对巨晓林事迹的新闻报道真可谓铺天盖地！

2010年6月3日至6日，中央电视台先后在央视一套《新闻联播：时代先锋》《焦点访谈》等栏目中连续播出知识型新型工人的杰出代表、农民工楷模巨晓林事迹的系列专题节目。《人民日报》、新华社、央广网等中央各主要新闻媒体通过报纸、广播、网络等不同媒介在全国范围内对巨晓林事迹进行广泛宣传，并配发了《时代呼唤巨晓林》《时代需要“巨晓林”式农民工》等短评和社论。一时间，巨晓林的名字、巨晓林的事迹传遍大江南北，家喻户晓。其中，新华社连续4天，播发了7篇稿件。首篇主打稿是6000多字的长篇通讯《从农民工到高级工——记中国中铁电气化局铁路建设者巨晓林》。这篇通讯以“自学”“自强”“自尊”“自立”为主线，对巨晓林进行了深入报道。由中共中央主办的《求是》杂志也连续两期刊载了巨晓林的先进事迹。其他媒体也热情洋溢地做了深入报道。而此后不久，中央电视台央视一套《新闻联播：时代先锋》栏目英模榜播映了知识型新型工人、农民工楷模巨晓林的大幅彩色照片。

巨晓林成为中国的“时代先锋”人物。

十一

仿佛一夜之间全中国的目光都聚集到了巨晓林身上。面对骤然而至的巨大荣誉，面对令人眩目的、接连不断的鲜花与掌声，我们不敢说所有的人，但起码，绝大多数人都会心理失衡或者忘乎所以，有些人也许会失去本色失去自我，而巨晓林却总是轻轻地一笑，说：“荣誉都会过去……”

巨晓林仍然是那个本色的巨晓林。

巨晓林也还是那个保持了自己朴素本质的巨晓林。

说心里话，这相当难能可贵！如果说，面对如此巨大的荣誉，巨晓林都能以平常之心淡然处之的话，那么，在他心中究竟什么最重要？巨晓林说，创造中的人生最幸福。不断地进行技术创新，不断地在接触网施工中进行发明创造，探索出新经验、新方法，并且将其贡献给中国的电气化铁路以及中国的高铁事业，将自己的聪明才智贡献给自己热爱的中国中铁，这就是巨晓林人生中最大的幸福。没错，就在中央媒体集体采访刚刚结束不久，巨晓林就转移到了新的战场，开始了一番新的奋斗……

他的新战场不是别的，就是中国高铁的建设工地。

第七章 ◎高铁梦：传导『工匠精神』

一

2010年7月，巨晓林投身到了京沪高铁的建设中。

此时，对巨晓林来说，无异于生命航船的一次新的启航。在此之前的二十三年中，他从一个农民工成长为一名高级技师，从一个默默无闻的普通人成长为一个闻名全中国的“时代先锋”人物。他的奋斗史和成名史，都和电气化铁路接触网施工中他的发明创造、他的技术创新有关。那是成就巨晓林的一片沃土。如今，中国铁路发展到了高铁时代，人们说，“学习巨晓林同志的先进事迹，恰是在中国进入引领世界的高铁时代”。巨晓林和中国高铁之间，蓦然间，似乎有了一种精神关联或者精神符号的意义……

此时此刻，京沪高铁正需要巨晓林，需要巨晓林这样刻苦自学、善于钻研、勇于革新的技术创新型工人。

2010年，巨晓林作为高级技工，被选调到举世瞩目的京沪高铁参加施工技术攻关，他所在的一队三班被正式命名为“巨晓林班组”。

中铁电气化局一公司为他配备了图书柜、电脑，购买了工具书，还聘任巨晓林为“工人导师”。

放眼京沪高铁建设现场，牵引供电系统接触网工程仿真平台、完全自主知识产权的高速电气化铁路接触网关键零配件、电气化局自主研发的高强高导接触网导线、牵引变电所密闭式气体绝缘开关柜、自动化远程监控和调度系统等一大批国际领先的技术创新成果投入应用，普拉赛、金鹰等最先进的恒张力放线车等大型施工机械以及拉力测试仪、电动力矩扳手等精密仪器在京沪高铁上普遍使用，确保了接触网导线每米平直度误差实测达到了0.02~0.05毫米、小于一根头发丝的直径。面对如此众多高精尖技术创新应用成果，初到京沪高铁“大战场”的巨晓林心里早已兴奋不已。他暗自下定决心，要在高铁建设中，发挥自己的优势，在高铁技术创新的舞台上，做出自己的成绩。

巨晓林每天如饥似渴地学习充电。他虚心向资深技术人员学习，甚至还向新来的大学生学习。痴迷时，连走路与吃饭都拿着笔记本念念有词。参加工作二十多年的巨晓林身上最不缺的就是那股近乎痴迷的钻研劲头。很快，各种施工标准与技术规范在他心里扎下了根。

巨晓林知道时速350公里的高铁施工和普通铁路施工对工艺和标准的要求有很大区别，这种变革对于施工作业的要求变得异常精确和严格。每天忙碌在施工现场的巨晓林习惯性地琢磨起了工艺改进……

“挑战新时速　砥砺再奋进”。

当巨晓林来到京沪高铁的时候，当这条巨大的横幅跳入他眼帘的时候，巨晓林在想，对中国高铁来说这十个字再恰当不过了，而对他巨晓林来说又何尝不是如此！他必须“砥砺再奋进”！必须攀登新的技术高峰进行新的自我挑战！他先是去沪宁线高铁观摩学习，在这里，他遇到了自己从前的一个徒弟，已经成为沪宁线高铁施工工长的王胜利。此时的巨晓林，完全像一个小学生，就像当年跟着师傅林鸿

巨晓林在京沪高铁培训班上认真做笔记

和工长周永新一样，如今他跟在自己徒弟的屁股后面不停地学，不停地问，不停地用笔记下高铁的新工艺、新材料、新名词。而在所有人的眼中，巨晓林不是那个刚刚被全国媒体宣传得红得发紫的“名人”巨晓林，而仍然是一个普通劳动者、一个高铁建设者的巨晓林。巨晓林在刻苦学习中很快发现，高铁和普铁一样，运行速度取决于三大要素：车、铁路和接触网。铁路，如前所说，如今变成了“无砟轨道”。车，如今变成了动车。在高速铁路上跑的动车组，和从前他们建设的电气化铁路上跑的电力机车一样，用的还是电，只不过电力不是集中在机车——火车头上，而是分散在了动车车厢及机车上。他们的接触网，就是为高铁动车组提供动力源的牵引供电系统。动车组就是通过受电弓从架设在线路上方的接触网导线上获得电能，一路跑一路“充电”的。

因此，“弓网关系”是高铁工程建设的一项核心技术。

因此，国内外专家得出结论：高铁的最高速度最终受“弓网关系”制约。高速铁路的接触网导线也由此被称为“高铁皇冠上的明珠”。

而巨晓林他们，就是为高铁安装上充电器与精密大脑的人。

二

巨晓林很骄傲。

他为自己的职业和自己是一个中国高铁的建设者而感到光荣与骄傲。由于热爱，由于骄傲，由于打心眼里有着一种职业自豪感和荣誉感，当然更由于他超乎常人的毅力和刻苦钻研，来到京沪高铁短短几个月后，巨晓林就开始收获他的创新成果。例如，巨晓林对H型钢柱专用脚扣进行改进的“脚扣防掉落法”。接触网工人在施工中使用脚扣爬杆及进行杆上作业，是一种日常工作中的常规动作，从前的水泥杆要爬，如今高铁施工中的H型钢柱也要爬，只不过，对这种钢柱有一种专用的脚扣。这种脚扣，不知道是不是设计上的问题，只能对工人两只脚的前部进行固定，当工人使用这种脚扣爬杆及进行杆上作业时，为保证脚扣不从脚上脱落，必须保持脚掌平衡或者脚尖朝上的姿势。这就很麻烦，容易分心，也很不安全。因为在杆上作业的工人需要时刻注意自己的双脚，无法完全专注于工作。而且，因为注意力不能完全集中，会对施工的质量造成影响，给工人的安全带来隐患。

这件事成了巨晓林的心病。

此时，巨晓林在京沪高铁常州施工工地。

这年秋天，巨晓林回了趟家。回家的原因不是别的，是盖房子。前边说过，他们夫妻把好不容易积攒下来的钱盖好的一院三间新房给了巨晓林的弟弟，此后他们就一直住在旧房里，后来有了钱才陆陆续续盖起了现在这院房子。巨晓林很少秋天回家，这次回家，只穿了一身夏装和一双皮鞋。而他因为常年在工地，生活用品和衣物也全在工地。正赶上秋天多雨，舍不得雨天穿皮鞋，巨晓林就想找双旧鞋，可明知道家里不会有自己的东西，这话怎么给妻子宋小平开口？想来想去，没鞋穿，出不了门也干不成活儿，只好硬着头皮问了妻子一声。没想到让他如此为难的事情，妻子一句话就给他解决了。

“不是有儿子的鞋么？你去找上一双穿吧。”

果真在楼梯台阶上找见了好几双儿子穿过的旧胶鞋。鞋是有了，可没有一双鞋上有鞋带，唉！也只能凑合着穿了。巨晓林喜欢做梦，而且做过的梦往往能和现实联系起来，他还喜欢解梦、析梦。所谓日有所思，夜有所梦，结果这天晚上他就做了一个和白天情景相似的梦：他在家里到处找鞋，找了好几双都没有鞋带，正当他又要问妻子时，发现一只鞋盒里有不少松紧带……咦，这松紧带能不能代替鞋带呢？

梦中，他找了两根一样长的松紧带穿在一双胶鞋上，效果似乎还不错。

次日早晨醒来后，巨晓林回忆起那个梦，就想：如果用松紧带做鞋带会有怎样的效果呢？想了半天，想到的好处就是脱鞋不用解鞋带，穿鞋不用系鞋带，能免去许多麻烦吧？还有呢？还有……他努力思考。还有一件总是萦系于心的事情呢！那是件什么事情呢？和脚扣有关？对，和H型钢柱专用脚扣有关！

巨晓林灵机一动。

他想，或许这个松紧带就能解决脚扣脱落的问题！

从梦境中受到启发，一回到常州北站施工工地，巨晓林就到两元店买了圆、扁两种松紧带进行了多次试验，最后终于成功了！这个叫“脚扣防掉落法”的革新项目，就是在脚扣后面再加上一条约200厘米长的宽条型松紧带，以稳固脚扣。从此，接触网工人在爬杆和进行杆上作业时，不必再担心脚扣会脱落，极大地提高了施工效率。经部分工点试用之后，这项改进成果很快在京沪高铁电气化施工中广泛推广使用，深受工人们的欢迎。

这就是一个梦，成就了一项技术革新。

三

在京沪高铁的建设中，巨晓林除了“脚扣防掉落法”以外，还相继完成了“拉线绑扎器”“拉线预制安装法”“拉线回头调整法”以及“H型钢柱下锚拉线底座孔正确快速画法”等技术创新，这些方法也很快在施工一线得到了推广。在此期间，巨晓林的“提高京沪高铁数据测量一次合格率”革新成果，获得全国工程建设QC成果发布会一等奖。

巨晓林获得这项荣誉的时间是2011年3月1日。

三个多月后，2011年6月30日，举世瞩目的京沪高速铁路正式通车运营。京沪高铁全长1318公里，设计时速350公里，是世界上建成线路最长、标准最高的高速铁路，也是继中国第一张“高铁名片”——京津城际高速铁路之后，第一条真正意义上横贯南北的高速铁路大动脉。巨晓林光荣地受邀乘坐京沪高速铁路G1次首发列车，看着车厢屏幕上显示的车速，310公里，320公里……巨晓林说，他感到非常激动和骄傲！因为，是他们中铁电气化局集团承担了全线1318公里的牵引供电系统工程建设任务，是他们攻克了一道道技术难关，用勤劳的双手和聪明智慧，高标准、高质量地完成了这一无愧于世界一流称号的标志性精品工程，从而在世界高速电气化铁路发展史上筑起一座新的丰碑：2016年1月8日，2015年度国家科学技术奖的评选结果揭晓，中铁电气化局集团公司承建的京沪高铁荣获国家科学技术进步奖特等奖。

这是中国电气化铁路的一次历史性超越。

当然也是巨晓林对自我的又一次超越。

到了这个时候，巨晓林也越来越自信。因为他的技术创新，不仅在普通铁路的接触网施工中有用武之地，在高速铁路建设中也同样有用武之地。有了这个底气以后，再转战到“京福高速铁路合福客运专线”，他们称之为“合福客专”的时候，巨晓林的技术创新就更加趋于成熟而显得硕果累累了。在此期间，巨晓林以及“巨晓林QC小组”对京福高铁施工中的一些工艺工法进行了各种探索研究，从而取得了“隧道槽道焊接法”“H型支柱基础下部调整螺母模拟调整法”“腕臂数据测量中的跨距记录”“上腕臂底座高度测量法”等多个技术创新成果，大大提高了京福高铁的施工质量和效率。

例如“H型支柱基础下部调整螺母模拟调整法”。

这个叫起来有点拗口的技术创新，仍然是针对着高铁建设中接触网施工时的一项非常具体的日常工作，即他们天天都要安装的那种特殊“电线杆”——H型支柱。原来，我们所谓的电线杆并不是直直地立在那里，像我们平常话里说的“站得像电线杆一样直”。安装电线杆的时候，也就是他们安装支柱的时候，按照安装标准的技术要求，安装后必须有一定的“斜率”。具体地说，铁路侧的螺母要比田野侧的螺母高点儿，使其向田野侧倾斜3厘米至5厘米。为什么需要这样？这是工程技术上的要求，经过了科学研究与具体实践的检验，巨晓林他们必须严格执行。可是，要达到这样的技术标准相当困难。这就像有人要求你到某个地方去，却完全不给你一个到达目的地的路径。设计这项工艺的技术人员不管这样的事，具体干活的工人就得想方设法去完成，聪明人用聪明的办法，笨人用笨办法。用笨办法肯定也能完成这项工作，但一定是费时费力，干得很苦，效率却不高！

这里涉及的当然是工效问题。

工效问题实际上就是人均创造利润率的问题。

人的分工一般是以受教育程度的不同而加以区分的，技术人员和一线工人这两类人因为分工的不同，客观地说，中间就出现了一道“鸿沟”。技术人员不去干工人的活儿，也就很难或根本不知道工人干活儿时的艰难和苦衷。所以说，这就是“能工巧匠”存在的意义。用今天的话来说，就是“中国制造”所需要的杰出的“大国工匠”存在的意义。这也就是鲁班对于木匠的意义。这同样也是高级技师对于一个班组、一个车间、一个工厂、一个企业乃至一个行业的意义。我的理解，这种高级技师和能工巧匠就是站在技术人员和一线工人之间的“能人”。对社会，尤其对一个社会的制造业、装备业乃至于整个工业基础，高级技师队伍和能工巧匠队伍，相当重要！在我的记忆里，当我还是一个青年工人的时候，我们的工厂里，高级技工，那时候叫七级、八级车工钳工，非常受人尊敬，其工资待遇比工厂里的一把手还要高！这是因为，这种人才极其难得，甚至可以说是凤毛麟角！

这也就是巨晓林出现和存在的意义。

巨晓林正在调整腕臂

巨晓林非常受工人们的尊敬和欢迎。这是因为，巨晓林所想和所做的一切都是从一线工人的需要和利益出发，直接为他们解决难题和为他们服务的。巨晓林的出现和存在，对于他们，毫不夸张地说，是个“福音”。当他们有解决不了的问题的时候，当他们一筹莫展的时候，当他们因困难而变得脆弱和无助的时候，当他们怎么努力也无法完成某项工作和任务的时候，巨晓林就显得无比的重要和珍贵。这就要说到巨晓林的“著作”。那本薄薄的、一共只有62页的、公司内部编印的《接触网施工经验和方法》，虽非什么皇皇巨著，也没有什么深奥的理论，其中只详尽介绍了几十种接触网施工的创新办法，附有施工操作的示意图。可就是这本小书，他的工友、他的班长王占利说：“这本书大伙儿都喜欢看，通俗易懂，书里介绍的方法节省时间，提高效率。”

“写接触网施工的书很多，比巨师傅理论水平高的也很多，为啥工人们都只爱看巨师傅写的小册子？因为这本书来源于实际，简单实用，一看就明白！”赵荣有说，“因为这是真心实意为我们工人写的书，是真正为我们操心、让我们受益的书！”

这就是一线工人的心声。

当然，这也是巨晓林继续奋斗的动力。

2011年，巨晓林完成了他的第二本书——《接触网施工经验和方法2》。这本书已于2012年刊印成书，发到中铁电气化集团上万名接触网工人手中。2013年3月，巨晓林又开始把高铁施工中创新的工艺工法编写成一册《接触网施工经验和方法3》。这本书图文并茂，与“合福客专”的进展同步。

巨晓林这个时候琢磨的“H型支柱基础下部调整螺母模拟调整法”就是在“合福客专”高铁施工中他“同步”编写的第三本书中的一项内容。

我问他为什么要琢磨。

他说，原先他们一直是用扳手调整，很费劲，效率还很低，一个上午最多也只能调整七八个支柱。后来，他就一直在想：能不能改进？经过反复测算和模拟试验，最终，这种叫“模拟调整法”的方法试验成功了。也就是说，在想象中把已经立好的支柱拔了，用水平尺量，铁路侧比田野侧高1.8毫米至2.1毫米，就达到支柱斜率3厘米至5厘米的标准了。用这种“模拟调整法”调整，省时省力，简单便捷，工人在操作时只需拧拧螺母，就可以调整到位，一个上午就可以调整十几根支柱，提高效率一倍左右。

四

还有“腕臂数据测量法”。

时间到了2014年2月。

已经成为高级技师、全国技能大师和十八大代表的巨晓林，在北京参加完北京市人大代表会议和中国中铁职工代表大会以后，回到了“合福客专”铜陵北高铁接触网施工工地。凛冽的寒风中，归队的巨晓林抱起接触网测量仪器，带着几个年轻工人就爬上了作业平台，手把手地教他们如何使用这些仪器，并耐心地回答年轻工人们提出的各种问题。

这是巨晓林的另一项任务——带队伍。要为中国高铁的发展培养出一支具有“工匠精神”的铁军。

中国进入高铁时代以后，作为给高铁提供关键的“四电集成”的中国中铁电气化局集团，面对牵引供电系统精度从“厘米级”跃升到“毫米级”，迫切需要一支强大的技术工人队伍，迫切需要迅速提高一线建设者的技能与素质。集团公司十分清楚巨晓林巨大的“榜样的力量”，在承担了国家重点工程京沪高铁的建设任务后，就在京沪高铁建设工地现场，正式命名巨晓林所在班组为“巨晓林班组”，正式组建了“巨晓林QC小组”，又在京沪高铁沿线各作业队普遍成立了“巨

巨晓林在施工现场对青年徒弟进行技术传授

晓林业校”。“巨晓林业校”遍布了中国中铁数百个工程工地，巨晓林担当起了培训和指导现场员工的“工人导师”。

在京沪高铁，在“合福客专”，巨晓林的徒弟们来一拨，走一拨，再来一拨，再走一拨……如同火种一般，巨晓林为中国的高铁事业、为中国高铁的电气化事业、为中国高铁的接触网事业，培养了一批又一批的专业技术性人才。

这时，巨晓林已经不仅是单独个人的创新，他引导和影响着他身边的每一个人。比如这次在“合福客专”铜陵北车站工地他带的徒弟王景。从北京回来后的这天晚上，巨晓林睡不着，关于腕臂数据的测量，早在京沪高铁建设工地时他就开始在思考这个问题。所谓腕臂，简单解释，就是从支柱上伸出去的三脚架形状的钢架。每次安装腕臂，工人们都要带着十米长的钢卷尺爬到七八米高的支柱上去测量。巨晓林想：怎么才能不需要每次都爬杆测量呢？他想到可以利用测竿来测量腕臂的数据。这天晚上，他想着想着就翻身爬起来，给徒弟王景打了个电话，这师徒二人深更半夜就开始商量着怎样把原来用于测量导线高度和拉出值的测竿，借助来测量腕臂上下底座的高度……

结果试验很成功。

五

“腕臂数据测量法”的成功在有些人看来，简单得跟个“一”一样。你瞧，不过就是把人工爬上爬下改成了用测竿测量而已！——而已？然而这么简单的革新，在巨晓林之前为什么就没有人想到并且总结出来付诸实践呢？为什么只有巨晓林能够捅破这层窗户纸、完成这个“一”呢？不管怎样，实践是检验真理的唯一标准。自这种测量法在“合福客专”高铁建设工地推广和使用后，受益的还是一线工人，工人们从此再也不必一天数十次地爬上爬下去测量腕臂了，而且工作效率大大提高了。

这才是巨晓林最为高兴的事情。

至于别人怎么说，巨晓林从不在意。

应当说，他更加在意的是人活着的价值以及精神境界。还有，那就是一个共产党员所应有的表率作用。巨晓林思考的人生浓缩在了下面这首诗里：

人　生

共产党员，
就要像太阳一样，
时时刻刻，
甘愿把光明和温暖，
洒向世界！

这首诗写于“合福客专”高铁建设工地。从这首诗里，我们知道巨晓林已经对自己提出了更高的标准和要求。他说，他要发挥共产党员的模范带头作用。他说，他要做中国高铁建设的“领跑人”。

的确是这样。

从接触高铁建设以来，短短几年时间，巨晓林又写下了十多本工作笔记，完成了近百项技术革新和创新。如果说，像“腕臂数据测量法”和“H型支柱基础下部调整螺母模拟调整法”等革新项目，已经让我们看到了巨晓林是一个技术创新方面的“有心人”，那么在“合福客专”，巨晓林以及“巨晓林QC小组”进行的《降低合福客专四电接口施工不合格率》的技术科研攻关课题，则让我们充分看到了巨晓林对于中国高铁建设的感情和责任心。

可以说，如果没有巨晓林锲而不舍的努力和推动，我们至今也不会有这项影响到此后中国高铁建设质量和进度的重大技术创新成果。

这是怎么回事？

无论是高铁还是常规铁路，电气化施工都是铁路工程的最后一道

“接力棒”。既然是最后一道“接力棒”，那么，前边施工的土建单位（他们称之为“站前单位”）就要为后续施工单位（他们称之为“站后单位”）的电气化施工预留“四电接口”。这个很好理解，就像我们装修房子，所有的水电接口和槽道都需要预留出来。这非常关键，槽道和接口预留不好，后边施工的单位就会遭遇困难和麻烦。搞不好，会影响整个工程的施工质量和进度。在以往施工的过程中，他们已经发现了这方面存在的问题。这就是，站前单位的主体工程完成后，在工程交接时发现“四电接口”很多预留不合格，他们得花相当大的力气首先把不合格的“四电接口”打掉——一般是水泥制作，整改工程极其费时费力！没有办法，这次转战“合福客专”时，作为施工方的中铁电气化局集团就与业主方的京福公司商量，“四电接口”的预留能不能提前介入？

提前介入就是提前“挑刺”。

这等于反客为主，把自己变成了“监理方”，但实际上又不具备监理方的权力和权威。应当说，这是个相当尴尬的角色，让人很不待见。而对于业主方的京福公司来说，这无疑是好事，对工程质量和工程进度都是一件大好事，当然同意。这个艰巨而光荣的任务，“巨晓林QC小组”主动请缨，提出了《降低合福客专四电接口不合格率》的QC课题，并进行攻关。

现在得简略介绍一下什么叫QC。

所谓QC，简单说就是品质控制，基本定义是：为达到品质要求所采取的作业技术和活动。有人把它简称为全面质量管理，也有人认为它大体上就是一种技术革新和创新活动的称谓。在中国中铁，为使巨晓林事迹的影响效应不断扩大，也为了传导他身上宝贵和珍贵的“工匠精神”，巨晓林所在的中国中铁电气化局集团一公司广泛开展了“巨晓林QC小组”攻关活动，让职工像巨晓林那样在工艺改进、质量提高、技术创新中大显身手，不断提高工程质量，取得科技创新成果。2010年，中铁电气化局集团一公司就有QC活动小组37个，2011年达到62个，2012年突破100个。

“巨晓林QC小组”承担了这项课题攻关任务后，就像一条散兵线一样，十多个人拉长分布在了几百公里长的“合福客专”铁路线上，在电气化大部队还没有开始施工前，跑步进场，提前介入了“四电接口”的预留。一开始的时候，巨晓林在徽州梁场，而工长王占利在屯溪梁场，两个地方相距五十公里。住下来以后不久，问题被发现了。原来，站前单位的施工是照着图纸进行水泥浇筑的，图纸在设计时忽略了一道很不起眼的工序——防水工序。原先预留的“四电接口”本来是露在地面上的，可是防水一做，正好就把接地端子全部盖住了，等到站后单位，也就是他们电气化大部队后期施工的时候，就找不见本该露出地面的“四电接口”了。

巨晓林和王占利一通电话，发现这是一个具有普遍性的问题！

说起来这个问题不难解决，只要站前单位在施工的时候，多预留出来直径为1.5厘米的截面，也就是一个矿泉水瓶盖大小的截面就可以了。可是，这样一个合理化建议，落实起来却遇到了意想不到的困难！巨晓林先是给站前单位的工程部部长反映，部长不理睬。站前单位的领导下来检查工作，巨晓林趁着吃饭的时候给人家领导反映，领导听了倒是觉得合情合理，但却表态说，他们是照着图纸施工的，按照常理他们是没有权力改动图纸的，总之一句话，爱莫能助。实际情形的确是这样。工程施工中的每一道工序，都必须严格按照图纸执行，执行错了是设计单位的事，而不按图纸施工则要负法律责任。没有人愿意冒这样的风险。但问题必须解决。巨晓林开始不断向上反映，他写合理化建议给“合福客专”项目部总工，又分别向监理方、业主方、设计方反映……最后，问题终于得到了“合福客专”建设指挥部的高度重视，组织各方对设计图纸进行了会审，在经过充分的科学论证后对设计图纸进行了修正。

2012年度全国工程建设QC小组发布会在哈尔滨举行，“巨晓林QC小组”发布的《降低合福客专四电接口施工不合格率》在全国九百六十多个课题中脱颖而出，获得全国工程建设优秀质量管理小组一等奖。“巨晓林QC小组”摘取了全国桂冠。在台上，在聚光灯下，代表小组成员接受鲜花和掌声的是“巨晓林QC小组”成员、巨晓林的徒弟刘进。

六

2011年2月，巨晓林迎来了他生命中一个重要的时刻，由中铁电气化局集团转来了一份请柬。在这份制作考究的请柬的上方，标有“绝密”字样。巨晓林疑惑地打开了请柬，只见上面写着：巨晓林先生，请您于2月22日作为“第十届中华技能大奖”获得者，在北京中南海小礼堂参加颁奖仪式并全国职业培训工作电视电话会议。

中南海小礼堂？

巨晓林的心怦怦直跳。

“中华技能大奖”是国家人力资源和社会保障部对全国技术能手以及为培育技能人才做出突出贡献的单位和个人进行的表彰，是我国政府对全国各行业优秀技术工人技能水平的最高奖项。此奖项1995年设立，在全国范围内每两年评选一次。中国中铁荣获这一届这一奖项的只有两个人：中铁电气化局集团的巨晓林和中铁一局的窦铁成。中南海小礼堂的颁奖台上，巨晓林接过了一枚沉甸甸的奖章。这是一枚真正的“金奖”：24K纯金制作的奖章。巨晓林所有的奖章奖品几乎全保留在中铁电气化局集团和一公司为他设立的荣誉室里，唯独这一枚奖章，领导说太贵重，至少价值一万多块钱，还是留给巨晓林自己保存吧！

颁奖之前，还有一个重要仪式。

这就是国务院副总理张德江的亲切会见。

巨晓林国家级技能大师工作室

据媒体报道，当天中午十一点五十分，二十名“第十届中华技能大奖”的获得者在北京和平里大酒店大厅整装集合，然后由人力资源和社会保障部的工作人员带队乘车出发。下午一点整，来到了国务院中南海北门紫光阁旁的小礼堂前列队进入会场，会议工作人员帮助技术能手们整好衣装、戴好绶带，下午两点二十分在工作人员引导下，来到紫光阁站列好。两点三十分，国务院副总理张德江在尹蔚民、徐宪平、鲁昕、王军、丁向阳、何权、肖志恒副部长的陪同下，笑容满面地步入紫光阁，与二十位技术能手一一亲切握手，并合影留念。

就在巨晓林荣获全国技能大奖之后，2012年2月23日，“巨晓林国家级技能大师工作室”在中铁电气化局集团一公司机关挂牌成立。“巨晓林国家级技能大师工作室”是国家人力资源和社会保障部与国家财政部，通过地方和行业申报，经过层层选拔、审核，在全国范围内评选出的50个技能大师工作室之一。我们国家主要依托“中华技能大奖”获得者、全国技术能手以及在某一行业（领域）技能拔尖、技艺精湛并具有较强创造能力和社会影响力的高技能人才，建设技能大师工作室。

对巨晓林来说，“巨晓林国家级技能大师工作室”的挂牌成立，既是一项荣誉，更多的则是一项责任。大师必须带徒。大师必须不仅自己有技术创新成果还得带领一批人进行技术创新活动。这对巨晓林不是问题。前面说过，包括安志杰、杜志波、刘进、张磊等在内，都是巨晓林带出的高徒。其中，徒弟安志杰、刘进、张磊、王永青等在中国中铁举办的技能大比武中，摘取了团体奖第一名并囊括了个人奖的前四名，代表了行业技术的最高水平，被人们称之为“名师出高徒”，一时间相当轰动并传为美谈。此外，在巨晓林的影响下，中铁QC活动小组硕果累累。仅2011年、2012年两年中，中铁电气化局一公司就完成合理化建议和技术改进成果91项，获得中铁电气化局集团公司一等奖5项、二等奖15项，通过专利申报有7项取得了国家专利。由巨晓林指导和培养的技术人才遍布多个项目部，许多人成为闻名遐迩的能工巧匠，多人走上了技术干部岗位，担任项目总工程师或项目经理。安志杰、刘进、张磊、王永青已经成为技师或高级技师，有人担任作业队长、有人担任主管工程师，安志杰被授予“北京市劳动模范”，张磊、刘进被授予“中铁电气化局技能拔尖人才”。

人们说，巨晓林已然成为引领中国中铁电气化技术不断创新的一面旗帜。

第八章 ◎ 找到新期盼

只要有梦想，只要肯努力，只要能坚持，人人都有人生出彩的机会。我要把我一生的精力投入到我国铁路建设中去，把我的梦想融入中华民族伟大复兴之梦，和人们一道为实现中国梦而努力奋斗！

——巨晓林

一

2012年7月，在北京市第十一次党代会上，巨晓林以全票光荣当选为北京市的十八大代表。这个消息传回陕西岐山老家，亲友们为之欢呼雀跃。而就在此前后，他的小妹突然被查出身患绝症：脑瘤。妹妹小他8岁，而且是他唯一的一个妹妹，在兄弟姐妹中，从小到大，他和妹妹感情最好。妹妹一天到晚“三哥、三哥”嘴甜甜地叫个不停。他呢，有任何好东西，第一个想到的就是这个小妹！得知小妹得了癌症，他心如刀割！他知道母亲受不了这个打击，他知道小妹此时最需要他在身边。而巨晓林这时候在哪儿？在“合福客专”接触网施工工地。他回不去。他也不能回去。工程正紧张，作为高级技师和技能大师，他的工友们和徒弟们正在进行的技术创新，他的QC小组和QC攻关项目，这一切都需要他！他唯一能为妹妹做的，就是在金钱上帮助妹妹，因为妹妹做化疗需要钱。

妹妹打电话给他说：“三哥，我做化疗，钱不够……”

他说：“小妹，需要多少，给三哥说。”

妹妹沉吟片刻，说：“三哥，你能不能给我凑上5000元，等我好点儿，我还你。”巨晓林说：“小妹，你不要这样说!”

通完电话，巨晓林泪如泉涌，他当即给妹妹汇出了5000元。

这番通话在2012年9月。让他根本没有想到的是，这竟是他和小妹的最后一次通话了！就在10月30日这天，距离出席党的十八大剩下不到十天时间，距离他前往北京报到只剩下两天时间，他在安徽歙县——“合福客专”歙县中心料库工地，偶然上网，居然在QQ群里发现了外甥的一则留言：小姨（他的小妹）去世了……巨晓林简直不敢相信自己的眼睛，不敢相信小妹这么快就去世了。给家里打电话，才知道母亲和哥哥姐姐都瞒着他。据说小妹临终有一个心愿，就是让她三哥代表农村、农民、农民工，当好十八大代表，开好十八大会议。

“三哥，你是我们的代表，你走到今天，不容易！别人也许不知道，小妹知道。所以，你不必为我送行。你要在这个伟大的会议上，为我们，为我们农村，为我们农民，为我们农民工，反映出我们的心声……三哥，这样最好！这就是你对小妹最好的送别……”

巨晓林仿佛听到小妹这样对他说。

巨晓林哭了。他哭着从手机里找到最后一次和小妹通话的记录，下载下来作为纪念，然后写了一段文字，边写边流泪。和他住在一间宿舍的工长王占利默默地听着他的哭声，这样一个刚强男人的哭声。王占利后来说：“让人心碎……他妹妹的去世对他打击很大，他哭得非常非常伤心。”

二

年仅42岁的小妹去世后，在家乡停灵五天。这五天时间里她的三哥巨晓林从安徽歙县辗转到了北京，他要带着小妹的嘱托，带着工友们的嘱托，带着中国中铁以及中铁电气化局集团各级党组织的嘱托，到中国的心脏去参加一个重要的会议。巨晓林当选为十八大代表后，在合福客专接触网施工工地，工友们早就在宿舍里开始商量，让他能够把基层的声音带到会上。“有工友的老家是山区，多年来一直没发展起来，很穷。希望国家能加强扶持，还有农村发展、农民增收等三农问题和建议”。这些建议，巨晓林都认真地写在日记本上，希望能反映到会上去，不辜负他们的嘱托。

巨晓林的十八大日记：

11月7日，早晨不到7点我就起床，窗外又是一个好晴天，一只鸟正好从天空飞过，远处一架飞机在东方画出了一条带状的美丽云彩，一幅和谐的美景。渐渐地人和汽车多了起来，我也精神百倍准备迎接第一次代表团会议。

11:10北京市市长郭金龙宣布：中国共产党第十八次全国代表大会北京市代表团第一次全体会议开始。

13:15的集合时间，要到大厅集合，乘车去人民大会堂参加十八大预备会议。

13:50左右（因为规定不让带手机，因此也弄不清准确时间），这时南边天空出现了一小片五彩云朵，朱利君马上用相机拍了几张，我立刻想起昨晚的梦，梦里我一会儿走在花丛里，一会儿又走在云朵里，而且花和云都笑盈盈的。

11月8日，早晨6:25我就睡不着了，起床后拉开窗帘，嘿！又是晴朗的天空，一丝云都找不到，东方已经发亮，天空有月亮，一颗星星还在放射着光芒，月亮好像等着在劳累的熟睡中快快醒来，因为今天是一个重大的日子。我沉浸在这美丽温馨的晨景中，电话的闹钟响了，我回过神来，投入到我自己该做的重大事情的准备之中。8:00我们乘车来到了金碧辉煌的人民大会堂，我在12排59号就座。

在总书记做报告的过程中，我边听边记，画重点，全场约四十次的掌声给我留下了极其深刻的印象。其中鼓掌最多的一段是坚定不移地反对腐败、永葆共产党人清正廉洁的政治本色，三次鼓掌。充分体现了我们党对腐败的深恶痛绝和永葆共产党人清正廉洁的政治本色和反腐决心。鼓掌时间最长的是要推进祖国统一的那段，体现了党和人民盼望祖国统一的愿望和坚决反对分裂的决心。

晚上6:30，我被接到西苑饭店，在罗瑞军、王健、张世永和朱凯的陪同下，接受了《工人日报》《经济日报》《人民铁道》报的采访，约两个小时。回到住地又把报告学习总结了一下，0:55准备休息。躺在床上一点儿也睡不着，总有些什么事情放不下。就拿来报纸翻看了一遍，心里爽快了许多，好像我期盼的新东西又找到了，即中午开会时的感觉，随手写下《找到新期盼》，并且还画了一幅漫画……

11月9日，一觉醒来，6:42我起床拉开窗帘，拉开了新的一天。天空阴着，北京还在淡淡的睡意之中。但我必须行动，因为我肩上的重托太多、太重，我必须完成。因为我是一名共产党员，桌子上红红的“中国共产党第十八次全国代表大会代表证”上的金色字画正在灯光下放着光芒号召着我！

22:34收到“警察阿姨”的短信：我今晚又看到你了，早点休息吧……

11月10日，天下着小雨，我的心也激动得快要湿润了，昨晚又读了报告，特别是关于农村、农业、农民的。

……

从以上巨晓林的十八大日记中我们看得出来，他一直感到“肩上的重托太多、太重”。工友们的嘱托，家乡亲人们的期盼，还有他进京后，中铁电气化局集团公司和一公司领导们的殷殷叮嘱。欢送会上集团公司党委书记王其增握着他的手说：“你是我们电气化铁路人五六十年来第一个出席全国党代会的代表。你一定要把我们基层的愿望带到会上去，一定要把我们电气化人的好形象展示给全国人民！”一公司党委书记刘文宣也紧握他的手说：“巨师傅，你代表着我们电气化局七八万职工呐，请你一定要表达我们的心愿！”

巨晓林肩负重托，心里一点儿都不轻松。他所肩负的重任像山一样压在他心头，压得他喘不过气来！后来，曾经有人问过巨晓林：“你当了十八大代表后最大的改变是什么？”巨晓林笑笑说：“最大的改变就是，我十二点以前没睡过觉！”这是真话。十八大正式开幕那天，几乎彻夜未眠的巨晓林在那天半夜写了首诗，画了幅漫画。写完诗、画完画儿他才觉得心里轻松了许多。然而，接下来的两天时间，11月9日和11月10日，是宝贵的两天小组讨论，讨论十八大报告，发言时间都让其他代表们占据了。巨晓林想发言，他很想发言，他告诉自己他必须发言。否则，他回去很难面对那么多期待的目光……

可是，他抢不上！

因为所有的代表都肩负着重托。所有的代表都在抢着发言。

十八大会议北京代表团小组讨论气氛热烈，每一次巨晓林刚想张嘴，就被别的代表抢去了话头。就像他母亲说的，他“笨嘴拙舌还能

巨晓林（左一）与部分十八大代表留影

当那‘时代先锋’”！现在，他“笨嘴拙舌”怎么能抢过其他那些“灵嘴灵舌”的人？

没有办法了，巨晓林知道属于他发言的时间越来越少了……

三

就在11月10日上午，北京代表团小组讨论到了中间休息时间——到此时为止，包括巨晓林在内还有十个代表没有发言——主持人宣布，中间休息十分钟后再进行讨论。主持人话音刚落，突然，巨晓林说话了：

“请问，我们一线的发个言行不行？”

他只觉得自己嗓子发紧，不知道为什么就突然冒出了这么一句话。

主持人明显地感觉到了他的紧张，和蔼地问道：“稿子长不长？”

巨晓林说：“不长，就几分钟。”

主持人想了想，转而问大家：“少休息五分钟行不行？”

代表们几乎齐声说道：“行！行！”

谁都不忍心不给这位朴素的、朴实的、来自生产第一线的工农党代表一个发言的机会。后来有人评论说，巨晓林这次发言是他争取来的机会。确实，这就是巨晓林，一个永远把荣誉当成一种责任的人！也就是这次争取来的发言机会，引来了下面这一幕非常感人的场面。如约只休息了五分钟后，代表们重新走入会场。这次大家一落座，主持人就请巨晓林代表发言。

巨晓林带着浓重的陕西口音说道：“我的家乡是一个单纯依靠农业的村庄，没有一家企业，青壮年劳动力几乎都出去打工了。家乡的农业基础薄弱，加之这几年干旱，农业发展并不理想。不过，我们的父老乡亲没有丧失信心，相信未来的日子一定会越来越好。我还作了一首小诗，表达我的心情。”说到这儿，巨晓林有些不好意思。

“快读一读！”其他代表都善意地鼓励他。

“好，那我就读一读。”巨晓林拿出几页纸，慢慢地、认真地念起来。

“名字叫《找到新期盼》。找到了，找到了……”刚读了一句，巨晓林突然哽咽了。会场内一片安静，代表们轻轻地用掌声给他鼓励。他再次读道：

找到新期盼

找到了
找到了
我心中的新期盼
在二〇一二年十一月八日中午
在人民大会堂的讲台上
在胡锦涛主席铿锵有力的声音里
在人民大会堂回荡着三十八次雷鸣般的掌声中
在六十四页的十八大报告中
我终于找到了
找到了我心中的新期盼

仅仅十多行的小诗，巨晓林读得很慢，很慢，每一句都略带哽咽，每一句他都费尽气力。代表们被感动了，片刻安静后，掌声四起。随后，他向大家展示自己的作品，说：“我还画了幅漫画，刚才

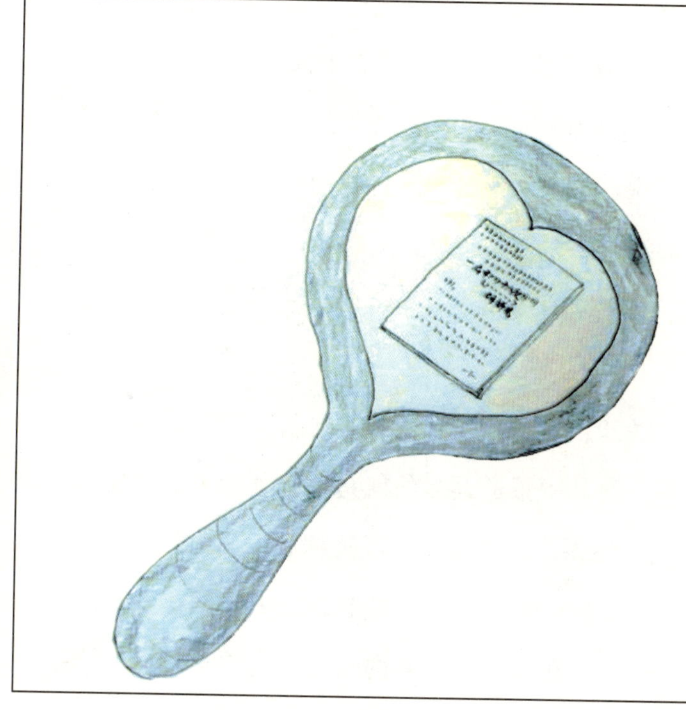

找到新期盼

找到了，
找到了，
我心中的新期盼。
在二〇一二年十一月八日中午，
在人民大会堂的讲台上，
在胡锦涛主席坚强有力的声音里
在人民大会堂回荡着六十次
雷鸣般的掌声中，
在六十四页的十八大报告中
我终于找到了
找到了我心中的新期盼

——巨晓林
2012.11.8晚
于北京铁大厦

巨晓林的漫画：找到新期盼

给大家读的诗就是写在这幅漫画的旁边。”代表们争相望去，漫画中画着一个放大镜，里面有一颗巨大的红心，红心中间，有一份写有“十八大报告”字样的文件。漫画的右侧，就是那首名字叫《找到新期盼》的诗。巨晓林解释说：“放大镜，就是寻找的意思，我带着工友们的重托，在寻找新的期盼……”

掌声再次响起来。

四

后来，有人统计过，关于巨晓林当十八大代表的新闻词条，网上搜索出的有16.7万条之多。而其中报道最多的就是巨晓林代表的这次发言、他的诗和他的漫画。也因为这次发言，巨晓林进入了中外记者们的视野，成为十八大期间各大新闻媒体争相报道的一个“焦点人物”。巨晓林的发言刚一结束，在他对面坐着的北京市委宣传部部长鲁炜就朝他轻轻招手，示意他出去一下。这一出去，不得了！巨晓林一看，门外全是记者！这些扛着“长枪短炮”的记者们凭着职业的敏感，迅速捕捉到了这里的信息，突然就“云集”到了这里。记者们非常兴奋，说：“发言太好了！太切合实际了！”他们围了一圈又一圈，把巨晓林包围在中间，要他展示他那个“伟大”的本子。短短几天，他已经写了15页日记。记者们要他一页页地翻，他一边翻，记者们一边拍照、录像、采访。第二天，全国各大媒体纷纷在重要位置和重要时段进行了报道。例如：

新华网——十八大第一现场：“我找到了我心中的期盼”

《人民日报》——一首诗　一幅画　一个期盼

《新京报》——农民工代表哽咽吟诗：找到了新期盼

《北京晚报》——巨晓林：一个农民工的哽咽

中央电视台《焦点访谈》——白岩松采访十八大代表巨晓林

……

此外，会议期间在十八大新闻中心由中宣部主持举办的中外记者招待会上，巨晓林以及其他三位代表出席并接受采访。这次采访，新华网全程对外直播，在海内外产生了广泛影响，巨晓林被媒体评选为党的十八大代表中最有影响力的代表之一。

五

十八大胜利闭幕后，对于巨晓林来说，生活似乎又恢复到了从前。

巨晓林像以往一样，每参加完一项重要政治活动，立即又回到施工第一线。这次参加完十八大，他又回到“合福客专”施工现场，回到他的班组。在工长王占利看来，这位已经是全国技能大师、已经是光荣而伟大的十八大代表的同乡巨晓林，实在是“太平常！太普通！平常得让你都记不住他的身份，普通得让我都不知道说啥。就是我不给他分活儿，他也自己干” 。王占利举例说，2013年三月，巨晓林到北京参加完中铁电气化局集团公司的职代会，会议结束后，他刚一回来，已经快到中午吃饭时间了，但施工现场需要尽快运去两汽车坠砣。巨晓林一听，把包一放，帆布手套一戴，就和工友们一起装了一下午坠砣。但年龄不饶人，这么重的活儿，一块坠砣五十斤，搬运一下午，巨晓林一下子拧了腰，第二天他的腰就疼得直不起来了。王占利见他这样，心疼得“批评”他说：“你哪儿像个十八大代表？别人到你这地步，也就动一动嘴皮子，可你……你还这么苦干死干，咱们就……就还像是咱一个班组的人！”

你从外表上根本看不出巨晓林的变化，他仍然喜欢穿一身蓝色的工作服，而内心深处和他的精神世界里也仍然痴迷于他的技术发明和技术创新。就在工长王占利说他“你哪儿像个十八大代表”的时候，就在巨晓林出席十八大前后的一段时间里，工长王占利和巨晓林住在屯溪梁场当工程监理。前面说过，这是一个去“挑刺”的职业。

十八大结束后的2013年夏天，两人在安徽歙县金涡岭隧道提前介入检查四电接口预留时，生活条件的艰苦居然让王占利都难以忍受。他们住一间简易铁皮房子。正值盛夏，铁皮房子热得像蒸笼一样，人光着膀子，什么都不干，坐着都汗如雨下。而且，非常糟糕的是，他们的空调还坏了。让人家给换一个或修一下，人家不理不睬。实在太受罪，问题又解决不了，王占利无奈了，只好用“激将法”激巨晓林说：“哎，我说巨代表，你好歹把你十八大代表的威力发挥一下，跟你沾不上光，反倒受罪！唉！”

王占利光着膀子坐在床上唉声叹气。巨晓林呢？巨晓林此时也光着膀子挥汗如雨，但他能坐住。他坐在电脑前全神贯注地著书立说，写他的第三本书——《接触网施工经验和方法3》。这天，他正在“创作”的是“H型支柱基础下部调整螺母模拟调整法”。王占利的抱怨对他丝毫不起作用。王占利说，他算是服了巨晓林了。王占利在没有空调的铁皮房里实在热得受不了，热锅上的蚂蚁似的待不住，只好出去转转，或者厚着脸皮跑到隔壁有空调的房间去。等他转一圈回来，巨晓林在写。等他再转一圈回来，巨晓林还在写……而空调的事情，巨晓林到底也没有发挥他“十八大代表的威力”，最后还是巨晓林自己花钱买来零配件，自己修好了空调。

金涡岭隧道的工作条件非常艰苦。因为土建工程施工，隧道里的粉尘浓烈到呛人的眼睛和喉咙。因为巨晓林和王占利的任务是检查站前单位给“四电接口”预留的槽道合不合格，因此一般都在对方单位撤离施工现场以后进行，施工单位在撤离的同时也带走了照明设备。巨晓林和王占利必须在伸手不见五指的漆黑一团中进到很深的隧道里。手电筒萤火虫般的光亮照亮不了他们前行的路，脚下是一团团水洼，高低不平、泥泞不堪……而他们要检查的“四电接口”预留槽道，却在离地面八九米高的隧道的顶部。巨晓林和工长王占利爬到作业台车上高空作业，用手电筒照着，拿尺子量并拍照，来检查合格不合格，同时为他们的QC技改项目留下第一手技术资料。两人每天一身土一身泥，而每当这时，王占利都非常感慨，要再说一句：“你哪儿像个十八大代表?”

这就是本色巨晓林。

对技术和质量精益求精的“工匠精神”已经成为深入他骨髓和血液中的一种本能……

六

在巨晓林的影响下，中铁电气化局集团涌现出一大批善于思考、勇于创新和勤于开拓的技术性人才。他的好朋友、如今的网六段副总工程师赵荣有告诉我说，他正在进行一个叫作“质量控制记录”的有关高铁接触网施工表格化管理、表格化控制的项目革新。目的就是为了抓好质量源头控制，让一线工人和技术人员有一个清晰的操作标准和检查标准。赵荣有对这项创新性技术管理非常倾心，他说他现在已经搞好了其中的11项工序检查记录，等这项创新性技术管理项目完成，将产生中国高铁接触网施工有关质量控制和管理的一套新方法、新手段。如今巨晓林所在的中铁电气化局集团一公司，技术创新已蔚然成风，2014年年初，该公司QC成果发布会在石家庄市举办，当天就有29项QC课题以现场和书面方式发布……

◎尾声 给普通劳动者以崇高荣誉

就在《小巨人传奇：从农民工到技能大师》即将付梓的时候，我得到了几个重要消息：巨晓林成为全国人大代表和全国劳动模范，巨晓林当选为中华全国总工会副主席，中央媒体再次聚焦农民工巨晓林成长成才的先进事迹……

仿佛，巨晓林又达到了他人生的一个高度；仿佛，巨晓林又到达了一个荣誉的顶峰；仿佛，巨晓林还在往前走……巨晓林会走向哪里？巨晓林还会走多远？我真的不敢妄加猜测。我想，这几件事有必要记述下来，于是就有了下面的文字。

一

还记得巨晓林在参加十八大会议期间写的那首诗吗？《找到新期盼》，不错，党的十八大以后不光是巨晓林找到了"新期盼"，全国人民也都找到了"新期盼"。以习近平总书记为核心的新一届党和国家领导人带领中国人民开始了一个伟大民族的伟大复兴梦想，实现中华民族的强国梦——中国梦，成为鼓舞人激励人的时代主旋律。十八大刚刚结束不到一个月，一场前所未有的反腐风暴席卷了中华大地，“八项规定”“群众路线教育”“三严三实”等，让全中国和全世界看到了一个奋发有为和清正廉洁的国家最高领导人集体。

在这样一种风清气正的社会氛围下，普通劳动者的身份得到了更多尊重。

2014年12月28日，全国人民代表大会常务委员会发布公告（十二届第九号）、第十二届全国人民代表大会常务委员会第十二次会议同意代表资格审查委员会的审查报告，确认巨晓林等五位同志的代表资格有效。2015年全国“两会”召开之前，全国人大补选的23名代表的名单上就有巨晓林。这年3月5日至15日，全国瞩目的“两会”在北京召开，作为中铁电气化局集团高级技师的巨晓林光荣出席了第十二届全国人民代表大会第三次会议。这是巨晓林第一次以全国人大代表的身份参加重要会议。如同他当十八大代表一样，当全国人大代表，他仍然感到责任重于荣誉。他做了充分准备。参会期间，巨晓林庄重地向大会提交了他的第一份履职建议——《适应依法治国，加强依法维护农民工合法权益》，围绕农民工权益的维护积极建言献策。

会议期间，巨晓林先后接受了新华社、《经济日报》、《北京日报》、《科技日报》等媒体记者的采访。新华社记者报道的《两会人物：“我的第一份履职建议”》写道：“这是我当全国人大代表提出的第一份履职建议。”一见面，巨晓林就拿出几页纸兴奋地说：“这七八天是我这辈子最忙的几天。从3月3日到住地报到后，除了开会，就是读各种报告和说明材料。”

记者报道说：

巨晓林每天要读到深夜两点，第二天早上5点多起来接着边看边上网查阅有关资料。除了要尽快阅读大会发的各种报告和材料外，巨晓林每天还要准备第二天的发言。虽然他不可能每天都在团组讨论上轮到机会发言，但还是精心准备。

《首都建设报》的记者则报道说《全国人大代表、中铁电气化局高级技师巨晓林提议“杜绝浪费应入法”》：

两会北京团全团会上，全国人大代表、中铁电气化局高级技师巨晓林发言时，特意从外衣兜里掏出一个药盒，抽出仅有的一盘药品举起来展示，“里面的药品只占包装盒五分之一的容量，过度包装就是严重的浪费。”巨晓林说，希望把杜绝浪费写进法律。“这种情况在生活中比比皆是，好多包装盒大大超出了盒内产品需要的空间，造成了资源的浪费。”巨晓林说在工地上有时工期紧张经常错过饭点，工人们就泡一碗桶装方便面，他用卷尺量了一下，方便面桶深度为9厘米，而面饼厚度只有3厘米，“其实上面还可以再放一块面饼，要是将圆柱形的面桶改为方形，就不会那么浪费了。”

记者们的报道让我们身临其境地看到了一个当全国人大代表的巨晓林与会期间的风采和风貌。看来，巨晓林一点儿都不轻松，依然那么勤奋、勤劳、辛苦，依然坚定地认为责任重于泰山。

二

现在就得说说巨晓林被授予全国劳动模范光荣称号的来龙去脉。

说起来这件事仍和全中国的大形势有关。2015年初，和我一直保持着紧密联系的中铁电气化局集团宣传部门告诉我了一个好消息，巨晓林已经申报“全国劳模”，今年五一劳动节期间将公布结果。

我期待着。

就在此前后，从媒体和社会上不断传来的消息，让人感受到这次的全国劳模评选与之前一些年份很不相同。之前一些年份，“领导”当劳模或者“总裁、总经理”等企业负责人、企业家当劳模，似乎已渐成风气。这是因为评选办法中的第一条：“在企业发展生产，深化改革，改善经营管理，提高经济效益、社会效益方面做出重大贡献的。”这显然为那些占据了更多话语权的强势群体竞争当劳模提供了依据和便利。此次不同。这一届的评选中央要求向一线劳动者倾斜，中央意图非常明显。据新华社报道，中央对此次表彰明确指示，要坚持面向基层，面向工作一线，特别要保证工人、农民在推荐人选中有较大比重；明确东部农民工较多的省市，应有一定数量的跨省市工作的农民工；提出妇女和少数民族人员应占一定比例……

很显然，这是中央对劳模评选的一个新思路。

果真，在后来公示的近3000人的名单中，一个最大的改变就是，企业一线工人占67.5%。在正式公布的2064名全国劳模中，企业职工和农民占到总数的69.5%。而据媒体报道，有人把公示名单和正式见报的《人民日报》上的名单做了一个细致的比较，发现18个名字被连夜刷掉。而被刷下去的18人名单中，有17个人都是一些公司的总裁、总经理。

想想看，正是“向一线劳动者倾斜”的中央意图和增大“企业一线工人”的比例，让巨晓林这样的普通劳动者顺利当选为全国劳模。

应当说，这是巨晓林之福，也是普通劳动者之福！

2015年4月28日，庆祝五一国际劳动节暨表彰全国劳动模范和先进工作者大会在北京人民大会堂隆重举行。中共中央政治局七常委全部出席。中共中央总书记、国家主席、中央军委主席习近平发表重要讲话。有人说，因为七常委的出席，中央以36年来的最高规格表彰了全国劳动模范和先进工作者。而上一次的最高规格，则在1979年。时隔36年，中央再次高规格纪念表彰劳模精神，期望在全社会重树“劳动最光荣”的理念，可谓价值观的一种回归。因此，此次劳模评选显得更有意义，因为它是整个社会的一个标杆。

巨晓林亲耳聆听了习近平总书记的报告。

习总书记说：

无论时代条件如何变化，我们始终都要崇尚劳动，尊重劳动者，始终重视发挥工人阶级和广大劳动群众的主力军作用。

在当代中国，工人阶级和广大劳动群众始终是推动我国经济社会发展、维护社会安定团结的根本力量。那种无视我国工人阶级成长进步的观点，那种无视我国工人阶级主力军作用的观点，那种以为科技进步条件下工人阶级越来越无足轻重的观点，都是错误的、有害的。不论时代怎样变迁，不论社会怎样变化，我们党全心全意依靠工人阶级的根本方针都不能忘记、不能淡化，我国工人阶级地位和作用都不容动摇、不容忽视。

……

习总书记指出：

我们要始终弘扬劳模精神、劳动精神，为中国经济社会发展汇聚强大正能量。劳动是人类的本质活动，劳动光荣、创造伟大是对人类文明进步规律的重要诠释。正是因为劳动创造，我们拥有了历史的辉煌；也正是因为劳动创造，我们拥有了今天的成就。我们一定要在全社会大力弘扬劳模精神、劳动精神，引导广大人民群众树立辛勤劳动、诚实劳动、创造性劳动的理念，让劳动光荣、创造伟大成为铿锵的时代强音，让劳动最光荣、劳动最崇高、劳动最伟大、劳动最美丽蔚然成风。在我们社会主义国家，一切劳动，无论是体力劳动还是脑力劳动，都值得尊重和鼓励；一切创造，无论是个人创造还是集体创造，也都值得尊重和鼓励。

……

巨晓林听得热血沸腾，热泪盈眶。

这是习近平总书记代表党中央向劳动者的致敬。

劳动光荣，创造伟大。

劳动最光荣，劳动最崇高，劳动最伟大，劳动最美丽。

三

对劳动和劳动者的讴歌成为时代的主旋律。时隔五年，中央媒体的记者们在津保高铁施工现场再次见到巨晓林，他们感到格外亲切。“这个小个子依旧站在队尾，安全帽下露出的鬓角已有些斑白。他与工友动作麻利地登上作业车，那股干劲儿丝毫不比年轻人差。这五年，他在一线岗位上经历了从普通铁路到高铁时代的施工跨越，当选为党的十八大代表、全国人大代表、全国劳动模范。回首工作28年的时间，他走了大半个中国，辗转数十个工地，从一名农民工成长为高级技师，拥有了以自己名字命名的“国家级技能大师工作室”。在建设和见证中国铁路事业的腾飞发展中，他实现了对自我的一次又一次超越——这就是巨晓林，不忘初心，不改本色。”记者们用饱蘸感情的笔墨这样写道。

这是十月底的河北省津保高速铁路白洋淀车站。

中午的阳光为工地带来了融融暖意，新落成的高铁车站如同一个初生婴儿般沐浴在深秋的暖阳里，从北京出发的各大媒体记者们在这里见到了一个他们熟悉的身影。曹妃甸一别，五年过去了，而他们眼前的巨晓林依然是那个憨厚、朴实的巨师傅，依然是他们记忆中那个有着劳动者本色的巨师傅。作为高级技师以及头上顶着许多耀眼光环的巨晓林，在天津至保定的高铁施工工地上，作为中铁电气化局集团津保高铁四电系统集成项目部645班一名接触网工人，正在为津保高速的即将开通进行着紧张调试。记者们看到的是一个“一丝不苟带队进行接触网作业”的巨晓林，一个“一直埋头苦干的、顾不上和前去采访的记者说话”的巨晓林，一个“在工班六七个人中很不起眼”的巨晓林……

2015年11月，为了落实中宣部《关于进一步加强对普通劳动者宣传报道的通知》文件精神，中央主要新闻媒体再次聚焦中铁电气化局集团一公司接触网高级技师巨晓林，集中报道巨晓林扎根一线、勇于革新的先进事迹。11月8日，新华社刊发了题为《从农民工到技能大师》的长篇通讯。11月9日，中央人民广播电台在《中国之声：新闻和报纸摘要》栏目播放了对巨晓林的采访。《人民日报》《科技日报》刊发《从农民工到技能大师》的人物通讯。《光明日报》以《那个淳朴的接触网工人》为题进行了报道。《工人日报》《经济日报》分别以《“金牌”工人是如何炼成的》《不忘初心的“小巨人”》为题报道了巨晓林的成才历程。

新华社记者写道：

数字记录着一个“创新”的头脑为企业带来的力量：28年间，他总计研发和革新工艺工法98项，创造经济效益900多万元。在合福高铁施工工地，巨晓林一如既往地认真思考每道工序，每天奔走在现场，和团队成员一起进行改进试验。接触网基础预留螺栓上涂抹的防锈黄油容易沾染灰尘不好清除，团队发明了“巧除油垢法”，可以随手就地取材，简单方便地清理干净。只要有时间，他开办“晓林业校”随时对青工进行“安全技术培训”，做好“传帮带”的工作。据统计，他带出的徒弟遍布20多个项目部，有21人成长为工长，7人成长为工程队长，3人成长为项目总工或项目经理，6人成长为“能工巧匠”……他们在师傅精神的感召下，奋战在我国电气化铁路事业上。

而让记者们深受感动的是，得到这么多荣誉的他，“回到工作岗位，还是那个好琢磨、勤学苦练、朴实憨厚的巨晓林”，“在大家眼中，仍是那位朴实的农民工师傅巨晓林”——永远保持着劳动者本色的巨晓林。

四

当中央媒体再次聚焦巨晓林的时候，还有一件事正在悄然发生。

有人说，巨晓林赶上了好时候，新政策有意成全他。此话不假。几乎就在中宣部组织中央媒体前往白洋淀集中报道农民工巨晓林成才事迹的同时，2015年11月9日，中央全面深化改革领导小组第十八次会议审议通过《全国总工会改革试点方案》。随后，全国总工会陆续提出具体改革措施，其中很重要的一条就是要“在本届全总执委会委员及主席团成员中，分别提高劳模和一线职工比例，全总领导班子中增设农民工兼职副主席和挂职书记处书记”。这是全国总工会落实习近平总书记在中央党的群团工作会议上的指示精神，要坚持眼睛向下，“更多把普通群众中的优秀人物纳入组织，明显提高基层一线人员比例”。

巨晓林不知道。

巨晓林恐怕做梦都不会想到，这些时代的变革会和他有了关系。

“12月初，公司给了我一张推荐表，自己按照规定填好，被通知1月16号上午列席全总全体会，在17号全总十六届四次执委会议选举结束后，我才知道自己被选为副主席。”这是媒体采访巨晓林时，巨晓林极为诚实的回答。

2016年1月17日中午，全国总工会执委会议选举结束，巨晓林成为中华全国总工会历史上第一位农民工副主席。次日，全国各大媒体都以醒目的标题报道了这一新闻事件。而作为巨晓林的一位老朋友，一直极为关心和关注着他每一条信息的作家，我是在陕北榆林挂职深

巨晓林的漫画：人生为一大事来

入生活期间，在府谷县一个叫田家寨镇高寒岭的农村乡镇看到了这一新闻。看到这个新闻的一瞬间，我脑海里闪现出一个念头，我明白，从这一时刻起，巨晓林这个名字已经不再完全只属于他自己，而是属于一个时代的一个特殊群体——改革开放时期的中国农民工！

巨晓林已经进入历史。

五

巨晓林曾为团干部做过一次《多彩青春应该精彩走过》的主题报告。

那天，在北京中国中铁电气化局集团公司大礼堂里，巨晓林在集团公司团委组织举办的“青年课堂”上，为几十名北京地区团干部进行精彩演讲。巨晓林满怀深情地向青年们讲述了自己成长和成才的道路，激励青年们要“多彩青春应该精彩走过”。他还专门为这次活动精心创作了一幅漫画。漫画上，一个背着背包、打着雨伞的青年正在风雨兼程地走在人生的道路上。巨晓林在这幅寄托了他未来希望的漫画上，专门写下了这样两句话：

其一，人生为一大事来。

其二，不抱怨世界。

此时，也许巨晓林的眼前又出现了28年前的一幕情景：

凌晨，岐山县祝家庄杜城村还笼罩在一片朦胧夜色之中。24岁的青年巨晓林，迈出了他家的小黑木门，背着行囊出了村，从此，开始了长达20多年的铁路电气化工作……

那时，当青年巨晓林走出家门的时候，他还只是去做一个农民合同工。

28年后，当他再走回岐山老家的时候，他已经成为一位全国技能大师、全国劳动模范和全国总工会副主席。巨晓林谱写着他的精彩人生。这是因为，他从不抱怨世界。这是因为，从他走上这条人生道路的时候，他就已经明白了，人生为一大事来……